文春文庫

いっぴきの虫

高峰秀子

文藝春秋

まえがき

男の中には、いつもいっぴきの虫がいて、その虫があらゆる意欲をかき立てるのだという。虫が好く、とか、虫がいい、とかいう言葉はそんなところから来たのかどうか私は知らないけれど、それなら女の私の中にも虫がいるのか？　と考えてみたが、私はもともと虫けらのような女だから、お腹の中にもういっぴきの虫を飼うなどという余裕はない。私は、私のトレードマークにしている蝸牛《かたつむり》、でんでん虫のように、自分の住居を背中にしょってモタモタと歩き続け、頭をツン！　と叩《たた》かれると首をひっこめて住居の中に閉じこもり、またぞろ這《は》い出してチョロッと仕事をしてはオマンマを食べてきた。

この本に登場する方たちは、それぞれお腹に立派な虫を持ち、ひとすじの道を倦《う》まずたゆまず歩き続けて来た優秀人間ばかりである。平均年齢五十歳ともなれば、幽明を境にした人もあるけれど、私はこれらの立派な方たちにお目にかかれた幸せを感謝すると同時に、私がいただいたお言葉のひとつひとつは、おそまつな私とは関係なく、この世に残しておかなければならないと考えて、あの世から戻っていただいた。

一九七八年七月七日

高峰秀子

いっぴきの虫　目次

まえがき 3
東海林太郎 11
趙　丹 25
有吉佐和子 52
東山魁夷 70
松下幸之助 85
円地文子 98
森繁久彌 111
浜田庄司 125
川口松太郎 140
杉村春子 158
林　武 177

團伊玖磨 188
谷崎松子 205
木村伊兵衛 218
市川崑 231
菊田一夫 249
沢田美喜 265
『二十四の瞳』の子役たち 276
藤山寛美 294
梅原龍三郎 306
松山善三 322
人間への理解力――亡き母・高峰秀子に捧ぐ　斎藤明美 346

いっぴきの虫

単行本　一九七八年八月　潮出版社刊
一次文庫　一九八三年八月　角川書店刊

本書には、現在の社会的規範に照らせば差別的表現あるいは差別的表現ととられかねない箇所が含まれていますが、内容全体として差別を助長するようなものではないことなどに鑑み、また著者が故人である点も考慮し、原文のままとしました。

（編集部）

東海林太郎

私が「お父さん」と呼んだ人は三人いる。一人は私の実の父親で、一人は私が満四歳で養女にもらわれた先の養父で、もう一人は東海林太郎という人であった。

私は昭和五年、五歳のときに偶然の機会で松竹映画撮影所へ〝子役〟として入社した。当時、五十人からいた子役のなかで、どういうわけか重宝されて、女の子の役ばかりではなく、男の子の役までさせられた。ある映画の助監督が、やにわに私をおぶって床屋へ駆けつけ、アッという間にオカッパが坊っちゃん刈りになったこともある。

女の子役に予定していた他の組が意地になって、ぼうしをかぶせたまま女の子を押し通し、私は毎日、男になったり女になったりで忙しかった。坊っちゃん刈りでスカートというのもヘンだと思ったのか、両親はズボン、セーターなどの男の子の服装と、ブラウス、スカートなどの女の子用、と二通りをそろえて、髪の形に合わせて着せてくれていた。

だから、昭和八年に東海林太郎さんが、ポリドール・レコード社へ入社し『赤城の子守唄』というヒットを出した記念に、日比谷《ひびや》公会堂で〝板割りの浅太郎〟の扮装《ふんそう》をして『赤城の子守唄』を歌ったとき〝勘太郎〟になった私が、男の子になって背中にオンブされていたのはなんの不思議もないことだった。私の役は、ただ〝浅太郎〟の背中でグッスリと眠っていればよいという、なんとも簡単な役であった。なにしろ、今から四十数年も昔のことなので、記憶もさだかではないけれど〝この人が一生懸命に歌っているのに、自分がただ眠っていては申しわけない〟と思ったのだろう。背中から伸ばした両手で、東海林さんの胸をしめつける、私をオンブした帯を、息がしやすいように引っぱっていたらしい。〝らしい〟というのはヘンだが、後年、東海林さんの口から、たびたびそのことを聞かされてわかったことであった。東海林さんは、よほどこの〝思いやりのあるガキ〟が気に入ったらしく、以来、奥さんと二人で、当時、蒲田《かまた》（東京・大田区）にあった私の家へ「私に会う」だけのために日夜通ってくるようになった。

『赤城の子守唄』につづいて、東海林さんはつぎつぎとヒット曲を出し、ステージからステージへ、放送局に旅にと、文字どおりの大車輪であった。が、その間のわずかの時間をさいて、蒲田の私の家へ駆けつけてきた。人の寝静まる夜半にも、両親はよく起こされて、東海林夫妻は私の寝顔だけながめては満足して帰ったという。当時、東海林家は下落合《しもおちあい》（新宿区）にあったから、いくら車とはいえ、遠い蒲田との間をよく根気よく通いつづけたものだと、おもう。

東海林さんの休日で、私の撮影がない日には、夫妻の間にはさまれて、車で下落合の家へ行って遊んだ。こぢんまりとした家で、小さな庭に柿の木があったことを妙にハッキリおぼえている。東海林家には、和樹、玉樹、という東海林さんの先妻の子供が二人いた。年は上が八歳で私と同年、下が六歳で、私たち三人はすぐ仲良しになって、下落合へ行くのは私の楽しみのひとつであった。一年ほども、蒲田と下落合の行ったりきたりの生活がつづいた後、東海林夫妻は、私を「養女にもらい受けたい」と申し入れてきた。が、私はもともと北海道から東京の父母に養女にもらわれてきた一人娘であったし、子供ながらも働いて親子三人の生活を助けてもいたので、両親にとっては青天のヘキレキ、とうていできない相談であった。しかし「養女がダメなら、せめて女学校を出るまでのめんどうをみたい。どうしてもいっしょに暮らしたい」という、その熱心さにほだされて、まさか親子三人というわけにもゆかず、母は当時からおりあいのわるかった父を残して、とうとう、母と私は東海林家に住むことに話が決まったのであった。

東海林さんの新居は大崎《おおさき》にあった。広い庭には築山と池があり、和風の二階家で、暗い廊下の先に土蔵があり、私はなんともその土蔵が恐ろしくてならなかった。和ちゃんと玉ちゃんは子供らしくはしゃいで、二人の闖入者《ちんにゅうしゃ》を歓迎してくれ、東海林夫妻も私のための勉強机や部屋の装飾で大わらわであった。

……ところが、どういうわけか、私の母は当時一人いた女中さんといっしょの部屋に寝かされ、和ちゃんと玉ちゃんが一つ部屋に、そして、私一人が個室を与えられた。そして、東海林さんに「きょうから、ぼくたちをお父さん、お母さんと呼ぶんだよ」といわれた。私は両親を「トウサン、カアサン」と呼んでいたから、なんとか区別はできたものの、私には父が三人、母が三人いる、というなんとも複雑なことになった。夜になると、私は自分の部屋から小さな枕《まくら》を持って、一階と二階の間の階段の途中をウロウロした。どういうわけか東海林家では、お父さんとお母さんの寝室は、お父さんが二階、お母さんは階下、と分かれていて、私は毎晩、お父さんとお母さんの奪い合いの結果、どちらかの寝床で眠るのであった。

　お父さんは、私に学校や撮影所の話を聞き、演奏旅行やきょうの出来事をやさしく話してくれた。お母さんは、そのころには珍しい断髪で、お化粧っ気もなく、いつも着物のエリをきっちりと合わせた静かな人であったが、いっしょに寝ていても身じろぎひとつせず、私がフッと眼をあけると、いつも私の顔を見つめていてほほえんだ。私はそんな毎晩を、子供心にも窮屈に感じて、お父さんが演奏旅行で留守のときを見はからっては「カアサン」の部屋に忍びこんで、なつかしいカアサンに抱かれて寝た。しかし、不意に帰ったお父さんが足音も荒く現われて「なぜここに寝る、こっちへきなさい！」と眠っている私を抱いて、二階の自分の寝室へ連れて行くのだった。そのうちに、若い女中さんがいなくなり、カアサンは広い屋敷の掃除から食事、和ちゃん、玉ちゃんのめんどう、と、家事いっさいをとりしきる完全な「女中」の役目をすることになった。カアサンはいつも忙しく、白いカッポウ着で立ち働いていて、私とゆっくり話をしてくれるヒマさえなかった。私はオヤツにもらった菓子をかくしておいて、よく洗濯や掃除をしているカアサンの口に押し込みに行ったが、それが唯一の母子の会話であった。いま思えば、東海林夫妻が故意にカアサンを忙しくして、私との仲を薄くしようと思ったのかどうか知らないが、家の中は、日を追って妙なぐあいにゆがめられていった。

私たち、つまり東海林夫妻と和樹、玉樹、そして私の五人が食事をするとき、カアサンは、いつも小さなお盆を片手にして、おひついの側に控えていた。娘は当家の〝お嬢さん〟であり、母は当家の〝女中〟なのであった。和ちゃんと玉ちゃんは男の子なので、半ズボンからキズだらけのヒザをムキ出して、セカセカと食事をしていたが、その二人の上にお父さんとお母さんの叱責《しっせき》のことばが激しくとんだ。「玉ちゃん！　もっと静かに食べなさい」「ガツガツするんじゃありません！」「なんていうおハシの持ち方をするんです」「みっともない！」そういうことばを聞くたびに、私の心はふるえた。私には一言の注意もされないことが、かえって私には恐ろしかった。

私は和ちゃんと玉ちゃんが好きだったし、ことに玉ちゃんは少しオッチョコチョイで無邪気で、オネショをしたり、いつもころんでヒザをすりむいてくるので、きれいで上品な子供とはギリにもいえなかったものの、男の子らしくてかわいかった。それが、人一倍きれい好きで、神経質なお母さんには耐えられなかったのだろう。バタバタと廊下を走る玉ちゃんの足音が聞こえると、美しい額にキッとシワが寄った。子供たち三人は、よく、お母さんにデパートへ連れて行ってもらったが、お母さんは私の手は引いてくれるけれど、二人の男の子と並んで歩くのをきらった。私はいつも心の中でハラハラしては、後ろを振り返って、和ちゃんと玉ちゃんの姿を確かめたものだった。

夜だけではなく、昼間も、お父さんとお母さんはよく私のために口ゲンカをした。「きょうはぼくが秀坊を連れて行くよ」「いえ、私が秀ちゃんを連れて買い物に行くんですもの」といったたぐいのもので、私はそんなときも、外出用の洋服に帽子をかぶったままで、二人の間で当惑した。洋服といえば、私の服装はまさに〝金に糸目をつけない〟最高の品物で飾りたてられていた。東海林さんはグリーンが好きだったので、私の洋服やぼうしもグリーンが多かった。洋服はもちろん特別オーダーで、靴もワシントンの特別あつらえであった。あるとき、東海林さんは自分とおそろいの靴を私のためにつくらせた。それは、グリーンに染めた皮とグレイの蛇皮のアンサンブルで、私は子供ながらに、そのゼイタクさにビックリしたものだった。東海林夫妻は、私を人形のように飾って連れ歩くことに、ただ夢中のようであった。

私は当時も子役としての名前が売れていたから、いま考えれば、私は夫妻の格好のアクセサリーであったかもしれない……。が、いま、それを問おうにも、お父さんもお母さんもこの世の人ではなく、私の胸には、いつまでも疑問となって残るばかりだろう。

子供心にも、自分のまわりがなんとなく〝不自然〟に感じられたものの「なぜ、自分がこの家のお嬢さんであり、母が女中であるのか」を母に問うだけの知恵は、八歳の私にはまだなかった。この文章を書くために、私は母に幾つかの質問をしたが、母の表情は複雑であった。母は、当時三十三歳の厄年《やくどし》であったという。東海林家に住み込んで、私が女学校を卒業するまでの費用の一切と、声楽とピアノを仕込んでもらう。そのおかえしとして、母は初めから無報酬で、女中代わりとして働くつもりで、東海林家に住み込んだのだという。

忙しいので、ほんのときたま蒲田に残した父を訪ねたこともあるが、ある日、押し入れの中に女の枕と寝巻きを発見して、以来プッツリと父との縁の糸は切れてしまったらしい。東海林家に住んでいても、母は日夜、東海林夫妻に「秀坊をくれ」といわれつづけ、ノイローゼになりかかったこともあったという。東海林夫妻の私に対する執着は、母の眼にも〝異常〟にうつり、母はいつ、どんな方法で自分が追い出されてしまうかと「いつもビクビクしていたんだよ」と、小太りのからだをすくめてみせた。

日がな一日、太ったからだをころがすようにして働いていた母は、無報酬であったが、私の撮影所の月給でドーランを買ったり、名刺代わりの手ぬぐいを染めたり、つまり、私が子役としての費用に使った残りのわずかなお金で、自分の下着やエプロンを買っていたらしい。私は、はじめて母の口から聞く、もろもろの事情やいきさつを、ジッと嚙《か》みしめながら、私一人が巻き起こした問題が、何人かの人間に影響をおよぼしたことを今さらながらに知って驚いた。

東海林家の朝、二階から降りたお父さんと、すでにキチンと身じたくを整えたお母さんは「おはよう」と朝のあいさつを交わした後、お母さんがピアノの鍵《けん》をたたき、お父さんは三十分ほどの発声の練習をするのが日課であった。一見して、芸術家タイプのお母さんは、一般の主婦のように台所仕事や掃除をせず、家にいるときはたいてい自分の部屋に閉じこもっていたが、今考えると、病身であったお母さんが朝のレッスンに費やすエネルギーは、彼女にとっての大きな負担であったのかもしれない。

それほど朝のレッスンは真剣で厳格なものであった。東海林さんは、好むと好まざるとにかかわらず、一生を「流行歌手」と呼ばれつづけて死んだが、私たちがいわゆる「流行歌手」として考えるイメージとははるかに遠い、つねに冷静で真摯《しんし》な二人の芸術家の姿が、お母さんとお父さんの上にはあった。満鉄時代に上野音楽学校出のお母さんと結婚したお父さんの歌への執心は、あくまで「流行歌手」ではなく、もっと高度な「声楽家」への道を歩むことにあったにちがいない。

今、私たちのまわりでさえずり、吠《ほ》え、媚《こ》び、わめいている、いわゆる「流行歌手」

のなかで、いったい何人の歌手たちが、東海林さんのような真剣な朝のレッスンをとりつづけているだろう？「流行歌手」とはいえないかもしれないけれど、私の知るかぎりの歌手のなかでは〝越路吹雪〟ただ一人であった。

もちろん、お父さんのレッスンの時間には、私たち子供三人は鳴りをひそめて、台所のあたりをウロウロしていたが、私がお父さんとお母さんにかわいがられればかわいがられるほど、和ちゃんと玉ちゃんは、お父さんとお母さんにとっては、だんだんと影の薄い存在になりつつあったのだろう。玉ちゃんはイタズラをするたびに、薄暗い廊下を引きたてられて土蔵に閉じ込められ、表からバチリ！と錠を下ろされた。

そして、そのたびに私のカアサンがお母さんにあやまって、やっと玉ちゃんは〝カアサンに免じて〟お蔵から出されるのであった。そのうちに和ちゃんも玉ちゃんも、ヒザをスリむいてもけっしてお母さんの部屋には行かずに、台所を這《は》いまわっているカアサンに「オバサン！」といってしがみつくようになってしまい、いったい誰《だれ》が誰の子供で、誰が誰の親なのかわからなくなってきた。私はカアサンにしがみついてあまえている玉ちゃんにやきもちを焼き、何かとカアサンをかばう私に、お母さんがやきもちを焼き、家の中はだんだんと〝不自然〟を通り越して、険悪な空気に包まれるばかりであった。

母の唯一の楽しみは私に「歌とピアノを仕込んでもらう」ことにあったようだが、どういうわけか私は一度もピアノの前に立たされたこともなく、ただお父さんとお母さんのペット的存在でしかなかった。

二年経《た》ったある冬の日のことだった。カアサンが珍しくうれしそうな顔で私を呼び「お母さんが、お正月用にと買ってくださった」という反物を私に見せた。忘れもしない、黒地に細い白のたて縞《じま》で、その縞の間にほんの小さな赤い絣《かすり》模様がとんでいた。そのころ、私は子供心にもあっちに気兼ねをし、こっちに気兼ねをして精神状態が極限にきていたのだろうか、やにわにその反物をひっつかむと、お母さんの部屋に飛び込んで「こんな赤い色キライ！　こんな着物、カアサンに似合わない！」と叫んだのである。

その口調があまりに真剣であったためか、さすがのお母さんも険《けわ》しい顔で「生意気をいいなさんな！」と私を見すえた。私のあとを追ってきたカアサンが「秀子、お母さんにあやまりなさい！」とオロオロしたが、私はただ込み上げる涙とともに「カアサン、この家を出よう！　出よう！」と大声で叫びつづけていた。

それっきり――。東海林一家と私たち母子の仲は跡絶《とだ》えた。昭和十一年であった。

いま思えば、私に対する執着は、お父さんよりお母さんのほうが強かったのではないか？……それは、お母さんが実子を産めない寂しさを、私によって補おうとする「女」であり「母性」であることの本能がさせたことかもしれない。現在はりっぱな紳士となって社会の第一線で活躍している玉ちゃんこと東海林玉樹氏のことばによれば「秀ちゃんは、それだけかわいく、魅力のある子供だったもの」などと私を茶化すけれど、それにしても、せっかく、親子三人でヒッソリ暮らしている一人娘を、親から引っぺがしてでも養女にと熱望した東海林夫妻の感情は、世間の常識をはるかに越えて、ただ芸術家らしいロマンチックな〝夢〟であったのだろうか？

しかし市井《しせい》の、いわゆる〝ドブ板踏みならす〟庶民であった私たち母子には、しょせん理解のできようはずもなかった。東海林家とかかわりあった四年間は、私の一生のうちでも、不思議な経験に終始した歳月であったけれど、私はその間に、一般の子供たちよりはいろいろなものを見、いろいろな体験をしたことはたしかである。そして、その経験は今の私にとって、マイナスどころか大きなプラスとなっていると信じている。

東海林家を離れた私たち母子は、大森の小さなアパートに住み、そのころは、すでに大船《おおふな》に移っていた松竹大船撮影所と、大崎の小学校に電車で通った。母子の生活は完全に私一人の収入にかかり、通勤、通学と二枚の定期を買うにも子供のつくり声を出して、子供用のパスを買ったり、文房具屋の店先からケシゴム一個をかっぱらって走ったのも、このころのことである。少女になった私は、当時の「P・C・L」(現在の東宝)に引き抜かれ『良人の貞操』『綴方《つづりかた》教室』、吉屋信子女史の『花物語シリーズ』などの仕事に明け暮れ、その後の東海林さんのようすは、ラジオや新聞、雑誌の記事などで知る程度であった。が、それも第二次大戦後のアメリカ一辺倒の風潮で「古いものは引っこめ」とばかりに、町にはジャズやブギが横行し、東海林太郎の名前も、またいつの間にか人々から忘れ去られていった。

戦後、二十余年経て、テレビがようやく飽和状態にあったころ、東海林太郎は突如として、あのなつかしい『赤城の子守唄』を引っさげて再び登場した。いわゆるナツメロ〝なつかしのメロディ〟という番組であった。テレビのブラウン管の中に、ひさしぶりに「お父さん」の顔を見た私は、ハッと胸をつかれる思いで眼をみはった。

髪は白く、昔のような声量もなく、お得意のビブラートもかすれがちであったが、それよりも私を驚かせたのは、相変わらずのタキシードと直立不動の姿勢に、いまだ変らぬ東海林さんの「声楽家」への執念が躍如としているのを見たからであった。大崎の家での、あの厳粛ともいえる発声練習の光景が、ブラウン管の中の東海林さんの上にダブって見えた。

数ある芸能人のなかで、東海林さんの死ほど、新聞や週刊誌上に大きく取り上げられた例はないだろう。どの記事も、彼が偉大な歌手であったかどうか、ということよりも、彼の礼儀正しい、直立不動の姿勢を「ナツメロ」の象徴としてほとんど神格化して報道していた。彼の死は、彼の死を哀《かな》しむオールドファンにとって「一人の好感のもてる歌手を失った」という以上に、その背景にある〝古き、よき時代への郷愁〟にあったのではないだろうか？　戦後のどさくさのなかで、東海林さんの歌手としての生命はすでに一度死んだ。そして、彼を再び生き返らせたのも、彼の努力や才能ではなく『赤城の子守唄』や『国境の町』などの〝なつかしのメロディ〟が流行《はや》った〝時代の背景〟ではなかったか、と私は思っている。

彼がステージに立つとき、ナツメロはたしかにナツメロという時代背景をしっかりと背負っていた。彼はその一生を通じて、けっして時代におもねようとはせず、その態度はほとんどゴウマンでさえあった。その彼を時代は追いかけ、投げ捨て、そして再びよりそってきたとき、彼は死んだ。人生の皮肉といってしまえばそれだけのことだけれど、何かやりきれない〝むなしさ〟が、同じ芸能の世界に住む私ののどもとに突き上げてくるのを感じる。

「あなた」「静さん」と呼び交わしていた文字どおりのよき伴侶《はんりょ》であった静夫人を見送ったあと、自身も何度か病床につき、ガンと闘い、時代と闘いながら、七十余歳の今日まで、東海林太郎の信念ともいえる、タキシードと不動の姿勢をくずすことなく歌いつづけて死んでいった彼を、私はやはり〝りっぱな人間〟だと思う。

私の三人の父は、三人とももういない。実の父親はやはりガンで亡くなり、顔もよくおぼえぬうちに別れた養父も、私の知らない間に他界したと聞く。私が「お父さん」と呼び、あまえ、かわいがってもらったという記憶は、だから、東海林太郎さん一人である。東海林さんはナツメロといっしょに死に、ナツメロもまた東海林さんといっしょに死んだ。そして私のお父さんも死んだ。

泣くな、よしよしねんねしな……

という『赤城の子守唄』は、東海林さんの美声と古き時代の思い出となって人々の心に残り、やがて、いつか忘れられてゆくだろう。

「秀坊、お父さんのところへきなさい」という、秋田なまりのお父さんのやさしい声が、どこからともなく聞こえてきそうな気がする。

趙《チョウ》・丹《タン》

中国民航のジェット機は、上海《シャンハイ》から北京《ペキン》へ向かう青空の中を飛んでいた。あと、四十分……あと、二十五分……。

「本当にアータンに会えるのだろうか？ 十五年振りに……」

　今朝、上海のホテルで目覚めたときから、さざ波の立ちっぱなしだった胸が、だんだんと大波のようにゆれてくる。そっと隣の席を見ると、夫、松山善三はゆとり充分といった表情で雑誌の頁《ページ》をくっている。夫の、ロマンスグレイをとうに越えた白髪が、強い太陽の光を受けてプラチナ色に輝いている。夫婦そろって北京を訪ねたのは、いまから十五年前の一九六三年だった。あのころからみると、なんとまあ、白髪の増えたことか……と思いながら、私はまた、当時のアータンの顔を懐かしく思い浮かべた。丸顔の中にうるんだように輝く人なつっこい瞳《ひとみ》、やわらかな身のこなし、上背のある立派な身体《からだ》、ベレーと赤いネクタイとダブルのトレンチコート……。

昨年の秋、北京で十四年振りにアータンと再会した夫の話によれば、

「アータンは元気で安心はしたけれど、あんなにスマートだったのに、ひどくヤボったくなったよ、長い間仕事から離れて、ひどい目にあっていたらしいからね。ハナ毛なんかのびちゃって……、アータンは俳優なんだから汚くなっちゃいけない。今度会うときはハナ毛切りバサミをお土産に持ってゆくかな」

ということだった。私は、夫のその言葉から、この十余年間のアータンの辛苦がべっとりと滲《にじ》み出てくるようで胸がつまったものだった。

趙丹《チョウタン》(ニックネームはアータン)は、中華人民共和国の、映画、演劇界の大スターである。日本でいえば、尾上松緑と三船敏郎と森繁久彌を一緒にしてもまだ不足なような中国芸能界のピカ一といえる人だ。そのアータンとの初対面は、今を去ること十数年も以前のことだった。中国から日本へ、アータンを交えた映画演劇代表が来日したときのことである。当時、日本国内では、中国大陸からのお客様は私服刑事にとり囲まれるようにして行動し、日本国中がなんとなくピリピリしながら接するという風があり、その日もスケジュールに組まれていた撮影所見学がなぜかキャンセルされて、代表団の時間がぽっかりと空いてしまったらしい。映画評論家の岩崎昶《あきら》さんから電話が入って、

「代表団が、是非、日本の映画人に会いたいと希望しています。二時間ばかりお宅へお邪魔してはいけませんか?」

ということだった。

私たち夫婦は、どこの映画会社にも属さない完全なフリーの立場にあり、おまけに中国という国も中国人も大好きである。もちろんふたつ返事で引き受けた。私はあちこち飛びまわり、果物や菓子、洋酒などを揃《そろ》えてお客様を迎えた。約十人のお客様に通訳が二人、そのうしろから二十人ほどの私服が続き、麻布《あざぶ》警察からも警官が駆けつけて、わが家の周囲は蟻《あり》の這い出るスキもないほどの警護ぶりだった。遠来の客に、万一のことがあっては、という日本側の配慮なのだろうけれど、これではお客様はさぞ気が重いことだろう、と私は気の毒になった。せめてわが家での二時間くらいは大いに気楽にしてもらおうと、私は冗談を飛ばして、サービスこれ相つとめたが、客人が手をつけたものはお茶とトマトジュースくらいで、お行儀のよいことははなはだしく、盛り上がらないことおびただしい。二時間たつと、ドアから私服がヒョイと顔を覗《のぞ》かせ、同時に通訳がバネ仕掛けのように飛び上がって、お客様方は「謝々《シエーシエー》」をくりかえしながら、何台もの車を連ねて帰って行った。食堂に残された茶菓の山を眺めて、私はなんとなくシュンとなった。そして翌日、今度は通訳から電話が入った。

「代表団の皆さんが、今日もまたお邪魔したいと言っております。御都合はいかがでしようか？」

私の胸は、嬉《うれ》しさで飛び上がった。今日もわが家へ来てくれるというのなら、おのれ、トマトジュースだけで帰してなるものか……。夕方、五時キッカリに、彼らはまた警察官にとり巻かれるようにして現われた。わが家の食堂のテーブルには、焼売《シューマイ》、焼き鳥、おにぎり、ポテトサラダ、ハム、ソーセージなど、やけくそのようなビュッフェスタイルで、酒や果汁はコップをそえて、勝手にせい、といった感じで林立させておいた。代表団が応接間の椅子《いす》に腰を下ろしたとたん、私は食堂の扉をいっぱいに開け放った。彼らは「ワア！」というかんじで食卓をとり巻いた。酒瓶が乱れ飛び、割り箸《ばし》が舞い、にぎやかな中国語が、ただ呆然《ぼうぜん》としてつっ立っている私たち夫婦の頭上を往来した。やがて、歌が出る、京劇の節が出る、ウイスキーに目許《めもと》を染めながら、見事な京劇のふりを見せたのが、前日、中国一の俳優と紹介された趙丹さんだった。女優の張瑞芳《ちょうずいほう》さん、秦《シン》怡《イ》さんも合の手を入れながら明るい笑顔を見せていた。夜も更けて、私たちは抱き合うようにして、再会を願い、彼らは車の窓から「再見《ツァイチエン》、再見《ツァイチエン》」とくりかえし、ヒラヒラと振る掌《てのひら》が闇《やみ》の中へ消えていった。

　私たち夫婦と中国の間が急速に近づいたのはそれ以後である。中国からは引き続いて、文学代表団、詩人代表団、京劇団等が来日し、彼らはアータンの紹介状を持って、わが家を訪ねて来た。おかげで、私たちの職業とは全く無関係な人たちとも友人になれたわけである。私たちも再三、中国政府から訪中の招待を受けたが、団体行動に弱い私たちはなかなか腰があがらず、それなら私たち夫婦二人だけで、という話が決まったのは六三年の秋だった。

私たちは香港《ホンコン》から汽車に乗って、国境の深圳《タンクー》へ向かった。風にはためく英国旗を後ろにして線路づたいに二十メートルほど歩くと、今度は人民中国の旗が見えてくる。その旗の下に、花束を振りまわしながらピョンピョン飛び上がっているヘンな人が見える。私たちは眼をみはった。アータンであった。アータンが、上海からはるばる深圳まで私たちを迎えに来てくれたのだ。私たちはアータンめがけて走り出した。アータンはその私たちに両手を大きく広げ、花束ごと私たちを抱きしめた。丸い優しい瞳がうるみ、アータンはまるでお父さんが子供にいい子、いい子、をするように私たちの背中を何度もさすった。さんざ振りまわされた大きな花束は哀れにひしゃげ、アータンの足もとにたくさんの花びらを散らせていた。

その日から、アータン、映画評論家の程さん、通訳の王さん、私たち夫婦、五人連れの楽しい旅行がはじまった。広東《カントン》では温泉につかり、蘇州《そしゅう》では寒山寺で屋台のトウフを食べ、北京では撮影所を見学し、たくさんの京劇や映画を楽しみ、上海ではアータンの家で洋澄湖の蟹《かに》を御馳走になり、杭州では西湖に遊んだ。街を歩けば黒山に人だかりのする人気者のアータンが、アータン主演の『阿片《アヘン》戦争』や『聶耳《ニーアール》』を私たちが観るときは、恥ずかしそうに試写室の隅っこで小さくなっているのがなおいっそう彼の人柄を表わして印象深かった。一か月余の旅の終わりはアッという間に来た。上海の駅でアータンと別れたとき、アータンは頰《ほお》を伝う涙をふきもせず、動き出した私たちの汽車を追ってホームを走った。私たちは窓から身を乗り出してアータンに手をさしのべた。遠ざかるアータンの姿が、涙の中でボヤボヤとゆれた。

文化大革命がはじまったのは一九六五年であった。新聞紙上に、日本や中国で知り合った中国の友人たちの名前がひんぱんに見られるようになり、私はアータンの安否が心配でならなかった。人民帽と人民服ばかりの中で、ひときわ目立つベレー帽とトレンチコートのアータンの姿が私の脳裏に浮かんでは消え、消えては浮かんだ。三角帽をかぶせられ、トラックでひきまわされている新聞の写真を、私は怖いものを見るように覗いた。手紙を出してみた、返事は来なかった。コーヒーを送ってみた。なしのつぶてだった。夫は中国へ旅行するたびに、会う人ごとに趙丹の行方を尋ねたらしいが、「今度も分からなかったよ……」と、帰って来た。私は私で、来日した中国の新聞記者や、在日中国大使館員に、バカのひとつおぼえのように「趙丹さんはどうしているか知りませんか？」とくりかえした。風の便りに、女優の秦怡さんが腸の手術で入院したことを聞き、張瑞芳さんが無事でいることを知ったけれど、アータンの安否だけはどうしても分からない。たった一言、答えらしい言葉を聞いたのは「どこかで勉強してるのでしょう」という、どう理解してよいのか分からない、あやふやな一言だった。私たち夫婦はお互いに口には出さなかったが、心の中では「アータンは死んだのではないか？」という思いが黒い雲のように広がってくるのを感じていた。いま思えば、アータンはそのころ、上海から遠く離れたところの独房の中でたった一人、読書も面会も許されず、なんの理由によって自分がそうされているのかも知らず、いつになったら解放されるのかも知らず、明日の生命の保証もない「辛苦」の日々をおくっていたのだった。

昨年の秋のはじめだった。日本の新聞紙上にようやく四人組追放のニュースが喧伝《けんでん》されたころ、中国旅行から戻ったばかりの杉村春子先生から電話が入った。

「あなたがたの探していた趙丹さんにお目にかかったのよ。……ええ、お元気で。趙丹さんは、映画女優だったころの江青《こうせい》の過去をよく知っていた、という理由で、五年三か月も独房に入れられていたんですって……。松山さんが今度の映画代表団で中国へ来られるのを、待って、待って、待っているからと伝えてくれって……よかったわねぇ、本当に……」

生きていた、生きていた、アータンは生きていたぞ。私たち夫婦はその晩、アータンのために祝盃《しゆくはい》を重ね、酔っぱらった。

「今回、はじめて、中国の廬山《ろざん》が開放になりました。廬山旅行のツアーを組みますが参加しませんか?」という、旅行社からの誘いを受けたのは、今年のはじめだった。京都大学名誉教授、桑原武夫先生を顧問とし、団長は、法然院《ほうねんいん》貫主であり、神戸大学文学部教授の橋本峰雄先生、団員は作家、司馬遼太郎先生、京都産業大学外国語学部教授、小川環樹先生、京大人文科学研究所助教授、樋口謹一先生、神戸大学文学部教授、井上庄七先生、国立民族学博物館助教授、松原正毅《まさたけ》先生、という二十人からのメンバーで、考えるだに、同席するだに足のふるえるような、学者、先生がたばかりである。どういう風の吹きまわしか知らないけれど、そんな高級脳みそ団体の中に、私のような場ちがいがまぎれ込むのは、自分のアホウを証明しにゆくようなものだと恥ずかしく思ったけれど、アータンに会いたい一心には恥も外聞もありはしなかった。思いはすでに上海へ飛び、気もそぞろに旅行支度をしているときに、在日中国大使館から連絡が入った。

「上海でお待ちするはずの趙丹さんと張瑞芳さんは、北京で開かれている一万人の大会議に出席中です。松山夫妻は団体からぬけて一週間ほど北京へ来てくれることは出来ませんか？　その間の費用はいっさい中国側が負担させていただきます」

私たち夫婦は中国側の好意に甘えることに決めた。ただし、今回の旅行の目的は、アータンの顔を一目見たいだけだから一週間もの間、中国側のお世話になるのは心苦しい。上海へ着き次第、北京へ飛んで、二泊という旅程を組んでくれるように、とお願いした。

四月三日、上海着。その日はたまたま夫、松山善三の誕生日だった。夕食のテーブルに、団員の心づくしの美しいバースデー・ケーキが飾られ、贈りものには中国製のカシミヤのチョッキが用意されていた。

そして翌日の朝、私たちは中国側で用意されたビザを手に、北京への空へ飛び立ったのである。

窓外の光を、霧のような白雲がさえぎった。機はぐんぐんと高度を下げ、広い北京の空港滑走路にすべるように舞い降りた。タラップが近づき、ドアが開いた。タラップに足を踏み出したとたんに「松山さァん、高峰さァん」という女性の声がした。あの懐かしい通訳の王さんが、タラップの下から私たちを見上げて手を振っていた。王さんはまっすぐ腕をのばして一方を指さした。遠いフェンスの向こう側に、他の人より首ひとつ背の高いアータンが、両手をバンザイのように上げて合図をしている。私は、「落ちつこう」と思った。でも、足はその私の思いとは反対にどんどんと歩を早め、終わりにはとうとう駆け出した。

「アータン！」

アータンはフェンスを突き飛ばすようにして私を腕の中へ入れると、十五年前に、国境の深圳で私を抱いたようにしっかりと包みこむように私を抱きしめた。泣いてなるものか、と思う心とは反対に、涙が、私のまぶたを押し広げるようにして溢《あふ》れてきた。アータンの喉《のど》がクックックッと鳴っている。私は目をしばたたきながらまわりを見まわした。張瑞芳さんと孫平化さんの笑顔が私を見つめていた。アータンは、はじめて見る人民帽に人民服を着ていた。でも、やはりお洒落《しゃれ》なアータンらしく、人民帽をちょっとはすに被り、首には白い毛糸のマフラーをくるりと小いきに巻いていた。アータンは健在だった。

北京飯店のスイーツのソファーに腰を下ろしたアータンは開口一番「北京で、なにかしたいこと、見たいもの、会いたい人は？」と聞いた。私は「ただ、アータンと静かに話をしたいだけ」と答えた。アータンは黙って二、三度うなずき、また涙ぐんだ。

北京での、二泊三日のあわただしかった旅日記にはこう書いてある。

「……夕方、アータン、張瑞芳さん、通訳の王さんと北京飯店の食堂へ行く。アータン夫人が両手を広げて私に抱きついてきた。アータンも以前よりやせて顔色が悪いが、夫人も肌が荒れ、両手の指のふしが高くなっている。アータンが監禁されていた五年三か月の間、夫人は農村で野菜作りをさせられていたという。夫に一度の面会も出来ず、不安の中で生きぬいたアータン夫人の心の内が偲《しの》ばれて胸がつまった。張瑞芳さんもまた、仕事はおろか、二年間、自宅の一室に軟禁され、電話線は切られ、外の事情はいっさい分からなかったという。でもヒマだから料理の腕は上がった、と笑う。いくら冗談を言っても、話題が四人組のことになると、その表情に何とも言えぬ微妙な歪《ゆが》みが出る。私などには計り知れない、苦しい経験をしたのだろう。

食後、北京撮影所へ行き、試写室で、京劇の映画『楊門女将』を観る。たまたま六三年に、私たち夫婦が北京撮影所を見学したときに撮影していた映画だった。文革以後、中国ではほとんど映画は製作されておらず、このフィルムもずっとおクラに入っていたが、今度はじめて封切りされるとのこと、『ああ、なぜ、口を開けば四人組という言葉が出るのだろう！』と、張瑞芳さんが、こぶしで机の上を叩いた。

ホテルへ戻って間もなく、王さんより電話。明日は風が強くなければ萬寿山で舟遊びをしませんか？　というアータンからの言伝《ことづて》。アータンの存在はもう夢ではない。

……」

「四月五日

十時にチャイムが鳴り、ルーム・サーヴィスのお粥《かゆ》と漬け物、饅頭が運ばれて来た。同時に王さんより電話が入る。アータンより『風が強いので萬寿山はダメ。それなら何《ど》処《こ》へ行きましょうか？』とのこと。テラスに出て外を眺める。遠くに紫禁城が見える。なるほど風がひどく、空にうすす黄色のモヤのようなものがたなびいている。ふと、テーブルの上を見ると一面にうっすらと埃《ほこり》がつもっている。『北京飯店のボーイは怠けものだな、掃除もしないで』と独り言を言いながら、バス・ルームのタオルで部屋中雑巾《ぞうきん》がけをする。終わって、一服し、テーブルの上を指でなでたら、先刻と同じ状態になっていてガックリ。ハガキで埃を集めたらこまかい灰色の砂のようなものである。私はやっと気がついた。これが有名な、春先に北京を襲う黄塵《こうじん》だ……それにしても二重窓から忍びこむその勢いのすごさ……ボーイさんのせいではありませんでした。ごめんなさい。

昼食を、『一般の人が行く街の食堂へ連れていって』とアータンにせがむ。十二時、アータン、夫人、張瑞芳さんが、パンダのごとく着ぶくれて迎えにきた。舟遊びのための重装備とのこと。暑い、暑い、とアータンが上衣を脱ぐ。

店の前におびただしい自転車が置かれ、ガラス戸が破れて風の吹きぬける街の食堂の二階へ上がる。満員の盛況で、立って食べている人もいる。外国人の他は、御飯とひきかえに切符を渡すのだそうで、日本の戦中の外食券食堂を思い出した。生ビールがプラスチックの大ジョッキで運ばれる。くらげとキウリ、豚の皮の煮物、春雨料理、鴨《かも》の煮物、魚のアラの鍋《なべ》料理、ピーマンと肉の炒《いた》めもの、白菜の漬け物、山のような饅頭が続々と運ばれて来る。アータンは上機嫌で、『食べろ、食べろ』とすすめる。張瑞芳さんが、ぶら下げてきた網の袋から丸い大根を出す。菊の花のように包丁で切れ目を入れてある赤大根である。春にその大根を食べると、夏、病気にかからないとのこと。皆で指で千切っては口に放り込む。水気があって、うす甘い。ガリガリ、ポリポリと大根を嚙みながら、なんとなく皆で顔を見合わして笑ってしまう。アータンたちは、苦しかったそのころ、再びこうして家族、友人とテーブルを囲み、大根の甘さを楽しむ日が来ることを信じていただろうか？　喉をならして生ビールを飲んでいるアータンは、いま、何を考えているのだろう？　調理場のほうから、白い帽子とエプロンをつけた太ったコックがやってきて、いきなりアータンに抱きついた。早口に喋《しゃべ》るコックの手を握ったアータンの目許がみるみるうるむ。コックの眼も赤くなった。通訳の王さんの言葉によると、そのコックもアータンと同じ上海の住人で料理店につとめていたが、江青と顔みしりだという理由で職を追われ、田舎へ追放されていたという。『アータンも自分も、生きて再び会えてよかった』と言いに来たのだということだった。

食堂を出て、ホテルまで散歩。風はなまぬるいが突風だ。ときどき吹き飛ばされそうになる私の腕を、アータンは小《こ》脇《わき》にかい込むようにして歩く。ホテルへ戻って夕方まで四方《よも》山《やま》話。またもや四人組、四人組で、喋るほうも聞くほうもうんざりした。

夕食は、中日友好協会会長、廖承志《りようしようし》さん主催の会食が、北京飯店で行なわれた。六時に会場へ行って驚いた。廖承志さんの心入れか、六三年に中国で知り合ったたくさんの映画、演劇関係者が、一堂に集まって私たちを待っていてくれた。廖承志さんをはじめ、廖夫人、文芸脚本家の夏《カ》衍《エン》さん、北京撮影所長の司《し》徒《と》慧敏《けいびん》さん、孫平化さん……ただし、以前は近よりがたいほどの気品と威厳に満ちていた夏衍さんが、紅衛兵の迫害に会って腰の骨をくだかれ、片足に底の高い靴を履きながら、なおステッキにすがって私たちに歩み寄った姿に、私は言葉もなく、ただ黙ってその瞳をみつめるより他なかった。夏衍さんもまた、万感をこめたような眼の色をみせて、懐かしそうに二、三度うなずいた。金ブチ眼鏡もなく、頬はこけて、別人のように思えた。

食後、ニュース映画社へ車を飛ばし、試写室で京劇の映画『野《や》猪林《ちよりん》』を観る。これは

である。

本へも公演に来て、孫悟空などで素晴らしい演技をみせてくれた京劇の名優、李少春《りしょうしゅん》でてきてくれたという曰《いわ》くつきのフィルムだ。林中に扮《ふん》しているのは、二十年ほど前、日たが、今度はじめて封切りされるという。このフィルムも文革以来、撮影所の倉庫に眠ってい『水滸伝《すいこでん》』の一節の京劇化である。

中国大陸には、映画、現代演劇、バレエ、京劇、雑技など、いろいろな娯楽があるが、なんといっても人々が心から愛好するのは古い伝統を持った「京劇」である。北京市にはたくさんの京劇団があるが、いちばん優秀な劇団は、北京京劇一団と、中国京劇院のふたつで、李少春は中国京劇院のピカ一であった。『野猪林』は全く素晴らしい映画だった。そして口跡《こうせき》といい、殺陣《たて》といい、演技といい、非の打ちどころのない、李少春の林中だった。しかし彼もまた、紅衛兵に職場を追われ、迫害に耐えかね、強度の神経衰弱になって、五十代で自殺してしまったという。このことを、私は日本で聞いて知ってはいたけれど、林中を観れば観るほど、考えれば考えるほど、この名優が思わぬ奇禍によって生命を落としたことが残念だ、いや、残念というより、口惜《くや》しくて腹立たしくて、胸がムカムカしてくる。名優という人物は、一朝一夕に出来あがるものではない。天賦の才と必死の努力のつみ重ねによって、はじめて貴重な花を開くものなのだ。そこらのインチキ芸人とはわけが違うのだ。五十代といえば、京劇俳優として、まだまだたくさんの役が出来る、果てしない生命が続くはずだったものを――。

私にはよく分からないが、文化大革命というのは、まず『破壊』によって火蓋《ひぶた》が切られたという。日本とは国情も違い、意識も異なることだから、それがお国柄なら、他国の人間がとやかくおせっかいを焼くのはあたらない。他の国を無理矢理に日本国流の考えかたにひきずりこんで考えるのは僭越《せんえつ》なことだとも思う。が、優秀な、国にとっても貴重なタレントを、まるで雑草のように踏みにじり、破壊したあとに、いったい何が生まれるというのだろう？　文革によって、なにがどう変わったのか、良かったのか悪かったのか、私は深くは知らないけれど、映画、演劇に関する限り、文革によって、なにひとつ発展はなかったと思う。六五年から今日まで、中国の映画が全く出来なかったわけではないらしい。演出家の名前も主役の名前もタイトルに表示されない不思議な映画もあったらしい。撮影現場でも、演出家が椅子に座ればブルジョワとののしられ、俳優も衣裳《いしよう》をつけたまま、何時間も立って待たされていたとか。演出家自らステージの中で立ち働き、すべてのスタッフは同一権利、同一待遇で、監督も小道具係りも、主役もエキストラの区別もなかったらしい。これではメチャクチャだ。映画は、ベルトコンベアで缶詰を作るのとはちがう。大勢の人間が集まって、お互いにその人間の能力を尊敬しあい、足りないところはおぎないあって、暗黙のうちに、より優れた作品を創り出してゆこうとする血の通った、情の要る仕事なのだ。はげしい殺陣が終わったあと、椅子に座ることも許されなかったら、いかな名優の李少春といえどもヘタばって使いものにはならなかっただろう。政体が違っても民族が違っても、人間から感情を取り去ってしまったらそれは人間ではなく、別の生きものになってしまうだろう。優れた京劇や映画が無くても中国人民は死にはしない、と言われてしまえば身もフタもないけれど、文化大革命の文化という字が泣きはしないだろうか。アータンも張瑞芳さんも『これから若い少年や少女を李少春のような俳優に養成するには時間がかかりすぎる、私たちにはその体力と自信がない』と言って溜息《ためいき》をついていた……」

北京の二日間は、またたく間に過ぎた。

「再会は楽しいが、別れは辛《つら》いから、北京飯店の表でサヨナラしましょ」という私を、グイと車の中へ押し込んで、アータンは、大きな肩をねじるようにして自分も車に乗り込んで来た。運転台の王さんはまっすぐ正面を向いている。青葉の美しい並木の一本道を空港に向かいながら、アータンも私も口が重かった。

窓から、刃物のように強い太陽の光が差しこんだとき、アータンは「アッ！」というような声をあげて右の眼をつぶり、頭を両手で押さえてうつむいた。

「右の眼を……なぐられたものだから……それ以来、右の眼が不自由になった。その後遺症で、ときどきひどい頭痛がする。……ある日、撮影所から迎えの車が来たんだ。会議があるから直ぐに来てくれって……そして車に蹴《け》り込まれて、五年三か月……」

その言葉を皮切りに、アータンは独り言のように喋り始めた。運転台の王さんが、こちらを振り向いて、通訳をし始めた。

アータンは、「僕が牢獄《ろうごく》へぶち込まれたのは、江青の過去を知っていた、というのが理由だった」と簡単にいうけれど、事情はそんな簡単なものではなかったらしい。香港友聯研究所発行による「祖国月刊」の「江青正伝」の記事の中には、何度かアータンこと趙丹の名前が登場している。江青は過去の一時期を映画界ですごしたことがあり、そのころの名前は「藍蘋《らんぴん》」といった。彼女はここでも彼女特有のコネと押しの強さで三本ほどの映画に出演している。そして、その中の一本は、なんと当時大スターであったアータンの相手役、映画の題名は『中華児女』で、アータンの女房の役を演じている。おまけに、嘘《うそ》かまことか、その撮影中に二人のロマンスまで囁《ささや》かれたという。それより、私がもっと驚いたのは、藍蘋が、当時、映画批評の権威とされていた「唐納」と結婚したとき、同日、同じ場所で、アータンとアータン夫人（葉露茜《しょうろせん》）もまた結婚式を挙げた、というニュースである。

藍蘋の演技力は稚拙で、当時の女優、白楊《はくよう》、王人美《おうじんび》、張瑞芳などの足もとへも及ばず、問題になるのはただ数々の男性遍歴のみ……。

俳優は、その演技力、実力によって、暗黙のうちにランクが決まる。いかなる俳優といえども、このランクばかりは自分の実力でしか得ることができない。藍蘋は三本の映画に出演したが、その最下位のランクにすら入ることを許されなかった、というより、問題にもされなかったというほうが当たっていたらしい。藍蘋の自尊心は、傷つけられると同時に、自分を認めぬ映画界の人々に対する怨恨《えんこん》となって煮えたぎり、ついに映画界を飛び出した。藍蘋はその後、延安へ入って毛沢東に近づき、やがてその夫人となって江青と名乗り、大きな権力をうしろだてとして、活躍を開始した。京劇、演劇、映画など、あらゆる文芸界の人々にきびしい粛清を与え、藍蘋時代の自分を知る者は片っ端から抹殺するという強引な大復讐《だいふくしゅう》を行なったのである。その中でもアータンは見逃してはならぬ大物であった。

「僕は今年六十歳になった。一番仕事のできる五十五歳から六十歳までの過去五年間は、もう二度とかえってこない。あとは年をトルだけだ……それだけが、僕は口惜しい、ただ、それだけが……」

こんな気弱なアータンを、私は見たことがなかった。いや、私の知らぬ間に、アータンは、こんなに気弱な言葉を口にするようになってしまったのかも知れない。私は、私とアータンの上を、別々に通りすぎていった「年月」というものを思って愕然《がくぜん》とした。世阿弥《ぜあみ》ではないが、すべて、芸能を志す人間には、そのおりおりの「花」がある。男の役者なら、五十歳から六十歳の間に、花も実も、すべてが充実する「花の期間」がある。そういえば、私の意識にあるアータンは、いつも四十五歳の壮々たるアータンであった。

しかし、いま、私の隣にいる現実のアータンは、もう、六十歳なのだ。私のように怠けものではないアータンにとって、失った五年三か月という年月が、どんなに大切で貴重な時間であったかが、同じ職業を持つ女優の私にも、実感として迫ってきて、返事ができなかった。

「でも……僕はいま、こうして生きている。……生きさせてくれたのは、誰だろう？……もしかしたら、松山さんとあなただよ」

私はビックリしてアータンを見た。アータンは相変わらず正面をみつめたまま続けた。

「あなたがたが、この数年間、『趙丹』という僕の名前を、おりにふれ、たびたび口に出してくれたことが、僕の生命を断ち切る防波堤になっていたのだと、僕は思う。あのころ、人の口の端にものぼらない者は、みんな処分されてしまったからね。……ことに、あなたがたは他の国の人、日本の人だ。日本の人が気にしている人間を殺《や》ってしまうのは、やっぱり工合の悪いことだったのだろう……。でも、あと一年、あそこにいたら、僕は死んでいたかも知れない。人間の精神状態には限度があるからね。……ほんとうに、ありがとう。感謝している……」

私たち夫婦が、アータンの生命を助けた、なんて……まさかそんなことが……私はアータンが少し感傷的になってそんなことを言っているのではないか？　と疑った。

私たちはただ、突然消えてしまったアータンの消息を追いかけてウロウロしていただけで、一人の人間の生命を確保するほどの智恵《ちえ》も力もなく、行動もしなかったではないか。でも、もしそうだとしたら、いまのいままで、私自身とは全く関係がないと思っていた中国九億の人民が、私とかかわりあいを持っていたのかも知れない……。私は何となく恐ろしく思った。

空港の別れは、離陸の時間が迫っているせいもあったが、呆気《あっけ》ないものだった。アータンは「この次は上海で会いましょう」と言い、私は「アータンも東京へ来てね」と言い、私たち夫婦は急いで機内へ入った。飛行機の小さな窓から、フェンスの向こうで、両手をダランと下げて立ちつくしているアータンの姿が見える。私はハンドバッグからコンパクトを出して太陽の光を反射させてアータンの顔を照らした。気がついたのかどうか分からないけれど、アータン、夫人、張瑞芳さん、孫平化さん、王さんの両手が高く上がって左右に交差した。飛行機はゆっくりと方向を変えた。アータンたちの姿はシルエットになり、小さく小さくなっていった。

上海へ、十二時キッカリに舞い戻った私たちは迎えの車でホテルへ急いだ。友好訪中団は、私たちの到着を待って蘇州へ出発することになっている。先生がたはちょうど昼食中だった。桑原顧問と橋本団長に、団体から離れて行動した失礼をおわびし、いそいで焼きソバ、炒飯《チャーハン》などをカッ込み、一同はバスで上海駅へ向かった。中国の駅には赤帽などいないから、中国の人はめいめい自分の荷物は自分で運ばなければならない。竹を割って作った天秤棒《てんびんぼう》にたくさんの荷物をくくりつけ、それをかついでのんびりとホームを歩いている風景が珍しい。カッコいいとは言えないけれど、天秤棒とは中国らしいと感心した。以前に比べると旅行者がずいぶん増えたようで、どの列車も満員である。日本人の私たちグループは、やはり服装で分かるのか、誰からも、上から下まで珍しげに眺められる。ちょっと立ち止まれば、ただちに人だかりで、ことに若い人たちは、真正面から、鳩《はと》のように見開いた丸い目でじっとみつめる。

鳩……と書いて、私は突然、あることを思い出した。それは画家の梅原龍三郎先生の言葉だった。今年九十一歳になる梅原先生は昨年の秋、何十年振りかで大好きな北京を訪ねた。先生は短い旅行中に何枚かの絵を画いたが、中国では道路にイーゼルを立てて油絵など画いている人間は皆無だから、たちまち黒山の人だかりになり、キャンバスと先生の間にまで首をつっこんでくるので、その人のハナの頭に絵具筆が突き当たりそうになって、まるで絵が描けなかった、という。その話のあとで、梅原先生はポツリと呟《つぶや》いた。

「いまの中国の人の眼は、みんなトリみたいでね、ビックリした」

「?!」

私は、もっとくわしくその話を聞きたかったけれども、雑誌の対談中の会話だったのでさし控え、「中国人の眼はトリ」という一言だけでは読者になんらかの誤解を招くのでは？　と思ったので、私は独断でその一言をカットした。いま、私は上海の駅で、梅原先生の一言がやっと理解できたわけである。眼は心の窓、というけれど、眼に表情があるのは現在四十歳をすぎた男女ばかりである。老人になればなるほど眼の色は深くなり、どんな性質、どんな過去を持つ人かは、眼の色を見るだけで大体分かる。若い人、ことに十代、二十代の中国人の眼にはあまり表情がない。表情に出るのは、驚き、好奇心、くらいのもので、あとは全く一点の曇りすらない、美しく澄んだ瞳を真正面に見開いている感じである。日本の若者のように、妙に分別くさい眼や、浮わついた眼や、意地の悪い眼は絶対にないのだから、梅原先生ではないが「ビックリ」であった。梅原先生は決して悪意ではなく、その感想を要約して一言で「中国人の眼はトリ」と言い表わしたのだろう。それにしても、大画家の、ものを見る眼の確かさは、スゴイものだと、私は今更ながら敬服した。

中国へ好意を寄せる人々の、帰国一声はきまって「青年の眼は澄んでいた」といって嗤《わら》われたけれど、その一言だけではなんのことやら分からないのが当たり前である。澄んでいることの意味を誰も解明しなかったからだ。「上海少年宮」の見学から戻った司馬先生は、その日の印象をこんなふうに伝えてくれた。

「青少年の眼は、澄んでいるというより、燃えている、というべきだな。清の末期から人民中国が出来るまでの間、中国には『国民』は存在しなかったと言っていい。いま、彼らは、自分たちの国というものを持ったわけや。明治の中期、日清日露の戦争のあと、日本人が国をあげての国家意識を昂揚《こうよう》させた、あの時代の子供たちは、きっと今の中国の子供たちと同じ眼をしていたろうと思うな……」。大作家の眼もまたスゴイものである。あやふやなものの見方、舌足らずの言葉でいつも失敗する私は深く反省した。

蘇州までの二時間余の汽車の旅は楽しかった。夫人を交えた和やかな団体は、わけしり？の橋本団長の飛ばすユーモアで、笑い声が絶えない。小川環樹先生は四十五年前に蘇州に留学されていたそうで、心は早くも蘇州の街をさまよっているらしく、窓外に流れる田園の景色をじっと眺めていられる。その先生を、「四十五年振りに恋人に会いにゆかれる心境ですか？」と、からかって、またひとしきり笑いが渦を巻いた。川と、橋と、柳と、白壁の民家……、どこを見回しても一幅の絵のように美しい蘇州は、私の大好きな街である。小川先生の興奮状態はついにピークに達して、蘇州駅の外へ一歩出ただけで、つまずいて転びそうになり、今後、どうなることやら、と心配になった。

プラタナスの青い葉陰を落としている並木が美しい。大釜《おおがま》が湯気を立てている「お湯屋」。木の間に紐《ひも》を張って干してある布団。民家の前に干してある木のオマル。頭のてっぺんに赤いリボンの蝶々《ちょうちょう》がゆれている幼女、買物籠《かご》を手に市場へ急ぐ主婦。家の前に椅子を出して丼《どんぶり》めしを食べている少年。……学校帰りか、カバンを下げた三、四人の少年が私たちの乗っているバスに向かって笑顔で手を振った。

バスは二十分ほどでホテルに到着した。平均年齢四十五歳のわが団体のこととて、団長の心配りで午後はスケジュールもなく、自由な時間を楽しむ。ホテルの庭は、柳が美しく、桃の花が満開である。部屋にそなえつけの中国茶をのみ、ベッドにひっくりかえって、北京でのアータンとの二日を反芻《はんすう》しながら思わずウトウトとした。

夕食後、七時半から街の劇場で「蘇州劇」を観られることになったというので、上海到着当時から「観劇」を希望していた団員は大喜びであった。夕食もそこそこに、バスに乗って劇場へと出発した。劇場の前は黒山の人だかりで、場内は超満員である。なかなか切符が手に入らないのに、私たち旅行者のために二十席もの席を確保した中国旅行社の努力は、さぞ大変だったろう、と感謝しながら席に着いた。演題は『孫悟空、三たび白骨精と闘う』である。

ドラや胡弓《こきゆう》、京劇の音楽がいっとき静かになって、スルスルと幕が上がった。下手から、いきなり真っ赤な衣裳を着て如意棒を抱えた悟空が飛び出した。猿らしい手振り身振りでしばらく場内の笑いを誘い、続いて三蔵法師、猪八戒《ちよはつかい》、沙悟浄《さごじよう》の登場である。……その舞台をみつめているうちに、私はなぜか、少しずつ不機嫌になっていった。通訳の張学さんが一所懸命にセリフを通訳してくれるけれど、なぜか私の心は弾まない……。

蘇州劇は地方の小さな劇団で、花道でスポットライトの当たる都会の一流有名劇団とは、いささかの違いがある、ということは私も充分承知している。舞台装置の粗末さも、衣裳の悪さも、それはそれで納得すべきことで、日本もまた同じことが言えるのである。私のユーウツは、そんなところにあったのではない。舞台をドタドタと駆けまわる三流どこの孫悟空の上に、もう一匹の孫悟空が、あの「李少春」の演じた、品格のある見事な悟空の動きがダブって見えてならないのだった。あの時の劇場は、明治座であったか歌舞伎座であったか忘れたけれど、とにかく、広い舞台の上を縦横無尽に駆けめぐり、トンボを切り、台に飛び乗り、高い木から飛び降りる如何《いか》なる激しい動作にも李少春の悟空は足音ひとつ立てなかった。その至芸に、私は驚愕《きようがく》したものだった。猿がドタドタと足音を立てては、もう猿ではない。李少春の悟空は、精神が悟空になっており、この悟空は人間が猿の真似《まね》をしているだけだ。同じ「孫悟空」を観るのなら、中国九億の人々に最高の孫悟空を見せてあげたかった、と私は思った。そして、「若い少年少女を、これから李少春のような役者に養成するだけの、体力も自信もない」と、ゆっくり首を振っていたアータンと張瑞芳さんの淋《さび》しそうな姿を思い出していた。

わがグループは、中国旅行中、毎夕食後のひとときを、冗談めかして「勉強会」と名づけた「ナイト・キャップの時間」に当てていた。なんせ、なまはんか学のある中国人よりも、中国に造詣《ぞうけい》の深い、博識な学者、先生の集まりだから、私にとっては猫に小判、高級すぎる会話ばかりで理解の出来なかったことも多かったが、「これだけの先生がたに、もし月謝を払ったら幾らぐらいにつくかしら?」などと、胸算用もさもしく、私は毎晩おそるおそる出席した。この夜も、「孫悟空」を観終わってホテルへ戻ると早速召集がかかった。

橋本団長の部屋に全員が集まると、団長が立ちあがり「今晩は松山さん御夫妻に、北京旅行の報告と、孫悟空の感想などを伺いたいと思います」と来た。私の肝っ玉は飛び上がった。講演ずれのしている夫が、それでも緊張してフラフラと立ちあがり、何やら一席ぶったけれど、私の肝っ玉は上がったきり下へ下りてこない。夫の話も耳に入らない。そして、

「今夜の孫悟空は最低です。ダメの皮です」

という言葉が、いきなり自分の口から飛び出したのには、われながらおどろいた。司馬先生が「そうかなア、やっぱり専門家の眼から見るとそういうものかなア」と首をかしげ、小川先生は「猪八戒のセリフだけが観客に受けていたのは、あの役者だけが蘇州なまりで喋っていたからですね」と続いた。

しょせん、私のヒステリックな李少春の長話など出る幕ではないから私はひっこんだ。そして北京で見た『野猪林』の素晴らしさだけを報告した。

橋本団長が「北京では、一番会いたかった方にお会い出来たそうで、よかったですね」と喜んでくだすった。夫は趙丹の人間性について簡単に語り、文革以来今日までの

中国映画界の動きについての経過を説明した。情ないかな、私たちが曲がりなりにも話せるのは、映画についての話だけである。ソファーに背をもたせかけ、茅台酒《マオタイチュウ》のコップをかたむけていた桑原先生という俳優さんは、現在《いま》なにをしていますか?」

「その、趙丹さんという俳優さんは、現在《いま》なにをしていますか?」

アータンは、いま『大河奔流』という前後編にわたる大作に、周恩来総理に扮して出演中である。周総理に似るために、丸い生えぎわを四角く刈り込み、特別の入れ歯を作ってアゴを張らせるなど、メークアップに苦心したらしい。北京での会議が終わったら、上海の撮影所に戻って撮影を続ける……という、アータンの言葉を、私はそっくりそのまま、ちょっと得意になって報告した。「そのフィルムを見るのは、楽しみですね。その映画をたずさえて、趙丹さんが日本へ来られたら、私たちは歓迎しましょう」と、桑原先生がコップを上げた。

アータンよ。

文革によって涙を流したアータンたちの深い恨みを、日本の俳優である私が晴らすことはできないけれど、アータンの新しいフィルムを待っているのは中国の人たちばかりでなく、日本にもいるのです。

アータン、頑張れ!

北京で見たアータンの涙に向かって、私は、声にならない声で呼びかけていた。

有吉佐和子

『恍惚《こうこつ》の人』は、有吉佐和子氏の代表作のひとつである。

『広辞苑』によれば「恍惚とは、ものごとに心をうばわれてウットリとするさま」とあり、なにやら意味深長なおもむきもしないではない。題名だけ見れば「有吉女史もついにポルノに転向か」などと早トチリをする人もあるかもしれないが、中身はなんと色気もクソもあったものではなく（クソはときたま登場するけれど）「老人問題」バッチリときていて「アリャ、こんなつもりじゃなかった」とボヤキながらも読み進めるうちに、いつの間にやら彼女特有の迫力たっぷり、情け容赦もなくハゲしい文章に首根ッ子を引っつかまれ、振り回されて、ヘトヘトになって読み終わった読者の顔に向かって、有吉女史がいと邪気のない表情でペロリと舌を出して見せる——という仕組みになっているらしく、まことに〝コウコツ〟どころか〝ヒンケツ〟が起きるような小説である。

人間、誰しも「触れたくない」、もしくは「触れられたくない」部分を幾つかもっている。そのなかでも、人間の終着駅である「老い」という現実は、避けて通る術《すべ》のない許されない一本道である。

有吉女史のこれまでの作品をみると、『非色』では「支配する者と、される者の宿命」を。『香華』では「母と娘の、血縁ゆえの争い」を。そして『華岡青洲の妻』では「嫁と姑《しゆうとめ》の未来永劫《えいごう》ともいうべき葛藤《かっとう》」を。と、人のイヤがるテーマばかりをノミトリマナコで捜し出し、真正面からダンビラかざして薪《まき》割りスタイルでバッサリと、というヘキがあるらしい。

『恍惚の人』を書くにあたって、彼女は老年学の勉強に過去六年という月日を費やしたという。ほんとうはこの人、完膚なきまでに〝イジワル〟な人間なのではないかしら？ 疑いの眼を窓外にそらし、台風を含んでいるらしく斜めに吹きつける雨脚をながめている私の真正面に、有吉佐和子女史は黄色のパンタロンスーツのヒザを折ってケロンとした表情ですわっている。

有吉 ここ何年か「老人問題」を新聞や雑誌で特集してたんだけど、誰も読まないのよね。ということは「自分は老人じゃない」って思っているわけ。『恍惚の人』はやはり小説なんだから、私としては文学としての評価をうけたい気持ちはあるんだけど、どうもそれ以外の部分が強烈すぎたのかもしれないらしくて「モーロクジジイの話だ」なんて評論家に書かれてカッときてるところなの。私、『恍惚の人』のなかで「老醜」ということばを一つも使っていない。だってそうでしょう？　私だって高峰さんだって、いずれああなるんだから、私、人間を冒瀆《ぼうとく》したくないという配慮はしているつもりなのに、その精神を読み落とされているのは残念だわ。

私、小説のなかに書いてるけど、人間のからだなんてのは二十歳で完成して、その翌日から下り坂なんだから、これは医学が証明してるのでね。このこと、みんなで考えなくちゃいけないと思うの。老人問題は、どこの国でも具体的で大変困った状態です。日本の場合は、この二十六年間の老齢化がすごくて、先進国なみになってきている。

核家族が新しい時代のようにいわれているけれど、核家族というのは、まずイギリスがいい出したことばで、「スープがさめない距離に年寄りが住む」というのもイギリスのことばで、スウェーデン、イギリス、スイスなんてのは老人問題の先進国なんです。その先進国が、スープのさめない距離ということで、非常に老化が早まることを発見した。彼らは〝日本に学べ〟ということをいってるわけよ。日本のように、おじいさん、おばあさん、孫が一緒に暮らすことが、いちばん老化を防ぐいい方法だって……。それにもかかわらず、日本はすごく遅れているというのか、例えば住宅公団だって「核家族、核家族」なんていうものだから、老人の部屋のない建物ばかりつくっちゃって、皆が一緒に暮らせやしないじゃないの、そうでしょう？　われわれ中年は、働いて食べなきゃならないから年寄りの相手なんか面倒くさいけれど、子供は違うのよね。年寄りは話がくどくて同じ話を十ぺんも二十ぺんもする。孫も「桃太郎」や「浦島太郎」の話を十ぺんも二十ぺんもしてほしい。真ん中の世代はぬかして、上と下はちゃんとコミュニケーションがもてるわけじゃないの。私は絶対、核反対ね。おじいさんと孫、おばあさんと孫、っていうふうにワンセットになれば、お嫁さんだって〝子供を可愛《かわい》がってもらったから〟って感謝の気持ちをもてるわよ。でも、このごろ、ヘンな舅《しゅうと》や姑がでてきて「嫁や息子の世話にはならん」なんて、冗談じゃない。足腰立たなくなって病気になってから、突然ころがり込んできたって嫁さんは当惑するわよねえ。

まあ、とにかく、あなた外国へ行ったときナーシング・ホームってところへ行ってごらんなさいよ。〝恍惚の人〟ばかりが、みんな真っ白い服着せられて、左右ズラーッとベッドに並んでいて、そこをただまっすぐ歩くだけで思想が変わるから……。イデオロギーの対立も何もあったものじゃない。共産党も資本家も、年とるとああなるのよ。え？　自殺、それはまだいくらか気が確かなときのことで、彼らは死ぬことすら考えられないの。とにかく、大変な時代がきているわけよね。医学の進歩のおかげで……。

昔は死へのプロセスが短かったのよね、いまはたいていの病気は薬でなおっちゃう。ガンと交通事故ぐらいしかないわけでしょう？　恍惚期が長くなっているのよね。

例えば、高峰さんがたったいま脳血センでポンと倒れて、幾年生きていられると思う？　なんにもできない。ものも噛《か》めない、おしめを当てて、という状態で、鼻からチューブを入れて、ン？　五年？　ダメだなァ、二十年、二十年生きるのよォ。私、最近ひとり死んだ例を知ってるけれど、その人はポンプの故障で亡くなったの。おそらく、その技術が開発されて二十年になると思うの。二十年以上生きた例がないということは……。大変よ、高峰さん、どうする？

年寄りはそこにもここにもいて、私たちだって、きょうからあすへと年をとりつつあるのだし、そのうち誰も彼も年をとっちゃって、もう、国際問題も労働者と資本家の対立も日教組と文部省の対立もなくなって、首相も先生もみんな老いぼれて、若者はただただ面倒をみているだけになっちゃう。外国とケンカなんてしていられないわよ。

例えばね、大臣が私の小説を読む、そして痛切に感じて大蔵省から予算が出て、それを厚生省が使う。実際に、私たちの目の前に福祉として現われるには、まず五年はかかるわね。日本の官僚組織っていうのは、そういうふうにできているんだから……。

私たちが今日、いますぐしなければならないことは〝恍惚の人〟である寝たきり老人をどうすればいいか、ということよ。それこそ挙国一致、超党派、みんなで手をつなぐよりしかたがないわ……。中国的大革命ですって？　まあね、しかし日本のことは日本人がやらなくちゃ。

　だけどね、私にもしもこの小説で社会にお役に立ったことがあるとしたら、それは、自分にカンケイないと思っていた人に「みんなカンケイのある問題なんですよ」ということを思い知らせた、という功績があるのではなかろうか。どう？

有吉女史の小説の文章には、まるで卑しさというものがない。いつも堂々として気品にあふれ、さながら量感のある上等会席幕の内弁当のごとき充実感がある。きょうも、あいまいさのみじんもない独演会を聞きながら〝やっぱ、育ちのよい人は違うんだねぇ〟と上目づかいに見上げると、彼女、なにを思い出したのか、ガタガタと笑い出した。こういうときは、なんとなく用心したほうがよい。なにしろ、小説を執筆中にガラリとふすまが開いて「おいしいぞ、食えよ」と夫が持って入ってきた西瓜《すいか》をやにわに引ったくって、夫に投げつけた、というボルテージの高さである。他人の、それもゴマメのような私なんぞ、どんな目にあうか皆目、見当もつきやしないではないか。

有吉　メキシコで、おかしかったわね。私、あのとき『恍惚の人』を書き上げたばかりで疲れていたでしょう？　熱が出ちゃって、すっかり高峰さんの世話になってサ、結局、私メキシコへ病気しに行ったみたいだったけど、メキシコ旅行の収穫といえば、高峰さんが実に献身的な人であるということだったわね。

でも、あなた、初めは私がちょっと動いても「え？　何かほしい？　苦しい？」なんて親切だったけれど、三日目になったら、さすがに私が「水」なんていっても「そこまで面倒みられるか」なんて怒ったり「タオル」っていうと、それまでは、私の汗を一生懸命ふいてくれてたのに「ホラよッ」なんて、タオル投げつけたりして……。いちばんおかしかったのは、私のおしりの注射の跡をもんでくれながら「私はね、日本ではエライ人なんだよ。私はエライのに、なんでメキシコくんだりで、あんたのおしりもんでいなきゃならないの」ってブツブツ怒ってたあなたよ……、とにかく、あなたの看病はいたれり尽くせりって感じで、まあ、あの節は、ほんとうにありがとうございました。

でもね、私、思ったわ。天は二物を与えずっていうけれど、あなたは幸福な家庭はもっているけれど、子供がいないでしょう？　これ、まったく口に出していえないほど気の毒だと私思うけれど、ああいう献身的なあなたをみていると、子供がいなくてよかったんじゃないか、って……。だってそうじゃないの、高峰さんの子供に生まれた人は大変よォ。どうしてだって？　私の病気の世話でさえ、あんなに献身的なんだもの。もう、自分の子となったら一緒に予備校へ通いますよ。ええ、絶対、自分ができなかったユメをみんな子供に押しつけちゃってサ、子供が歩く道のまえを掃いて歩くよあなたは。ええ、絶対にそうだから……。

試験に合格したからって、あっちこっちへ電話かけてワアワア泣くし、第一、きょうこんなところで、のんきに対談なんかしてやしない。からだ乗り出しちゃって「有吉さん、うちの子、もしかしたら赤軍じゃないかしら?」なんてサ……。やっぱり、いなくてよかったんだ。子供はメチャクチャになるし、あなたの人生もメチャクチャになってるわよ。高峰さんの子供になる人、生まれてこなくてよかったわァ。

だからいわないこっちゃない。

有吉女史がメキシコにおいて扁桃腺《へんとうせん》で発熱したことと、私の子供と、文学的にどんな関係があるのかしらないが、とにかく、私はアッという間に決定的なバカ親にされてしまったのである。

だいたい私は、ポケットやハンドバッグから、まだグニャグニャしている赤ん坊の写真など取り出して「ホラ見てよ、うちの坊や」などと上ずった声を出す親の気持ちは、そりゃわからないでもないけれど、あまりホメたことではないと常々思っているし、私にもし子供が生まれても、断じてそういうハナの下の長いバカ親にはなりたくないと考えていたのである。

ところが、有吉女史にいわせれば「そうよ、ええ、そのとおり、私も実はそう思っていたの、そういう親を見るたびに、なんと志のひくい親であるか、とハラが立っていたの。でもねえ、高峰さんよ、わが子となると、それが違うんだなァ。もう、写真どころか、子供の口のまわりについた御飯粒なんかヒョイなんてつまんで、自分の口に入れちゃうし、グチャグチャに食べ散らかしたスパゲティなんかイソイソとして食べちゃうのよ。そうよええ、この私がよ」などと、さも自信ありげに、そして幸福そうにガタガタと笑うのである。

〝否《いな》、私は決してそんな親にはならないぞ。私は断然スパルタ教育を実行し、あたかもサーカスの団長のごとき威厳をもって、わが子をしごき、しつけ、しめあげるのだ〟と、おおいに反抗しようかと思ったが、存在もしていないガキ一匹のためにカリカリしても、しょせん時間のムダだと考えて涙をのんで断念した。

それにしても、有吉女史は「私のような親をもつと、子供が可哀想《かわいそう》だ」ときめつけるけれど、それなればいったい、有吉佐和子のような人並みはずれたバズーカ砲のごとき娘をもった親の心境とは、どんなものなのだろう？

有吉　私はね、いつも母と戦ってるんですよ。つまり、T・S・エリオットが「伝統というものは、それに反抗する形でしかつながらない」という名言をはいててね。まったく、そのとおりだと思うけれど、まず祖母の時代にさかのぼれば、祖母に対して私の母が反発をし、母に対して私が反発をし、おそらく私の娘は私に対して反発をする。こう思うのよ。

うちの母はね、私を検事にしたかった、それがユメだったの。本当は自分がそちらのほうへゆきたかったのに親が無理解でムリヤリ嫁に行かされちゃったでしょう？……だからあなた、私が女学校へ入ったときのプレゼントが、なんと、『六法全書』よ。こういうことされたらもう、娘は絶対に法科に進もうなんて思わないわよ。教育ママのハシリね。

私の目標？　驚くなかれ、私の目標はなんとキュリー夫人だったのよ。女学校の二年まで私は物理の天才だと思っていたし、いいえ、みんなそう思っていたのよ。私も思っていたけど。

そうしたら疎開でね、フラスコやなんかがなくなっちゃって、しかたなく、お蔵で本を読んでるうちに文弱に流れちゃったの。だからサ、私が物書きになったことが、今でも母は情けなくて恥ずかしくてたまらないらしい。小説なんて世のため人のためにならない。社会に益することなきものだという姿勢は、いまでもくずさないわねえ、私の母は。

たとえばね、彼女はすぐ政友会がどうとか、民政党が……とこうくる。そういうところから説き起こすわけよ。それに対抗するには、ブレジネフがどうだとか、ってやらなきゃならない。彼女、京都女子大の三期生なんです。あのころの教育を受けた人ってみんなそうよね。社会主義と共産主義の違いもわからないころに、赤くなった連中だもの。なにしろ、志の高い親ってのは、子供には負担ですよ。こういう母親と暮らすのは、ホネですねえ……。

まえの結婚を断わるときの母のセリフは、おかしかったわよ。「私は、あなたのお人柄がどうのこうのというので反対をしているのではありません。ただ、佐和子は実用向きに育てませんでしたから、お役には立たないような気がするんです」だって……なに？　あなたもそう思う？　私もそう思ってるけどね、ただ、母はね「佐和子は勉強が好きだから」というところだけは満足しているらしい。私もそれは素直に認めるわ。私、素直なのよ。メキシコでも、おとなしく寝てたでしょう？　あなたに怒《ど》鳴《な》られても「ゴメンネ」っていったわよねえ。

メキシコ旅行は、ＪＡＬ、ＴＯＫＹＯ——ＭＥＸＩＣＯ路線開通記念の第一便で百二十人の団体旅行であった。そこへ団体行動の苦手な有吉女史と私が、偶然に乗り合わせたのがそもそもの間違いであったらしい。必然的に二人は額を合わせてヒソヒソと「いかにして団体行動から逃げ出しごまかして、マリアッチを聞き、ショッピングをし、好きかってにメキシコを楽しむべきか」と相談をぶちつづけた。そのあげく、待望のメキシコへ到着したとたんに彼女は発熱。私は看護婦という身分になりさがり、どうやら悪巧みのバチが当たったらしい。

他の人たちは、いそいそとアカプルコなどへ飛びたっていったというのに、ホテルには、私たちたった二人が残されて、有吉女史は四〇度を越える熱で、顔は金太郎のごとくにマッカッカ、私は心配のあまり顔面蒼白《そうはく》となり、さきに有吉女史のいったところの〝献身的看病〟に精魂こめたというわけである。

その日が日曜日であったかどうかは忘れたが、夜になってやっとつかまえたお医者が現われたのが十一時で、そのまたお医者がどういうわけか日系メキシコ人の小児科の医師で、有吉女史に向かっていきなり「ハイ、お口をあいて、アーン」ときたのには二人ともガクゼンとしたが、私はただただオロつき、佐和子嬢ちゃんは、まさにマナ板の上の鯉《こい》、熱にかわいた口をパクパクしながら観念のマナコをとじるよりしかたがない。

それでも診断の結果は、幸か不幸かガキのかかる扁桃腺の大爆発とかで、ともあれ化膿止《かのうど》めのペニシリンを注射することになった。とたんにお医者さんはションボリと首うなだれてしょげかえった。消毒用のアルコール脱脂綿を忘れた、というのである。早朝から心痛のあまり、部屋の真ん中に棒立ちになった私と鯉と料理人の三人が、あたりをウロキョロ見まわせば、あったあった、ホテルからサービスの、サボテンでできたテキラという強烈酒とシャンペンの小ビン、それにサントリーウイスキーである。

小児科医は低い鼻からズリ落ちる眼鏡を押しあげつ、どういうわけかサントリーを指さし、横っとびにスッ飛んだ私は、サントリーのビンを引っつかむやセンを抜きざま、かたわらのコップにガボガボと半分ほども注ぎ入れて、クリーネックスをドップリとひたしてお医者に渡した。熱くさい部屋の中に、サントリーの芳香《ほうこう》が広がって、有吉さんのおしりはめでたく消毒され、ペニシリンが注射されたあとを、私がモミモミしてあげたというしだいである。

ああ、世界広しといえども、日本国が誇る銘酒サントリーでおしりを消毒した人間は、有吉佐和子ただ一人ではないだろうか。〝バズーカの佐和子もって冥《めい》すべし〟である。

最近、日本の平均年齢が、女、七十八歳、男、七十七歳を越えて、世界一の長寿国家になった、と、新聞やテレビで報道された。これはニュースというより単なる平均年齢の問題で、新聞のトップに載るべきことではない。昔、長寿はおめでたかったけれど、いまは珍しいことではない。医学の進歩、薬の進歩で、ただ、生かされているにすぎない、それも生き甲斐《がい》と喜ぶ人もいるだろうけれど、余計なことをしやがると、悲しみ、怒る人もいるだろう。やたらと生かされることによって、他の迷惑や紛争を起こし、にっちもさっちもいかず立往生している例は、私の身辺にもゴロゴロしている。高年齢の人々を包む社会がもっとやさしく親切ならば、私も、長生きしたいけれど、単に施設が増えるだけならば、私は、いいかげんのところで切りあげて、この世におさらばしたい、と思う。私は自分の老後になんの期待もないけれど、たったひとつの願いは、他人に迷惑をかけない「死」にめぐり会いたいだけである。

有吉　ペニシリンでね、人が死ななくなったのよね。昔は、冬は肺炎、夏は寝冷えや下痢でボロボロ死んでいた子供が死ななくなった。小児科のお医者に「昔と今の違いはなんですか?」って聞いたら、子供の病気がみんなペニシリンで癒《なお》っちゃう、もちろんこれは感謝しなければならない。でも一方では、ただただ生かしてくれるという時代を迎えてもいて、もう、いいかわるいか価値判断の能力がないけれど、とりあえず年をとった人々をかばわなけりゃね。

あたしだって、昔は自殺しようと思ったときもあったけどやめたのよ、なぜって?二十歳くらいのときには〝中年の女ってなんて醜いんだろう。よく恥ずかしくもなく生きていられる〟と思ったけどね、自分が中年になってみたら、恥ずかしながら生きていたい。

四十になってみたら、若い者は美しいと思わなくなった、若さは欲しいけどね、若さの未熟というものは欲しくないな。ただ、いまくらいの理解力を二十歳くらいでもっていたかった。私は子供のころから、からだが弱かったでしょ？　人生でいちばん大事なのは、金と名声だって人はいうけど、いちばん大切なのは健康だわ、その次が信用ね……。両方とも金で買えない？　ほんと、そこへ気がつくまで時間がかかるのね。とにかくですね、人間は一生懸命働かなければボケちゃう。私、ボケるのはいやだ。ああ、八つくらいからだが欲しいわ。私はボロボロになっても生きていたいの。いろんな人に迷惑をかけながら長生きするのよ。ちょっと痛快な気もするわ。

ねえ、三島さんの「楯《たて》の会」じゃないけれど「ヨコの会」っていうのやらない？「ヨコの会」ってのはね、からだがガタガタになっても、本人は恍惚として生き抜くって会よ、ダメかなァ。

いまから十五年前、二十五歳の若さで『地唄』をひっさげて文壇に登場した有吉女史は、ジャーナリズムで気やすく〝才女〟などと騒がれたことで、早くもオカンムリを曲げたらしい。

「いいたいことはいわせておきます。才女から女になり、それから人間になるのが道順らしいから、そのうち私も女になります」といいきったとたん、次から次へと問題作を発表し、その途中？で、あわただしく結婚をし、母になり、離婚までしたあげく、

「作家として、もう十年、時間を貸してほしい。私は成長を楽しんでもらえる作家にな

りたい」と気の長いことをいったりする。彼女の自己顕示欲は相当なもので、実に日本人ばなれのしたそれは、生まれながらの才能と、外国生活中につちかわれたスケールの大きさからきたものなのだろうか、彼女の言動はたしかに優柔不断を美徳とする日本人を驚かせるものがある。

老化現象だの、くたびれたの、という口の下から、この人は「からだが八つ欲しい」などとワメキ立て、驀進《ばくしん》また驀進――〝才女〟は、いまや〝猛女〟にヘンシーンしつつあるらしい。

今年のはじめ、夜十二時すぎにジリジリと電話のベルが鳴った。

「アリヨシです」

私はとっさに受話器を握ったまま身構えた。電話の声が、なんとなくヘンだったからである。

「私ね、更年期になっちゃった。頭痛がひどいの、眠れないの、このままじゃ死ぬわよ。仕事ができないのよ仕事が。あなたどんな睡眠薬つかっているの？　アパート買って引っ越しちゃおうか」

しりめつれつな電話である。しかし更年期とは……来るべきものは確実に有吉さんにも来たわけである。

「更年期ねえ、そんなの相談されたって困るなア」

「だって、あなた、メキシコへゆく飛行機の中で、私が仁丹おくれって手を出したら、サッと出してくれたじゃないの」

「仁丹と更年期と、どういう関係があるんですか」

「だからサ、あなたはそういう人だから、つまり相談してるんじゃないの、私、仁丹以来、あなたを信頼してるんだから……ねえ、なんとかしてよ、死んじゃうわよ」

こちらは更年期はとうにすぎて、もはやボケはじめてはいるけれど、それだけに「信頼してる」などという言葉には弱い。

「アパート買って一人で住むの？」

「だって、家にいると仕事ができないもの、人と口きくのも辛いのよオ」

「じゃ、これからアパート探しですか。一人でアパートへ住んで、シーツとりかえたり、食事の支度したり、忙しいよ。いつ仕事するの？」

「…………」

私は、ホテルに住むことをすすめた。体操場のある都内の一流ホテルである。ホテル代は長期間なら割引をしてくれるだろう、ヘルスセンターは高いだろうが、健康を買うためとあればいたしかたない。有吉さんは納得した。

やるといったらどこまでやるさ、という歌があるけれど、有吉さんの徹底主義はまたスゴイ。それから一か月くらいしてまた電話が入った。

「あれから直ちにホテルへ入っておかげさまで、優雅な生活を送ってます。体操して、美味しいもの食べて。いま『悪女について』っていう小説書いてるんだけど、もう、書けて書けて……。どうもありがと」

三か月後、私はそのホテルで彼女に会ってビックリした。どちらかといえば、ふわふわとして不健康そうだった体つきが、すっかり筋肉質になって、キリリとしまり、スラリとした美人になっていたからである。精神的にもすっかり落ち着いて、死ぬの生きるのとじれていた当時のことなど忘れたようにケロリとしている。私は、有吉さんの努力に敬服しながらも、人間、四十代ならば、まだまだ若さは金と努力で買い戻せるものなのか、と感心した。

彼女はいま、中華人民共和国にいる。外国人としてはじめて人民公社で働いている。彼女は言った。「身体はとことん鍛えたし、こうなったら、田ン圃でも畑でもおこして、中国人をびっくりさせてやる」と。ここかと思えばまたあちら、八面六臂《ろっぴ》の活躍である。

東山魁夷

東山画伯のお家は、千葉県の中山競馬場の近くにある。競馬のある日は、車が込むというので、早起きをして、セカセカと出かけたら、約束の時間より一時間以上も早く到着してしまった。しかたがないので、お家の前を素通りして、車を走らせながら、あたりを見まわしたら、だんだんナシ畑ばかりになってきた。シーズンなので、大きなナシが枝もたわわに実って、いかにもおいしそうだ。「モギとり、梨《なし》の即売」の看板につられてナシ畑に入りこみ、生まれてはじめて「ナシのモギとり」を実演する。もぎたての二十世紀の肌はスベスベとして水気が多くて、うっすらと上品な甘みがのどになめらかである。青白くすき通った果肉の色が、これからお訪ねする東山画伯を思わせて畑の中で輝いた。

クツにこびりついた畑の泥をぬぐい、ほこりっぽい道路から東山家の門を一歩入ると、玄関につづく細い小道の両側は、せんさいな緑で飾られ、シンと静まりかえって、そこはもう東山画伯の世界であった。打ち水のされた敷き石をたどり、玄関の戸を開けた私は、思わず「アッ」と叫んだ。たたきに立った私の眼の前は、ちょうど眼の高さに四角く切られたガラス戸で、そのワクの中にお庭の二、三本の白樺《しらかば》の木と自然な感じの緑がおさまり、その緑をすかして少量の青空が見える。木の葉が風にそよぐと太陽の光がゆれて、まるで画伯の絵のように、なんともせいせいとして美しい。

「借景」ということばがあるけれど、これは「借額」である。玄関の棚には、うす紫色と白の茶花が生けられて、敷きつめられたじゅうたんは、東山画伯の深い青である。「憎い」「してやられた」「まいった」「やっぱりね」こもごものつぶやきが私の胸の中でひしめいて、私は案内された広い応接間の真ん中に突っ立って呆然《ぼうぜん》とした。応接間の壁には、たくさんの、まだ額装もしてない作品が、壁に向けてたて掛けられてある。

東山先生は「お話するまえに、まず絵をごらんになっていただきましょうか？　みなまだ発表まえで、高峰さんが初めてごらんになるわけですね」と、ひとつひとつの作品を説明入りで見せてくださった。「窓」の連作四十七点である。

とすると、この作品を、わざわざ私のために、アトリエから運んできてくださったわけだろうか？　私のような雑駁《ざっぱく》、無教養な女に、先生みずからの説明入りで絵を見せても、まさに「猫に小判」徒労以外のなにものでもないではないか？　私は東山画伯の人柄を感じて、絶句した。

私の眼のまえに、ローテンブルクの町が現われ、教会が現われ、ハイデルベルクの城が現われ、フライブルクのドームが現われる。……応接間の大きな障子をしめきった室内の柔らかい光線を吸って、作品はまるで静かな生きもののように息づいていた。

東山　私、欧州を歩いていて、窓に興味をもったんですね。これは、いろいろな窓とその付属物で、欧州の家は閉鎖的だけれど、窓をとおして心のかよい路があるように思うんです。こんな花にしても、外に向かって咲いていて、家の中から見てもきれいじゃない。

――あくまで窓の飾りですね。それも他人の目を楽しませるための……。こういう気持ちって、家族ぜんぶが持っているんでしょうか？　それとも奥さん？

東山　家族ぜんぶでしょう。これは看板、白馬亭というホテルです。やたらと字を大きく書かないでね、馬がついているだけ。

――ホテルね、私は下品だから馬肉屋かと思いました。

東山　次のこの絵は、窓の中に絵皿がかかっていましてね。「休息は、人間にとって神聖なもの。ただ狂人だけが急ぐ」って書いてありましたよ。

――いいなア。日本人のほとんどは、さしずめ狂人ですね。先生のこのごろの忙しさも、少し狂っているんじゃないんですか？

東山　私も、どこか遠くへ行って、静かに絵を描いていたいとは思うんですけれど、でも考えようによっては、そうなると急に老いこむような気もして……。こうして、忙しくしているほうが刺激があっていいのかもしれませんよ。でも、旅行なんかすると、やはり人間らしい生活にひかれて〝これでいいのかなあ〟と考えてしまうんですよ。そういうものが、こういう窓なんかに現われてくるんですね。秋には新しい絵の個展と、いままでの作品展と重なっていて、それなのに、絵のほうが、まだぜんぶできていない状態で……。

――いちばん大事なことが後回しになっちゃう……。

東山　こちらは制作ですが、これもまだ、もう少しなおしたいんですよ、ここをもう少し描いて、ここをちょっと明るくして……。

――ずいぶん絵の具が盛り上がっていますね、岩彩ですか？

東山　岩絵の具です。これは、ぜんぶ日本画の緑青《ろくしょう》とか中間色で統一してみたんですが……。こういうふうにツヤがなくて、そのかわり壁なんかの感じは出しいいんです。

――岩絵の具を、これだけ積み重ねるの、時間がかかりますね。

東山　そう、何度も何度も。ほんとうは、もっと詳しく描いてありますけれど、それを消してゆくのです。

――こんどのご旅行では『馬車よ　ゆっくり走れ』という旅行記も、お書きになったわけですけれど、先生が旅行先のドイツの人たちに、とても親切にされてらして……。先生が昔、留学してらしたころと、いまのドイツは変わりましたか?

東山　僕は大都会にはあまり行きませんでしたけど、変わりませんね。僕のいちばん好きなのは、素朴ということ。そして、郷土色が魅力ですね。ベルヒテスガーデンというところは、ドイツの景勝地ですけど、いちばんのモットーは清潔と静けさです。失われてゆく人間性の回復の場なんですね。

――先生のいちばん好きそうなところですね。

東山　たとえば、道をつけることはいいけれど、道をつけることによって荒れるということも大きいでしょう?　しかし、三十何年もまえと少しも変わらないということは不思議ですね。看板ひとつ立てない。あくまで都会の雑音を持ちこまないことをモットーにしているのですね。

――私、ちょっと不思議なんですけれど、先生は三十何年かまえに、なぜドイツを留学の地として選んだのですか?　絵といえばフランスに決まっていたのでしょうに……。

東山　それがおかしい。私はどうも、日本の画家が、たくさんいるところは苦手だったんですね。それに、油ならフランスに決まっているけれど、私は日本画だし、それで、いろいろ考えて〝ドイツあたりはどうかなア〟と思ったんです。それに私は音楽が好きだったし……。私は、どうも北のほうが描きいいんですよ。いつか、梅原（龍三郎）先生ともお話したんですけれど、梅原先生は、どうしたって南欧じゃなくちゃ先生の色はでないけれど、私の場合は陽がカッと照っている絵ってないんですね。北欧のほうが、ちょうど自分の風景の条件がいいんです。日本でも、北海道なんかへ行きましてね。

――子供さんのころから、ずっとつづいているんでしょうか？

東山　私、子供のときは神戸でね、生まれたのは横浜でしたけれど……。なぜ、自分が北のほうへ向いてゆくのか、これはまあお話しにくいんですが、小さいときから家の中の悩みがありましたんです。そして、子供なりに、その悩みをいやすために、神戸の山の中とか静かな池のそばへ行ったりして、そのうちに絵描きになりたいと思って……。

――そのころは絵描きなんて、食ってゆけない見本みたいなものでしたでしょう。

東山　それは、とてもとても……。親父はぜんぜん反対でしたし、家の商売もかたむいてくるし、そういういろいろの不幸を通じて、なんとか生きてゆかなければならない、絶望しきってしまわないためには努力もしなくてはならない……。だから、風景でも北の自然というものが、非常に条件の悪い中で暮らして、しかし、春になれば実に美しい花も咲きますし、そういう何かに耐えて、なお燃えてゆくという、それが自分の共感でもあるわけです。

——子供のころの環境って影響されますね。

東山 自然体験っていうんでしょうかね。中学二年生のとき「静か」という題で、青い池に木が映っているのを描いたことがあって……。

——それじゃ、いまと同じじゃありませんか。クレヨンだか水彩と、岩絵の具の違いだけですね。

東山 そうなんですよ。

——私は子供のころ、気味の悪い子だったらしいですよ。サインを頼まれると、お墓のそばで、女のお化けが手をダランと下げている絵を描いたんですって……。そばに火の玉が流れ、どういうわけかちょうちんが立っていて、半分から割れていて……。ああ、思い出した、ちゃんと卒塔婆《そとば》も描いたっけ。私、撮影所に入ったときから自分の意思でない、つまり演技をさせられていて、いま考えると、もろもろの欲求不満でしょうね。

東山 高峰さんをね、私、スケッチしたことがあるんですよ。

——えっ？　まあ、どこで？

東山 東宝劇場の楽屋です。

――東宝劇場……じゃ、『桃太郎』のとき。

東山　そうです。知っている人に招待されて、楽屋へ行って高峰さんをスケッチさせてもらいました。スケッチブックの中にあったんですが、戦争で焼いてしまって……。

――まあ、驚いた。……あ、戦争っていえば、東山先生も人並みに兵隊にいらしたんですよね。どんな兵隊だったんでしょう。

東山　それが爆弾かかえて戦車にぶつかる役なんですよ。二等兵で入って二等兵で出てきたんですけど……。

――そりゃムリですね。先生には……どのくらいの期間？

東山　三か月半くらいでしたか。

――よかったですね、五か月もいたら、先生こわれちゃいますよ。

東山　だけど、僕、軍隊での経験がいちばん大事なことをつかんだような気がするんですよ。それはね、そのころまで不幸が重なって、友人はみんな流行画家で、私だけが、ぜんぜん陽の当たらないところにいたんですね。そして、兵隊になって熊本へ行ったんです。ある日、熊本城へ行って阿蘇山麓《あそさんろく》の風景を見ていたら、ものすごく美しく見えたんです。なぜこんなに美しいのか、と一種の衝撃をうけました。自分が長い間さがしていたものが、なぜいま見えたか、というと、つまり、絵を描く望みも生きる望みもなくなって純粋になって、初めて自分の心が洗われたということですか……。

それから僕は、もし、将来も絵描きとして絵を描きつづけることができたら、この気持ちを忘れずに描こうと思ったんです。そうしたら、戦後は世の中に迎えられてきましてね。それが分かれ道になったんですね。私のような人間は、自分でそこまで行くことはできないですよね、それが大きな他力で、そこへ持ってゆかれちゃったんです。絶体絶命というところへ。そのとき、初めていままで見えないものが見えたわけでしょう。ですから、なるべくそのときの気持ちを忘れぬようにと思って描いているんですけれどもね。

――じゃ、野蛮な軍隊も、先生にとっては、まんざらでもなかったわけですね。

東山　でも、戦争はイヤです。ほんとうにイヤですね。

東山画伯は、どんな話をするときも、静かなほほえみをくずさない。それは、まるで悟りを開いた道学者か坊《ボン》さんのようなほほえみである。

旅行記『馬車よ　ゆっくり走れ』の中にも、「〃旅というものは、こうして別離ということがはっきりしているからいいのだよ。だから親しさを感じ、美しくみえるのだ〃私は傍らの妻にそう言ってから、人間も死ぬということがはっきりしているから、良いのだ。そうでなければ生甲斐というものを感じることもないだろう、と心の中で思った……」とある。この澄みきった静かな心境は、東山画伯の作品に一目瞭然《りょうぜん》である。〃悟りを開いた坊さんのようだ〟と私が思ったのは、じつをいえば、きょう初めてではない。いまから五、六年まえだったろうか？　私が初めて東山先生にお会いしたとき、東山先生はたまたま三、四人の、やはり高名な画家といっしょであった。私は初対面の画家の一人一人に紹介されたが、いちばん後ろに、ちょっと離れて立っている人を、なぜか坊さんか牧師さんではないかと思い、どうして絵描きさんが坊さんを連れて歩いているのかしら？　と、ふと思った。最後になって、その人から「私、東山魁夷です」と自己紹介されて、私は「私の好きな、あの心にしみとおるような絵を描く人は、この人だったのか……」と、とびあがるほど驚いた記憶がある。そして、坊さんだと早トチリをした自分がこっけいではあったが、私のカンは、遠からずとも〝悟りを開いた人間〟を感じたというわけで、私の眼もまんざらフシ穴ではなかった、と安心もした。

東山画伯は、私に坊主と間違えられたことも知らず、静かなほほえみを浮かべて、バカバカしい質問にも、ていねいに答えつづけて、まじめな小学生のように身動きもしない。

――新宮殿の作品は流れている水ですか？

東山　波でした。

――動いている波なんて、先生の作品には珍しいですね。

東山　私の絵としては珍しいんです。なぜそんな題材を選んだかというと、御所の建築は、ことにしっかりとした直線の組み合わせですから、そこに何か動的な感じがあれば、お部屋の雰囲気を盛りあげるのにいいのではないかという気がしましてね。日本の神話だって海から始まっているし、永遠とか、悠久とか、生命感のシンボルのほうがいいと思ったわけです。それで、日本の海をずうっとまわっているうちに、ああいう構図が浮かんだんですけれどね。ただ、ああいう題材を描くと絵が目立ちすぎる心配がある。

――絵が目をむく、ということですか？

東山　そうですけれど、私のようなものは腕を振おうという気持ちが少ないので、その心配がない。それでかえって頼まれたということでしょうか。東宮御所の場合も、やはり動いている雲を描いたんです。まあ、新宮殿の波は中に動かない岩を置いてコントラストしましたけれど……。私が新宮殿に波を選んだのは、壁面ぜんぶを基本色で塗りつぶせるということもありますね。

――壁画っていえば、日本人の体力では限界があるでしょうね。

東山　僕など、ミケランジェロの壁画なんか見ると、人間わざでできるのかしら、と思っちゃいますね。外国の宮殿でも、ものすごい量の絵が描いてあるでしょう？

――そうなんです。あのエネルギーってたいへんなものですね。まあ、お弟子さんを使うにしても……。私、長谷川路可さんの教会の壁画を見に、チベタベッキアまでゆきましたけれど、白いドームの正面に、赤ちゃんを抱いた和服姿のマリアが描かれていて、長崎のハリツケになった聖人が描かれていて、白の部分が、とても多くて、なんだか描きかけのような感じでした。日本画なら白の部分も絵の一部として鑑賞しますからいいのですけど、壁画となると、あまり白い部分が多いと、もちませんね。

東山　壁画は、やはり全体でないといけないでしょう。とにかく、絵描きは体力がないとダメです。たとえば、新宮殿にしても期日はあるし、個展も途中で病気をすれば開けないし、私も中年になってから丈夫になりましたけど、昔は弱くてね。

――それで、お名前を変えたんですか？　魁夷なんてスゴイのに……。

東山　まったく、若気のいたりで恥ずかしいんですけれど、美術学校を出るときに自分でつけちゃったんですね。日本画の雅号は、だいたいおめでたいのが多いんですけれど、若くて反抗期だったので、おめでたくないのをつけようと思って、ごつい感じで〝魁夷〟なんてつけたんですが、さきごろ井上靖さんと話していたら〝魁夷〟っていうのは、まことにおめでたい名前なんですって……。

――あらあら。

東山　両方とも星の名で、ことに〝魁〟という星は、北斗七星のたいへんめでたい星なんですって……。

——いま、若い人は洋画と日本画、どちらを志している人が多いですか？

東山 断然、洋画ですねえ、日本画は、たいへんやっかいなんですよ。絵の具の処理にしても、自分で溶かなければならないし……。

——それに、日本画はじょうず、へたがすぐにわかっちゃいますね。いまの人は、カッコいいのが好きで苦労したがりませんから……。日本で日本のものを作り出すのは、いちばんむずかしいですよね。日本で日本料理をつくるのがむずかしいように。

東山 新宮殿の絵は、この庭をつぶして仮のアトリエを建て、ここで描きましてね。六つの場面に切って……。それでないと運べませんし、そして向こうで壁にとりつけたのです。

——三年近くおかかりになったんでしょう！ 本当に、馬車よ、ゆっくり走れ、ですね。

この世の中に、生まれっ放しでボケーッとしているうちに、なんとなく功なり名とげて偉くなっちゃった、という人間はまず皆無だろう。

名人、人間国宝、偉人といわれる人は、当然のことながら、常人の何倍もの努力を重ね、押し寄せる世の荒波を見事に乗り切った末に、はじめて自分という花を咲かせたのである。

東山先生の場合は、少年のころから連続的な辛苦が東山先生に襲いかかり、いつも被害者の立場に置かれていたらしい。例えば、家業の倒産、父母の死、兄弟の死、そして戦争……それらは東山先生が好むと好まざるにかかわらず、一方的にやってきた。東山先生が中学時代から志していたという、画家になるための精進と情熱は、そのたびに冷や水をぶっかけられるように寸断され、長すぎる赤信号のように先生をじらし、足踏みをさせたに違いない。苦労に苦労を重ねた後、ようやく画家としての芽を吹き出したのは、第三回日展に出品した『残照』が政府買い上げに選ばれた時である。敗戦直後の昭和二十二年、東山先生はすでに三十九歳であったという。過ぎ去った年月は悔んでも戻らないからしかたがないが、そうかといって、人間のいのちには限りがある。東山先生の胸の中で鬱積《うっせき》し、くすぶり、胎動していた炎は、この時を機に大爆発を起こし、その怒濤《どとう》のごとき熔岩《ようがん》は尽きることなく流れ始めたのだろう。東山先生は御自分の著書に『馬車よ　ゆっくり走れ』などというタイトルをつけたけれど、東山先生の、過去十年ほどの活躍ぶりは、ジェット機をはるかに越えて、コンコルドもかくやとおもうほどのすさまじい走りかたである。

昭和四十三年には、三年がかりだった新宮殿の大壁画が完成、四十四年には、ドイツ、オーストリアへ旅行。四十五年には、東京国立博物館評議員となり、四十八年から五十年までは、唐招提寺《とうしょうだいじ》の障壁画に取り組み、同五十年にパリ、ドイツ旅行で制作。五十一年には、中国、アメリカ、ワシントン旅行で制作、ドイツ連邦共和国功労大十字勲章を受章。五十二年に国立近代美術館の評議員となり、同八月、再び中国を訪れてウイグルまで足をのばして制作。五十三年四月、北京で個展を開催。この殺人的な忙しさの中で、何冊かの著書や画集を刊行し、日本を初めとして、ドイツやパリでもたて続けに個展を開いている。あの静かな坊さんのような、一見ひよわにみえる東山先生の、いったいどこからこれだけの力が湧《わ》き出てくるのか、と恐ろしくなる。

昭和五十三年、東山先生は今年七十歳だが、その若々しさはどうみても五十代の壮年だ。いまは何をしてらっしゃいますかって？　ハイ、ただいまは北欧へ旅行中です。

松下幸之助

昭和元禄、太平ムードと、一見、平和で気楽な世の中には、しぜんに拝金思想がはびこり、人々はなんとかして「ラクしてトクとる」ことばかり考えているようにみえるが、それでも、やはり「尊敬する人物」として「松下幸之助」に票が集まるということは、つまり「世の中、そうあまいもんやおまへんのや」という実感があるからなのだろう。

親の代からの金持ちは、他にも大勢いるけれど、タダの金持ちでもなく、タダの電気屋でもない、プラスアルファをもつ「松下幸之助」の魅力とは、いったいなんだろうか？

松下幸之助氏の学歴は小学校四年だけ。少年のころから家を離れて奉公に出て以来、病弱な身体と貧しさにめげず、その後も転々と職を変えながらも独特な「松下商法」をあみ出して、「経営の神さま」とまで呼ばれて、ついに「全国長者番付」に名を連ねるにいたった。そのライフストーリーは、あまりにも有名である。

松下 長いですなア、あなたの俳優生活も。

―― 五歳からやっております。月給五円でしたか、それでも家が借りられて親子三人食べられましたね。

松下 五歳から独立されたわけですな。つまり職業についたわけでしょう? そうするとあなた、僕より先輩ですよ。私は九歳まで親のもとで学校へ行ってましたからねえ。こりゃ、四年の先輩だわ。頭が上がらんわ。しかしまあ、よくやられましたなア。

―― でもね。稼ぐほうがさきで小学校もロクに行かずじまい、そのまま年とっちゃって、今でも何も知らないアホです。

松下 映画の合間に勉強されたんですか。

―― いいえ、そんな余裕ありませんでした……。よくねえ、骨董屋《こっとうや》の小僧になると贋物《にせもの》からだんだんにいいものを見せられて、最後に本物がわかるようになるでしょう?

私の場合は逆で、いいものからさきに見てるうちに、悪いものがわかるという。たとえば、こういう仕事をしていると、優れた人達に会う機会が多いんです。私、本当は人嫌いでテレやなんですけど、でもその人に会っておけば、きっと一言でも自分のプラスになるだろうと思って、イヤイヤでも出かけて行ったんです。座談会でもなんでも……。

松下 そうですね、子供の時分から仕事をしていると交際範囲も、ふつうの人よりも広いわけだから……。

――そういう意味では恵まれていたといえますね。ものは考えようですから。

松下 しかし、そういうものを吸収するだけの力がなけりゃ。あなたが今日あるというのは吸収力の問題ですな。だって、生活困難というような状態の人は何万、何十万といる。その中でピカ一になったんやから……。

――小学校の先生がとってもいい方で、私、学校へ行けなかったけど、いつもロケーションに行くとき、先生が駅へ見送りにきてくれたんです。そのとき、かならず『コドモノクニ』とか、少女雑誌を二、三冊持ってきて下さって、私、その本を読んだおかげで字を読むことを覚えたんです。会長さんも講談本からいろいろなことを学んだとおっしゃってましたね。〝槍《やり》は引くことを知らなければ名人にはなれない〟なんて言葉、講談本の『柳生《やぎゆう》十兵衛』かなんかにありそう。

松下 格言とかことわざ、ああいうものは非常にいい、あれを覚えるのはいいことですな。十歳から十五歳という期間は非常に尊い期間でねえ。その間にものがおぼえられる。僕はやっぱり、幼年時代に平凡に勉強させるだけでなく、苦労というとおかしいけれど、なにか波乱があるというか、波乱にもいろいろあるが、好ましいような状態において波乱があると、これはさきへいって役に立ちますね。

信念というか、生活とか、体験とか、そういうものを与える教育ができるといいですな。あなたも僕も、境遇上そうせざるをえなかった。これは今になってしあわせですな。

――いえ、私の場合は、ただ生き残っているというだけです。とても会長さんのように「自分のための出世なら必要ない」なんて心境にはなれません。だけど、会長さんのおっしゃることって、いつもわかりやすくて真理をついているから人気があるってことでしょうね。でも、ちょっとお坊さんみたい。抹香《まっこう》くさいところがありますね。名僧になればなるほど、わかりやすい講話をなさるでしょう? もっとも、このごろはお寺さんもPRに熱心でまるで事業家ですね。お経読むヒマもないんじゃないかしら? そのかわり、会長さんのような、人生の指針を説く方が経済界から出現しちゃって……、なにしろ一言、一言に実際に経験した血がかよっているのだから強いですね。

松下 なるべくわかりやすいようにお説教くさくなく話さないかんと思っとるんですが、ともすればむつかしくなる。けどね、われわれは、幸いにして本当の学問をしていないから、むつかしいことをいおうと思っても、よういえない。これが幸いや、ねえ。

キャメラマン泣かせといわれる〝崩れない顔〟がニッコリした。

小柄でほっそりした身体《からだ》、そのうえに、いと上品にのっている端正で小さな顔、そしてその顔の両わきについているトテツもなく大きな耳。若き日の松下氏は、このヒラヒラとしたしめじのような耳をかたむけて、人の意見を聞きながら自分自身をはぐくんできたのだろうか？　私はナショナルのCMモデルを戦前戦後にかけて十七年つとめたが、この人の静かな笑顔を見ていると、なんとなく〝漢方薬〟のCMモデルでもながめているような気がしてきた。キャッチフレーズは〝論より証拠急がば廻《まわ》れの漢方薬〟なんていうのはどうだろう。

松下　このごろ、映画でも本でもマンガが流行《はや》っていますでしょう？　なんでも、あまりむつかしいことは好まれませんなア。

――ええ、他愛なくゲタゲタッと笑うようなものばかり受けますね。寝床にはいるころには、もう忘れてしまうような。世の中、そんなにセチがらいのかダレているのか知りませんけど……。

松下　まじめな芝居のなかでも、ちょっとおどけたことをやりますなア、それが、あんがいバカにもされず喜ばれておる。僕らも初めは、けしからん世の中になったなアと思うとったけど、最近ならされてしもうて……。

——いまは、自分の手の届かないものには、初めから寄りつかないんですね、一般に。たとえば、歌手にしても役者にしても「あんな下手クソならオレのほうがまだマシだ」って、バカにして喜ぶ傾向があります。やってるほうは、バカにされて人気を保っているなんて知らないからいい心持ちになっているし、恐ろしいことです。映画でも芝居でも、見るほうと見られるほうが競争して程度を下げているんですね。全く最低線です。

松下 もう、ボツボツ転換期にはいるんじゃないですか？　変わり方もまた早いから……。戦争を中心にして、なにもかも異常でしたでしょう世の中は。たとえば、科学にしても月に行けるようになった。これ、非常な進歩ですけどねえ、その一面には、まだ餓死線上の人が何億といる、その相違ですわなア。調和がない。調和ができてくれば、共通の繁栄というものも考えられる。これからは、なんでも少しずつ正常化してくる、僕はそう思うとるけど。

私は、ふっと、ある情景を思い出した。街に、道から道にまたがった「陸橋」というものがある。私がそのとき見たのは、大阪駅の前の大きな陸橋だった。当時はまだ陸橋は珍しい存在だったので、私は思わず声をあげた。「大きな陸橋ができたのね」。大阪駅へ私を出迎えてくれた広告代理店の社員が言った。「松下電器さんが作ってくれはったんですわ、助かってます……」

私の記憶に間違いがなければ、ずっと以前、松下さんはこんなことをおっしゃった。「公園に、水飲み場があるでしょ。あの水は誰《だれ》が飲んでもいい。金はらう必要もない。公園の水道の水は、大勢の人たちの努力と善意と文明によってつくられたものです。私は自分の会社を、公園の水飲み場から出てくる水のように、しかし、ただというわけにはいかないが、たくさんの人々に供給したい。物を人におくるのではなく〝生活の便利〟をおくりたい」と。

松下産業の繁栄は、こういうところに、その源泉があるのか、とおもう。

――共通の繁栄は、会長さんのモットーですね。でも、日本人のいちばん不得手なことではないですか？　たとえば海外の数少ない日本人同士でも、お互いに足の引っぱりっこばかりしていて、レストランひとつつくるにも、日本人は有り金はたいて借金までして、ウンウンいって店を開いて、もしつぶれれば首くくるよりしかたがない。でも中国人は、おおぜい集まって、お金を少しずつ出し合って、たくさんの会社に分けて投資をする。あっちへ百円、こっちへ百円というふうだから、店のひとつやふたつつぶれても平気な顔してますね。

松下 それは、中国人の生活の知恵ですわなア。そうすることが必要であったわけや。日本は、そこまでゆかなくてもすんでいたわけですなア、それが幸か不幸かは別として。日本は、わりと人を信じるというところもあって、人に任せて仕事をすることができる。日本では、だから、商社でも大きくなれるけれど、中国はやっぱり親戚《しんせき》縁者とか身内だけを信じて仕事をするから大きくなれないというところもありますわなア……。日本には力はあるのやから、これから世界に対して大きな仕事をしてゆく場合、日本中心に考えるだけでなく、世界を中心として、世界の人々の繁栄を中心にしてやってゆく、そうすれば日本は少しずつでもよくなってゆくのではないかと思いますねえ。それで、僕はPHPをやってますのや。

——PHP、どのくらい発行されてます?

松下 百四十五万部。こんど外国版も出しましてねえ、なんで外国版出したかというと、世界の情勢をみて、私なりに考えて……。PRにも使いましたが、販売したのは、ぜんぶ売りきれましたわ。

——いま、会長さんの生きがいはPHPですか?

松下 そうですなア。私ねえ……小さい規模から商売してきましたよ。それで、だんだんに信用を得て、会社も大きゅうなって、百人が二百人、二百人が五百人になり、五百人が千人になりましたでしょう。その過程には、いろいろなことがあった。競争ですものなア。競争には勝たんならん。まあ、勝つということは非常に愉快なことですわ。ところが、一面に愉快でないこともある。というのはねえ、こっちが売り込みに成功すれば売り込みに失敗した人もあるわけでしょうが、それを考えると、ちょっと胸いたむんですなア。ほんとうのところ……。だから、勝ち抜いてはきたけれど、僕の心中かならずしも平静ではないんですよ。それで戦後の非常に困難なときに人生に疑問を感じましてなア。PHPには勝ち負けがないんです。だから、これをつづけてゆかれれば、老後のしあわせではないかと思ってやっているんですがねえ。

――そうですか……。俳優も同じようなものですよ。やはり、勝ち負けの世界です。今日は自分がお山の大将でも、あすはもっと上手《うま》いヤツが出てきて蹴《け》おとされるかもしれない。演技賞なんかもらってウキウキして一杯飲んで、いい気持ちになってなんかいられない。長い間そういう仕事をしていると、なんだか無情を感じちゃって、世の中はかなくなりますね。批評でもね、自分がホメられて相手役がけなされていると、会長さんじゃないけど、やはりちょっと胸いたむんです。

松下　わかります。いっしょですなア。その心境……。仕事やから負けたくはないし、かといって勝ってもねえ。

私はいまの話を聞いていて、彼の成功の秘訣《ひけつ》を、彼の人間性の奥のほうにチラッとかい間みたような気がした。彼の中にはドライとウエットが仲良く同居しているらしい。「松下商法」なるものは、たぶん、そのドライとウエットを、掛けたり足したり割ったりして、できあがった松下氏独特の経営法なのだろう。商売の鬼といわれ、肉親には冷たい人だという声も聞くが「なまはんかな愛情や思いやりは、かえって人間や仕事をダメにする」という深い思慮は、豊富な人生経験を積んで、なお自分自身に厳しい人間にしか生まれてこない。松下氏のようなマジメ人間に、洒脱《しゃだつ》さ、甘さ、色っぽさを求めるのは、どだいないものねだりというものだろう。松下氏の冗談は木に竹をついだごとくギコチなく、いっこうにおもしろくない。おもしろくないからといって、それが、すぐ冷たさやドライに通じるというわけではない。

——日本という国も、中国その他の国から沢山のものを吸収して、やっとここまでになったでしょう？　これからは、そろそろお返しを考える時期ですね。

松下　日本という国は、不思議な運を持っているんですなア。島国という特異なところもありますけど二千年の間、王朝が変わっていないということ。たとえば戦争でドイツもイタリアも変わったが、変わってもいい状態におかれて、それでも変わらなかったのは日本だけや。そこに日本のひとつの特徴がありますわな。それに一民族、言葉は一つですわ。これもありがたいことで、そういうところからも活力というか能率というものも生まれてくる。アメリカなどは四十か国の新聞が出ていて、それが必要なんですなア。なにしろ手数がかかりますわ。人情、風俗、習慣みんな違うんやからモメてモメてやりきれない。だから法律によってなにもかも律せられている。日本とはまるで条件がちがいますわ。

――民主主義もそうですね。アメリカからのもらいものだけど、条件が違うんだから……。

松下　そうですわ。日本には日本の民主主義が生まれないけませんなア。日本の特徴を生かした。日本の美と外国の美は違う。それをごっちゃにするのは間違いでしょうが。

――まえに、日本の人づくり、なんてこと問題になりましたっけね。うやむやのしりきれトンボになっちゃったけど……。

松下　人づくりには、つくるというひとつの理念がなければいかんですわ。なんにもなしにただつくるといっても何をつくればいいのかわからない。それから断絶なんていうけれど、じっさいに断絶なんてありえないんで、大人のほうから断絶があるように思うとるだけや。大人がいうべきこともいうてない、ということでしょうな。先輩が何も教えずして〝キミ、勝手にやりたまえ〟ではねえ。それが民主主義なんだと思うたらとんでもない間違いですわ……。どうも、なにしろ大人がウロチョロしとるんですな。そのまた大人の政府がウロチョロしとる。したがって、子供がウロチョロするのは、あたりまえですがな。若い人の向上心や活力をリードする力が国にないのですな。

――外国から見た日本の信用の点は、どうお考えですか?

松下　信用も、だんだんできてくるでしょうな。いまは非難もされているけれど、非難されるということは、一面それだけの力ができたということですわなア。その力を正常に使ってゆけば信用もつくでしょうな。そうなれば日本は光る。しかしねえ、光るにふさわしいような、自己反省もまた必要や、優れたところもあるかわり、劣ったところも沢山あるのやから、それを外国から教わらなければなりませんわ、なア。

一時間の面会時間はとうに過ぎた。たぶん、次のスケジュールが足ぶみをしながら松下会長を待っているのだろう。ドアのスキ間からチョロリと顔がのぞいたり、書類を抱えたメガネ氏が時計をのぞきこんでソワソワしだしたり、身辺がにわかにザワつきだした。その中で、ソファーにはまりこんだ主役の松下会長だけが端然と落ち着きはらって身動きもしない。

人間、偉くなればなるほど、その孤独もまたネズミ算式に大きくなるらしいが、松下会長の姿もまた、私の眼にはこよなく孤独に見える。少年期から七十七歳の今日まで寸時の休息もなく風雪に耐えて、いまもなおカラーテレビ問題、自社の公害問題など会長の回答を待つ問題はあとをたたない。「経営の神さま」もさぞ頭の痛いことだろう。「写真を一枚とらせてください」という声に、会長はやっとソファーから立ち上がった。

松下　高峰さんとですか、誤解されると困るなあ。

——会長さんに、そんなセリフは似合いませんよ。ムリしなくていいです。

松下　いやいや、どういたしまして、まだ気持ちは若いつもりです。

——気が若いのは結構ですけどね。

松下　老いらくの恋、なんていうのもありますがな、そうでしょうが。

——老いらくの恋も結構ですけどね、まあ、せっかくここまできたんですから、いまさら狂うのはやめていただきたいですね。第一、ＰＨＰが廃刊になりますよ。

円地文子

私は、円地文子作品を読むのが少しコワイ。どういうふうにコワイのか？　と聞かれてもうまく説明ができないが、女の心の深いナイショの部分を、そぎ竹かなんかでグリグリとえぐられるような気がするからである。円地先生の文章は、ご自分でも「私の作品は厚化粧よ」とおっしゃっておるように、まったく妖美《ようび》だが、その美しさは、深海であざやかに舞いそよぐヒトデのような棘皮《きょくひ》動物か、隠花植物のごとき感じで、読者をひきずりこみ、抱きしめてはなさない。私は、こんな作品を書く円地先生そのひとも、きっと、妖《あや》しくもコワイ方なんじゃないかと、お目にかかるのがビクビクであった。

きょう、こうして向かい合う円地先生のいでたちは、鉄紺の小紋《こもん》にうす茶の夏帯、キラリと光るメガネと、さすがにすごい貫禄である。しかし、円地先生は、苦労を重ねた人間特有の、あるやさしさで、わざとくだけた口調で私に語りかけてくださる。その心づかいが、とてもありがたかった。

円地　私は、なんにもできない女なんですよ。ただおしゃべりは好き、外国語はダメだけど。

——円地先生の外国体験というと？

円地　私は昔、落第生でね。女学校のころに、イギリスのとても品のいい、良い宣教師に会話を習いに行ったんですけど、私、ぜんぜんダメだったの。七年くらいもかよったんですよ、それでも。

——七年も……会話がダメで、なにしてたんですか？　そんなに長い間。

円地　それが、先生は三十年前に日本へきて、とても日本語が上手でね。英語はひじょうにりっぱな、いい英語だったそうだけど。

——だって、日本語を習いにいらしてたんじゃないでしょ。だったそうだけど、なんて。

円地　そりゃ、本も使ったし、英語でも話したりね。そのときは通じるのだけど、それが、どこかへ行くと、もう。

——ちがう人の三味線じゃ歌えない。

円地　そうそう、ダメなのよ、まったく、語学落第生。高峰さん、外国人体験は？

——私はやはり戦後です。私はワルイヤツですよ、申しわけないけど。戦争中は女優は、もっぱら兵隊さんの慰問でしてね。踊ったり歌ったりするたびに、海軍や陸軍にごちそうになって、帰りには石けんやヨウカンをおみやげにもらったりして……。そして戦争に負けたら、こんどはアメリカ進駐軍。私、そのころ東宝にいて、東宝がショーを組んで、アーニー・パイル、いまの東京宝塚劇場へ出すんです。これでも私、英語の歌なんか歌ってたんだから、驚いちゃうな自分でも。そのころ、まだ、ものがなかったでしょう。しかたがないからカーテンでイヴニング作っちゃって、歌ってたんです。アーニー・パイルはオフリミットだから、楽屋へアメリカの兵隊がチョコレートなんかをどんどん運んできて、すっかりアメリカに養ってもらっちゃった。なんだか、後ろめたい気持ちです。

円地　芸は身を助けるっていうけど、ほんとうね。私なんか、そりゃひもじい思いをさんざんしましたよ。私はね、ぜんぜんダメなの、生活の無能力者なの。

――そうでしょうね。円地先生がリュックサック姿でイモの買い出しなんて、イメージわきませんよ。

円地　二貫目くらいのものしか持ったことないなァ。子供のときから末っ子で、女らしいことしなかったし、しつけられなかったし、ほったらかしで。男の子みたいに本ばかり読んでいたの。だから、戦争中もみじめなものよ、食べるの好きだけど、お料理はキライ。着物も縫えないし、小説の市場もなくなってくるし、さんざん。

――先生の結婚生活は？

円地 ちっともうまくいかなかった。勇気がないから離婚しなかったけど。こんな奥さんもらったら、誰だってうまくゆかないでしょう、気の毒ですよ。子供は一人だけど、これはなんとか育てたけれど、もう、家庭的にはゼロね。だから食糧集めもへたで、わずかに人の情にすがって……しゃくにさわるから、リラダンのことばに「生活―それは従僕にまかせておけ」って。

――優雅なものですね、ずいぶんいい従僕に恵まれていたらしいですね。

円地 それで、五月二十五日の空襲で家が焼けちゃって。

――そのときも、優雅に、ぼうぜんとながめていらしたんでしょ。

円地 防空壕《ぼうくうごう》に火が入っちゃってね。でも、私ちゃんと出しましたよ。何を出したと思う？　とにかく、御飯に困ると思って、ちょうど、お釜《かま》にお米がしかけてあったから、それ出したの、おかしいわね。

――沈着ですね。お釜をそうっと持ってね。私なら、出したは出したけど、つまずいて、お米ザアーだわ、きっと。

円地 でも、焼けてホッとしたんですよ。だってあの時分、便所なんか汲《く》み取りにこないの。その始末も私できない。そうすると、親切な人が練馬から長い長いこんなヒシャク持って取りにきてくれて。

――先生は、またぼうぜんと見てるだけ。

円地　で、もう、しまいにこんな家もってるのイヤだなァと思ったの、焼けて、物に執着はなかったけど、物がないと困る。

――あたりまえですよ。

円地　あなたみたいに、ちょっと顔だすとお金がパッと入るってわけにゆかないし、私たちの仕事なんて、そのころ全然ないし……。

――そのうえ、ご病気でしたでしょう。

円地　子宮ガンの手術をして、二年ぐらい……その間に各雑誌の編集者がかわっちゃって、私なんか戦前それほどの仕事もしてないし、そんなのが中途半端な作品を持って行ったってとってくれないの。縁談がうまくゆかないみたいに……、ずいぶん苦労しましたよ。自信喪失しましたね。ああ、戦後、私、少女小説を書いてね。私のだからってより、なんでも売れるときだったから一万、二万と売れるんです。ザラ紙のひどい本だったけど、そんなことして、二、三年は暮らしました。

――なんにもできなくても、小説が書けてよかったですね。

円地　書かなきゃ暮らせないし、からだが弱っていて、まともなもの書けなかったけど、めちゃくちゃに書きとばしてね……。お金が、ほら、あのころ十円札とか百円札で。

――ああ、新円で、バカにカサばるお札。

円地　そう、四万部売れるなんていうと、こんなにお札を持ってきて、あのころ、よく泥棒が入ってね。そのお札をどこへしまおうかと考えて、……火鉢がね、こんな四角い手あぶり、その中へ入れておいたの。

――先生、その上に腰かけてたんじゃない？

円地　腰かけはしなかったけど、押し入れの上の段に入れて、そろそろと使ってたの。ずいぶん、食いつないだわ……。

円地先生は、テーブルの上に両手をのばして指を組み合わせ、遠い眼をした。私には、火鉢の中から、そろそろとお札をとり出しては、精いっぱいの才覚を働かせて生活をきりもりしている、若いモンぺ姿の先生が見えるような気がした。

こんな少女のような小柄なからだの中を、どんなに、たくさんの苦しみが通り抜けていったことだろう。でも、円地先生の静かな表情だけは、いつ、どんなときでも変わらなかったのではないかと思う。いや、心に苦しみが増すにつれて、先生は、いつの間にか表情を失ってしまったのかもしれない。逆に心はもえたぎり、巨大な火の塊になって、それが噴火山の熔岩のように、どろどろと流れ出て、文学という美しい結晶になったのかもしれない。いつも十二歳の少女のように、かたくななまでに無表情なひと。

よく、「なんとなく気になる」という人がいる。なんとなく、あぶなかしくて、放っとくと心配で、頼まれもしないのに、こっちから出向いて世話をしたくなる。生まれながらに、そういうトクを持った人がいる。円地先生も、そういう一人なのだろう。「生活—それは従僕にまかせておけ」と、当人はリラダンの心境でいても、ひもじくても、つらくても、ただじっと耐えている円地先生を、誰もが放っておけなかったにちがいない。

長いヒシャクで便所の汲み取りにきた親切な従僕は、もしかしたら、汲み取ってもらった当の円地先生よりも、もっと満足してヒシャクをかついで帰ったのかもしれない——。うらやましい方である。

円地　高峰さん、フランスへ行ったのはいつごろ？

——初めは戦後すぐでした。カンヌの映画祭に行ったんですけど、私はそういう晴れがましいところ、あまり好きじゃないんで、カンヌは失礼してパリに一人で半年しゃがんでました。女優なんかしてると、いつの間にかおとりまきがふえて、お金は要るし、自分はしぜんにあまったれになるし、ここらで一人きりになってみようと思って、家ごと売り飛ばしてスーツケース二つ持って行ったんです。

円地　行かれたってことが、たいへんな勇気ね。二十四や五で、なかなかできないことだわ。

――いまでこそ、楽しい思い出だけれど、パリでは一人で毎日泣いてました。日本人は、まだ五人といないころだったし……。夏になると、みんなバカンスに行ってしまって、古い大きなアパートに一人きりで暮らしてたらクモの巣がはってきちゃった。字引きでホーキってての引いたら「バレ」って書いてあって〝バレだ、バレだ〟と思いながら荒物屋へ行って「バレ」っていったら通じたらしく、バレかついで帰ってきてクモの巣はらいました。先生ならバレどころか、クモに食べられちゃったかもしれない。

円地　それで、フランス語のほうは？

――なんとなく半年いて、ちゃんと生きて日本へ帰ってきたんだから、何かしゃべっていたんでしょ。私は雑草みたいなんですね、丈夫なんです。……先生の処女作が築地で上演されたのも、二十三、四歳でしたでしょう。いつころから作家になろうと決心なさったのですか？

円地　別に作家になろうとは思わなかったけど、小さいころから父や母が芝居好きで連れて行ってもらっていて、それに小山内薫先生と親交があったものだから演劇少女になってしまったの。

小説はむずかしくて書けないと思っていて、だからデビューしたのも戯曲でした。

――戯曲って、ふつう読みにくいっていいますね。でも役者は、戯曲がとても読みやすいですよ、そしておもしろい。

円地　そうでしょうね。戯曲はふつう寝姿だというんですけど、舞台が頭にあって、すぐ立って動けるわけでしょう？　わかる人なら、俳優とか演出家だったら、みんなそうだと思いますね。私の作品が築地で上演されたとき、これは、ちょっとドラマチックな話ですけど、公演の最後の晩に、皆さんを中国料理におよびしたんです。そして、その席で小山内先生が亡くなったんです。

――へえ！

円地　だから、私にするとひじょうにショッキングでした。それがちょうど私の二十三歳の年の十二月二十五日でした。それから私はなんとなく文壇に出ちゃって、……文芸雑誌全盛で、戯曲をどんどん載せていた時代で、あの時分は、小説家が戯曲を書いていました。だから、私も結婚するまでの二、三年は芝居ばかり書いていたんです。

――じゃ小説は結婚なさってから。

円地　そう、結婚してからのち、ことばで表現できない、心理的にいろいろな、内心のものがあるでしょう？　そういうものを流動的に書きたくなって……だから小説を書きはじめたのは遅いんです。三十近くです。

――うっせきしたものが爆発したんですね。

円地　そうです。だけど私には小説書くのむずかしいですよ。いまでも会話はもってゆきやすいけれど、文章つくることは、とてもむずかしい。

――先生の小説はどっちかというと、男だな。女からいっぺん男になって、それでほんとうは女だからやさしい。『女坂』のヒロイン、私演《や》らしていただきたかったけど、私にはできませんね、貫禄ないからね。

円地　そんなことないけれど……。映画にしたいとか、いろいろお話はあるんですけれど、きらわれるんですね。あまり長いからじゃないかしら。

――救いが、まるでないからじゃないですか？　からすぎて。いまの映画でもテレビでも、やはりあまさや救いがないとダメなんでしょうか。でも、そうすると、円地先生の『女坂』じゃなくなっちゃうし……。

円地　映画館を出たときに、明るい気持ちになれるってわけにはゆかないわね。

――最後のセリフ「私が死んでも決してお葬式なんぞ出して下さいますな。死骸《しがい》を品川の沖へ持って行って、海へざんぶり捨てて下されば沢山でございます」っての、すごい。あの一言をいうためにあの役をしてみたいですね。でも、奥さんがお妾《めかけ》さんさがしに、両国でしたか？　ああいうことってあったんですか？

円地　ええ、あったんですよ。小説にするについては私が作ったけれど、ああいうことは、私が書き立てるんじゃなく、全体としてあるわけでしょ？　でも、若い人たちが読書会で、あんな生活は考えられないっていうんですよ。私「そうなってくれればけっこうです」っていったの。だから「私たちの時代に書いておかなければ」って、そういったんですけどね……。あれ書いていたとき、よく読者から手紙がきましてね、あまり女主人公をいじめすぎる。どうしてそんなにいじめるのか、もうやめてくださいなんて。

――女の業とかっていうのは、小説にもたくさんあるけど、先生のは徹底的だから。人間って、あんまりほんとうのことといわれるのイヤなんですよ。

円地　あなた、ものを書くの好きなんですか？

――ものを書くってほどじゃないけれど、……どっちかというと、一人でコツコツする仕事のほうが好きですね。

円地　反応がすぐ出てくるしね。

――小説家や絵かきさん、いいな、と思いますね……。でも、なまけようと思ったらおしまいですね。一人でただ居すわってちゃ、しようがないもの。やはり、もっと努力がいりますねぇ、ダメかな。

円地　でも、私、絵もつらいと思うわ。小説は書いてるときはともかく、色がないでしょ。絵だったら、なにか目を楽しませる要素があるけど、小説は向かい合ってるのは紙とインクですものね。あとは頭の中でこしらえるだけ。書き終わったたって、誰もなんにもいってくれない。だから私、自分で「ご苦労さま」っていうのよ。ほんとなの……。

絵かきさんはね、展覧会で同じ場所に並べられるのイヤだと思うなあ。もちろん宿命的なことだし、そのことが励みにもなるでしょうが、つらいことでしょうね。それから、残るってこと、文学だったら残らない。絶対に消えちゃってくれるけれど、絵は形があるから消えない。焼けちゃうってことはあるけれど……。若いときの作品なんかで残っているのがイヤだということもあるでしょうね。

――映画でもそうです。テレビなんかで古い映画に自分が出てくると、もう見るに耐えないですね。

先生はずいぶん長い間歌舞伎をご覧になっていて、どうですか？　昔と比べて。昔のほうが舞台と客の交流があったでしょうね。

円地　ええ、だから両方とも熱が入って、やるほうもみるほうも夢中……。東京なら東京の話題が共通してたでしょう。そういうものが、のちには映画とか野球などになって、話題がいろいろちがってきますわね。私が小さいころから『演劇画報』なんかで〝歌舞伎は亡びる亡びる〟って、いつも出ていました……。いまは女形はわりといるんですけど、二枚目が少ないですね。立役や仇役も必要だけれど、歌舞伎には二枚目が必要ね。亡くなった団十郎さんは二枚目でしたね。舞台へ出ると「花」があるっていうでしょ。そういう役者が少ないわね。

―― それは先生、映画でもテレビでも同じ。花のある人は、そんなにいませんよ。

円地　やっぱり、花がほしいわねえ。

円地先生は、歌舞伎や二枚目の話になると眼を細めて、いかにも楽しげだった。「役者はつねに花をもっていなければならない。……十代には十代の花、二十代には、その時分の花、それぞれに時分の花を心得るべし、……」世阿弥の、役者の手本ともいうべき『花伝書』の一節が思い出される。円地先生の現在の仕事は『源氏物語』の口語訳とか。「来年の夏には終わるかしら。小説はそのあとにします」という。時分の花としては、なんとふさわしく、そして優雅な仕事だろう。

それに比べて、年中アクセクとバタついて、この年になっても、地に足もつかぬかっこうのこの私は、花は花でも、さしずめホコリだらけで、香りもないホンコンフラワーというところだろうか。世阿弥が見たら、きっと眉《まゆ》をしかめるにちがいない。

森繁久彌

私が初めて〝森繁久彌〟という俳優を見たのは、いまから十数年もまえ、帝国劇場の『モルガンお雪』の舞台であった。たしか古川緑波、越路吹雪と共演で、森繁さんは小倉のハカマにカスリの着物の学生姿であった。

芝居もうまいが、それ以前にひどく魅力的な人間くさい俳優という印象をうけて、同じ俳優としてビックリもしたし、楽しかった。私が初対面であっただけで、当の森繁さんはすでに、帝都座、空気座、ムーランルージュなどで俳優としての蓄積をつんでいたのだろう。坂道を転がる雪ダルマのごとくゴロゴロと走り出し、二まわりも三まわりも大きくなりながら転がり通して、ついに日本映画界の〝花も実もある大親分〟になってしまった。

この〝花も実もある〟というところが肝心で、たいていの俳優は、花を開いても実が結ばなかったり、実はあっても花が貧弱だったりで、俳優としては及第点でも、話してみると上げ底、お粗末な人が多い。

このごろの森繁さんをみていると、どうも中身が濃くなりすぎて、ヘナチョコ監督などでは歯がたたず、ただ圧倒されてひき下がり、あとには口をへの字に結んで、ちょっと困ったような森繁さんが孤独に立っている、というような場面が多いらしい。これは森繁さんのひとつの不幸だろうと思う。

『四十八歳の抵抗』という小説があったが、森繁久彌五十八歳。この可能性のかたまりは、いよいよ底知れぬ魅力を蓄えつつあるようだ。蓄えられたエネルギーは、詩となり、文章となり、テレビに舞台にラジオにと発散されている。でも私は、現在《いま》の森繁さんの芸を映画でみたい。この俳優さんと四つに組んで土俵の上を飛びまわり、パッと砂煙りをあげるような映画監督よ、いったい、お前さんはどこにかくれているの？と私はじれったい思いである。

――私、さっきまで銀座の喫茶店で、若い音楽学校の生徒と話してたのよ。「クラシックもいいけど、絵かきになろうとしてマンガ家になったり、オペラ歌手を志して流行歌手で終わったりする人もたくさんいるんだから、世の中そう甘いもんやおまへんのやで、とにかく落ち着いてやンなよ」っていって「じゃサヨナラ」っていったら「どこへ行くんですか？」って「いまから森繁久彌さんと会うの。あんたあの人キライ?」っていったら「大好きです」ってよ。ちょっとうれしかったね。そんなとき「ウワ、あのエッチな親父?」なんていわれたら私だってショックだもの。利口そうな男の子でね、大好きだって。

――最近、青年にいくらか好かれるようになったので、愁眉《しゅうび》をひらいているの。

森繁　変わってきてるでしょうね。ファンというか、好いてくれる人が。駅前ものとか社長ものとかを演《や》っていたころのファンと、文章を書いたりしだした現在のファンとはまた違うでしょう?

森繁　ファンというものは、どういうんだろう。表面からだんだん中に入ってくるね。

――それは、中身ができてきたから中に入ってくるだけの話よ。六冊も本を書けば、中身がないなんていえないでしょ。

森繁　でも、だんだん勇気みたいなものがなくなったなァ。いまこそ勇気を出して、いろんな悪態ついたりしてやりたいと思ってるのに、昔のほうがもっと闊達《かったつ》な意見を曲がりなりにも述べていたような気がするけど、いまは、なるべく黙っているほうが利口なんじゃないかなんて、悪知恵がついちゃったようだね。

――いろんなことがわかってきて、それだけに知らないことが多い、という自信のなさですよ。年齢《とし》、関係ないね。

森繁　いいことおっしゃるなァ。そのとおりなんだよね。このごろ、本一冊読み終わったときの歓喜なんて大変なものよ。それと同時に、まったく卑下しちゃうんだなァ。こんなことも知らなかったのか、なんて。

――私なんか、知らないも知らないも、あまりの知らなさに毎日ギョッとしてる。大きな顔なんかできない。その自信のなさ、いったい、いままで何してたんだろう。絶望的よ。でも、若いときにはそれがないのね。

森繁　そのころのほうがいい仕事をしてたんじゃないかしら。盲蛇に怖《お》じずってさ。

――そうかもしれないけど。

森繁　老いるということ、これちょっと抵抗があるんだけど。でも、老いなければわからんことがいっぱいあるね。老いなければ見せられない芸もあるということが最近わかった。

いままでは「こうしてくれなきゃオレのたつ瀬がないじゃないか」なんて監督に食ってかかっていた私が「へい、後ろ向きのままでけっこうです」そこに芸があるなら、たつ瀬もあるということね。

――監督にとっては、始末がいいような始末が悪いような俳優でしょうね。どうもいまの森繁さんは、気安く「オイ、モリシゲ」なんて肩なんかたたけない、ってところがあるのよ、昔のファンにとって。それは、森繁さんにとって不幸ですか。

森繁　不幸だねえ。いちばん肌にふれてくるような人が遠のいてしまうのは困るんだなァ。

――大衆といっても、層があるでしょう？　そのだんだん上のほうへ移動してきちゃったって感じね。下の人が昔の森繁を求めても、このごろ校長先生みたいな分別くさい顔になってきちゃったしね。

森繁　最近、久しぶりに映画を撮ったの。その試写を見たんだけどねえ。われながら、なんかこう威風というほどおこがましいとこはないけど、変わったと思った。分別くさいよりも、よけいなエラエラがなくなったよ。

――私も、本を何冊か読ませていただいたけど。だいたい役者の書いた本なんて、あんまり読みたかないものよ。でも買ってまで読むってのは、やはりよほどの魅力がある人なんだろうと思うの、森繁さんは。詩がいけて、文章もいけて、なんでもいけちゃう人だけど、もともとは何になるつもりだったの？

森繁　僕、じつは理工科志望でね。口はばったくいえば、科学者になりたかったね。あなた、私が中学時代、なにがいちばんできたと思う？　代数と幾何と物理よ。それがいつのまにか、なんと役者になっちゃった。

――新京へ行ったのは？

森繁　ＮＨＫのアナウンサーの試験を受けてねえ。当時むずかしい試験で七回もやるの。千人くらいきてたけど、どういうわけだか、選ばれた三十人の中へ入っちゃったの。で、僕は台湾へ行きたかったんだけど。

――なぜ、台湾がいいの？

森繁 だって、バナナもなっているしさ、食うに困りそうもないから。でも満州へ行けっていわれて……。しかし、満州へ行ったことはよかった。ああいう若いときに日本から離れて遠くから日本をみて……異民族がいっぱいいてさ、それにしていることが国づくりだもの。大きなロマンだものねえ。

僕はわりとぜいたくな家に生まれたから、つっかい棒のある庭木みたいだったからね。そこで、ぜんぶバラバラっとふっ切れたみたいだった。で、こんどは庭木じゃなく、草でもなんでもいいから、てめえの力で生えてやろうと思ってね。……あのね、満州でも終戦近くなったころ、家庭菜園が流行してね。満人がヘンなリヤカーみたいなのを押してキュウリとかトマトの苗を売りにくるわけ。

僕もそれを買って、小さな庭に植えてね、あるとき、それに水をかけていた。そこへ満人がやってきて「旦那《だんな》、なにしてる」って聞くから「苗が枯れないように水やってるんだ」っていうと「旦那、バカじゃないか」っていうんだよ。彼のいうには「あんた、満州の畑みたことあるか。こっちのあぜから向こうの終点まで行くのに昼までかかる。めしを食って、またこっちへくるのに、夕方までかかる。どうやって水をやれるんだ、水なんかやらないんだ」っていうんだね。「苗なんか植えっぱなしにしておけば枯れるヤツは枯れて、強いヤツは水のあるところへ向かって根を生やしてゆく、水をやると根はのびないよ」っていうんだねぇ。

それで、ハハーン、ずいぶんやり方が違うなァ、って……。それをふっと自分のせがれに当てはめるわけじゃないけど、困るとすぐ小づかいをくれというんだよ、ねえ。しじゅう水やってるようなもので、あれじゃ根はのびないんだ。生きようとする力なんてない。やはり、根をのばさせる、という満人の農耕方法を人間にもあてはめてみたいね。

——ああ、やっぱり森繁さんって、たぶんにPHPの気味があるんだわ。

森繁　大いにあるねぇ。古くなってきたのかなァ。何かほかの話、しようか？

森繁さんは、話の途中で「こんな話はつまらないか？」とか「別の話をしようか？」とか、しつこいほど聞く。最近、太りぎみで立ち居は、いささか大人《たいじん》めいてきたが、じつに神経質な人である。私は対でゆっくり話をするのは、きょう初めてで、いつもはパーティや宴会で出会うくらいのお付き合いでしかないが、そんなときの森繁さんのつとめ方というかサービスには、いつも感心する。歌を乞《こ》われれば歌いもし、話といわれれば、その広い知識とユーモアで満座の人を楽しませる。いや、森繁さんは、その神経質のあまり、気をつかうあまりに、人を放っておくことができず、ついつい〝哀《かな》しきピエロ〟の役を買って出ては踊り狂ってしまうのだろう。

――知床《しれとこ》旅情、売れてますね。この間、地名を変えたとか変えないとかって、新聞でガタガタいってたけど、大人気《おとなげ》ないね。そのときの森繁さんの談話で、「どっちも美しいところだし、そんなことどうでもいいではないか。もっと仲良くやってほしい」ってあったけど、私もほんとうにそう思った。どこでもいいわよ、同じ日本じゃないの。

森繁　オレだって別に流行《はや》ると思って作ったんじゃないんだしね。ただ、ここで一言いいたいのはね、骨がくさってどうしたとか、女がどうしてこうなって、とか、いまテレビをひねると、まったくくだらない歌ばかり、なにか性欲の果てに、どうなったみたいなのばかりでね。そのなかで〝知床〟は幼稚な国民歌謡だけど、それを全国の人が歌うなんて、オレはうれしかったね。すごい共通の味方を得た喜びを率直に感じたね。通俗的にいうなら健康な人が、まだいっぱいいるような気がしてね。僕はちっとも世の中を見捨ててやしないけど。

――〝あゆみの箱〟も、いまは定着してるけど、ふつうの人からみると、役者がそんな運動するなんてビックリ仰天ってとこがあったのよね。そして、すぐに〝売名行為〟だなんてことといわれる。合わないねえ。

森繁　僕はもう、社会に抗議しない。〝あゆみ〟は、森繁の売名だっていわれても知らん顔していられるくらい強くなったね。いちいち事を荒立てて怒らない。思う人は思え、くだらない闘争をして疲れはてることはやめたの。で、なんか、そういうことというのって、すべてジェラシーだね。なにか見苦しいほどのジェラシーがみえる。人をけおとさなくても、あなたがご自分でそうおなりになったらいいじゃないか、と思えばどうってこともないや。女より男のほうが嫉妬《しっと》深いねえ。

――いまごろ、あんなことといってる。なんだってそうよ。男のほうがスケベーだし、男のほうが嫉妬深くて欲ばりで、スゴイじゃないの。そのエネルギーを仕事のほうへもってゆけば、どんなにすばらしいかと思うけど。

森繁　人間だからね、そりゃ若いうちは欲望でいっぱいなのはいいですよ。またそれでなきゃいけない。でも、それはだんだん整理してゆく段階がすてきでね。それに気のつく段階がないとつまらない。そして、その欲望を集約してゆくところに作業があるんじゃないかしら。でもね、じつに怨《うら》み骨髄っていう顔した陰惨な男がよくいるじゃないの。

ああなったら、人生ゼロだよね。きのうのことをくどくど思っているのはつまらないよ。脱皮してゆくところにいいとこがあるのにさ。ちっとも脱皮しないヤツは、キライなんだ。

——いる、いる、そんな人。日本は湿気が多いからね。

森繁　僕は外人と接していて〝いやだなァ〟と思うことと〝いいなァ〟と思うことがある。

——外国人は湿気がないね。たとえば、ホテルよね。日本の宿屋には、やたら花が生けてあったり、人形が飾ってあったりして、いらないものがたくさんあるじゃない。そのくせ、洗面所にお湯が出なかったり、書きもの机の高さが悪かったりするけど、外国のどんな小さいホテルでもお湯が出る。灰皿がある。鏡も電話もカギもある。泊まるのには、それでじゅうぶんよ。ごたごたと絵なんか掛かっていないわ。ちゃんと必要なものはそろっていて、そのかわりによけいなものがなさすぎるってこともあるけど、とにかく、健康でサッパリしている人が多いみたい。

森繁　そのとおり。日本人が十人ほどで話をすると、どうも、どこかへなびこうとか、誰かのきげんを取ろうとかっていう気持ちがあるね。保身術みたいなものかな。その中に外人が二、三人いると、彼らはじつに自分の意見をちゃんという、あれがうらやましい。

——日本人だと、それに何かがくっつく。

森繁　ＢＵＴというのがつくんだなァ。ＢＵＴの多い国民だよねえ。賛成なら賛成でいいんじゃないかな。一言ですむんだ。

私は外国で異民族のなかで七年間生活していたから、そういうものが見えるようになったのでね。これからの若い人は、どんどん外国へ出て行って生活したらどうかしら……。

こうしてつくづくと、森繁さんを眺めていると、森繁さんの顔はなんとなく日本ばなれがしているなァ、と私は思う。この顔はどうしたって朝鮮半島から北、中華人民共和国からモンゴールの方にかけた顔で、はなはだ国際的な風貌《ふうぼう》である。最近はますます額《ひたい》が秀《ひい》で、アゴヒゲなどをのばしているので、外国人のように見える。そうだ、このヒゲは、音楽劇『屋根の上のヴァイオリン弾き』の何回目かの公演のときから生やしたヒゲだっけ。あのミュージカルは全く見事だった、素晴しかった。一幕目で、チェックのシャツに長靴を履いた森繁さんが、ピョン！　と舞台に飛び出したときは、まわり一面に花が咲いたような気がして、思わず、私は客席の椅子《いす》から身を乗り出したものである。劇が進行するにつれ、観客と役者が一体になって劇場内を駆けめぐっている感じで、私は興奮し、「入場料、高くないぞォ」と叫びたくなった。

森繁さんは『屋根の上のヴァイオリン弾き』で、勲章や演技賞を貰《もら》ったけれど、でも、森繁さんはそういうこととは関係なく、きっと、あのテビエ老人の役がめっぽう気に入っているにちがいない。あと何百回も何千回もテビエ老人になりたいために、いや、テビエ老人から離れたくないために、いまだにヒゲ剃り落とす気にはなれないのだろう、と、私は思う。

杉村春子と『女の一生』のように、森繁久彌と『屋根の上のヴァイオリン弾き』は、すっかり定着したようである。

歌手に持ち歌があるように、役者には、他の誰にもできない、その人でなければならないという持ち役がある。テビエが森繁か、森繁がテビエか、というまでになった裏には、大変な努力と研鑽《けんさん》がひそんでいる。偉いことだな、役者冥利《みょうり》につきるだろうな、と、同じ役者のはしくれなのに、私は、他人《ひと》ごとのように感動してしまうのだ。

森繁　五十過ぎた人の話をしたいのよ、僕は。最近さ、私も含めておろかに見えるのは、五十を過ぎた人ってダメだねえ。いい年をとっていないような気がするのよ。チャキチャキの新聞記者という人が五十を過ぎてしまうと、なんでもない初老の人なんだな。でさ、私の話ってのは三十五歳あたりからぼつぼつ五十過ぎの生活設計をしろっていいたいの。だって、この国じゃ生活に追われて、そんな計画なんて立てられない、っていわれちゃ、それっきりだけどね。
息子の嫁なんかに、あれもできないのか、とか、ゲタのぬぎ方がどうだとか、ブーブー、ブーブーいってないで、何かやることよね。なんでもいいの、エスキモー語やるとか、鼻毛の研究とか。どこの民族は鼻毛が長いとか、南洋の土人のは短いとか、もう、なんでもいいんだ。

——とってもいいけど、それまでに、もはや疲れ果てちゃってるんじゃない。

森繁　生きがいをもたなきゃダメよ。自分が社会で生きている以上、やはり人間は四分の一くらいは、人のためなんて気持ちを失ってはいけないのよね。……ねえ、ヨーロッパへ行くと、ビルの窓にきれいな花が咲いてるね。「これなんだ」って聞いたら、団地だっていう。

日本の団地は寝小便したふとんが干してあるものね。美しい花を他人にも楽しませたいって気持ち、とてもうらやましく思ったの。じゃ、日本人は花を愛さないかっていうと、花は愛す。

——家の中へ入れちゃってね。

森繁　……僕はね、芝居しててね、自分の芝居がうまいからみてくれなんて思ったこと一度もないの。毎日お疲れでしょう。お金もいただきました。つたない芸ですが、一所懸命やりますから、きょうは一日ごゆっくり、って思うんだ。そのへんが僕の甘っちょろいところかな。でも、そういう反省したくないんだよ。そう思って生きてるんだから。

私は、さっきから、森繁さんを食べものの味にたとえたら、なんだろうと考えていた。とにかく、それはすべての味を含有して、こってりとしたおいしいものである。ありました、ありました。それは、動物でも魚でも鳥でもない複雑微妙な味をもつ、あのスッポンでありました。

中国に「淮杷燉山鼈」というぜいたく料理がある。それは、養殖ではなく、山の清水にいる自然のスッポンをブツ切りにして、こってりと煮込んだ料理で、骨つきの肉を口の中へ入れてしゃぶっていると、この世に生きるしあわせを感じるほどの美味な料理である。森繁さんに会いたければ、この料理を食べるといい。え？「さぞ高価な料理だろう」って？　そのとおり。このスッポン料理は、たいへんに高い。が、お代は食べてのお帰りで、森繁さんの芝居をみて、帰りに「木戸銭返せ」と、あなたは、まさかおっしゃいますまい。

私が、そんなことを考えているとは、つゆ知らぬ森繁氏は、ウイスキーのコップをしきりとかたむけ、ついでに首をかたむけて、律義《りちぎ》に〝別の話〟を考えている。

浜田庄司

六月の、ひさしぶりに青い空だった。そよ風が吹いていた。

東京を出て、浜田庄司先生の住む「益子《ましこ》」に近づくにつれて、空はますます高く澄み、風は薫風《くんぷう》に変わった。宇都宮から車で三十分ばかり、まわりが緑一色になったとき、とつぜん目の前にドッシリとした、りっぱな門が現われたので私はびっくりした。スモッグと悪臭と騒音の東京からセカセカとはい出てきた私にとって、緑の中に浮き出たその門はひどく美しく見え、ちょうど浦島太郎が海の中で忽然《こつぜん》と竜宮城を見いだしたごとく、しばし呆然《ぼうぜん》として口アングリとその門を見上げ、みとれた。

栃木県は益子町のはずれに城を構える「浜田庄司工房」の表玄関の門をくぐり、目を上げた私の前には天国が広がった。あざやかな緑の木々の間に、日本では珍しい「マウンテン・ローズ」のあじさいに似たピンクの花や「ドッグウッド」の大木、そして愛らしい日本の野の花や、見たこともないような大輪の「てっせん」の花が咲き乱れて、花好きの私は、浜田先生にお目にかかることに心は急ぎながらも足のほうはノロノロといっこう進まず、美しい花々に自分のダンゴ鼻を近寄せたり、紫のてっせんのそばにしゃがみこんで見たりして時間を忘れた。〝こんなすばらしい環境のなかで、ご自分の愛する陶芸一筋に打ち込んでいられる浜田先生という御人は、ああ、なんてうらやましい、しあわせな方だろう〟思わずため息が出るうちに、民家風の母屋に着いた。

——しばらくでございました。

浜田 あなた、ここに縁はありながら、なかなかお会いできなくて。前にも一度、こられるっていったのがダメになって。

——はい、でもね、いつもお客さまでお忙しいんでしょ？ 私のアメリカの友人なども団体でうかがったりしてるの知ってたので、私まで押しかけちゃご迷惑だと思って。

浜田 そりゃこういう対談のほうが迷惑ですよ、団体のほうがまだいいなァ。ハハハ。

——あいすみません。このあいだね、沖縄へ行ったんですよ。ちょうど浜田先生がいらしてるって聞きました。小山富士夫先生（陶芸評論家）と……。

浜田 ああ、台湾へ行ったとき、行きと帰りと二度寄ったんです。行きに寄って、南《なん》蛮《ばん》の窯《かま》で仕事をして、台湾に行ってるうちに焼いておいてもらってね。

——私、そのころ小さな店（新国際ビル内のピッコロモンド）を持っていたものですから、何度か沖縄ガラスを買いに行ったのです。

浜田　へえ、ああそうそう、あの丸の内のお店ね。私も一度行ったことがある。

——ええ？　ウソでしょ？

浜田　いや、ほんと、娘がみつけてきてね。でも、あれじゃ、あなたソンするばかりじゃないの？

——はい、ぜんぜんダメなんです。赤字です。

浜田　ねえ……。でも、ソンしなきゃ、いいことはできないね……。楽しみがありゃソンするくらいなんでもないから。

——身から出たサビなんです。私、小さいころからどういうわけか、古いものが好きでして……。だれに教えられたわけでもないのに、どうしても古道具屋に足が向いちゃう。撮影で忙しいでしょ？　いつもワアワアいわれて人なかにいると、たまらなくなってきて、どこか静かなカンケイないところへ逃げ出したくなるんです。でも、若い娘には、どこにも行き場がないんです。それで自然に古道具屋に足が向いてしまうんですね。古道具屋の上がりがまちに腰をおろして、お茶かなんかよばれちゃってると、とても気が落ち着いて……。若い娘のくせに、だから骨董屋や古道具屋のおやじとずいぶん知り合いになりました。でも、お金ないから自分のこづかいで赤絵の油《あぶら》壺《つぼ》一個とか、そばチョコ一つくらいしか買えなかったけど。

浜田 じゃ、本モノだ。

――いえ、とんでもない。

浜田 私なんかも十代でしたよ、買いだしたのは……。私は、初めはやっぱり絵描きになりたいと思ってたんですけど、中学三年のころに焼きものが好きになって……。

――何かご覧になったのが動機になったんですか?

浜田 それはね、火鉢。

――火鉢ですか、どんな?

浜田 〝しがらき〟あたりだと思いますがね本当は……。あとあとまで中国のものだと思ってたんだけど、考えてみると、家なんかに中国の火鉢なんてあるはずがないし……、中国をうつした〝しがらき〟のナマコだと思う。

――あの紺と灰色のまざった。

浜田 そう、あのトロントロンとしたの……。なんだかね、肌の色が、……焼きものってのは木でもないし、金でもないし、ガラスには違いないんだが、ガラスでもなし……。

――ませた子供ですね。ふつうの子供だったらしげしげと火鉢を眺めたりしませんよ。

浜田　いま考えてみれば生意気な話なんだけど、子供心にも絵というものは、いちばん偉い絵描きより用がなかったんだ。中途半端なのは装飾用として頼まれて描くわけだから……。そういうのではなく、たとえば富士山にしても、ただ白扇をさかさまにしたみたいのでなくて、大家になれば大分あやしげな富士になる。古い人だって、北斎の真っ赤な富士なんてのも出てくるし、それもまた気をひく。梅原さんの富士が出てくる。ゴツゴツした富士で、いままでの富士の概念からすると富士でもなんでもない。しかし梅原にしてみれば、もう、これほどの山はなくって、いままで描いた山の中では、いちばん難物で、力いっぱいしている、そういうところが出るものだから他の人には見えなかった富士が初めて生まれる。富士がね。梅原の富士に見える時があったりすると「まるで今日は梅原の富士だな」なんて、天然の造形が一画家の方に、かえってトレード・マークが移っちゃって、そのパテントを変えてゆくような逆効果がでることがあるんですね。宝を、みんなに教えてくれるんだから、そこまでいけば画家も第一級で値うちがじゅうぶんにある。

——浜田先生が陶芸の道を選んだのは？

浜田　画家はね、自分が金を持って道楽しているんならともかく、人にやっかいになったときにどうして自分の気持ちを整理したらいいのか、じつにやりきれないだろう……。陶芸ってものは、これはなんとか使えるものなんだから同じ迷惑をかけるんでも、まったくカラッポに迷惑をかけるんじゃなくて、どこかで少しでもお返しができて気がすむんじゃないかと思ってね。

二度目のお茶が運ばれた。茶色の肌に赤い模様のはいった益子《ましこ》焼きの茶碗《ちゃわん》を手にしたまま、私はボケーッと浜田先生のお顔をながめていた。紺の紬《つむぎ》の単衣《ひとえ》の袖《そで》は舟底になっていて、同じ紬の山袴《やまばかま》に陶土がこびりついている。やや厚めの唇がゆっくりと開いたり閉じたりして、眼鏡の奥の瞳《ひとみ》が、なにか遠いものでも追うように、ときどきキラリと光る。〝オヤ、この眼鏡は、なんだかなつかしい眼鏡だナ〟と思ったとたんに、私は思わずエヘへ……と笑い出しそうになった。

昔、さあ何年くらい前だろう。「ノンキな父さん」というマンガがあったのを覚えているのは私のような中古女だけだろうか、浜田先生の眼鏡は、そのノンキな父さんのかけているロイド眼鏡と、ぜんぜん同じ形なのである。やや小さめな、まんまるのフチで、ツルが真っすぐのびている。今どきではお目にかかることもできないような愛嬌《あいきょう》のある眼鏡なのである。フチはいずれ鼈甲《べっこう》で高価なものにはちがいないのだろうが、浜田先生がこの古風な形の眼鏡を愛用していられる気持ちが、なんとなくわかるような気がして、浜田先生の〝おしゃれ〟を感じた。

私は商売がら、たくさんの人間に会う。何百、何千人にあっても、それぞれにみんな違う顔をもっていて、これからまだまだ人間は生まれてくるのに、ストックはあるのかしら？　なんて、よけいなことまで心配になるが、もうひとつ不思議に思うことは「功なり、名とげた高年の男性のほとんどが少年時代の顔に戻る」ということである。

人間、四十歳になったら、自分の顔に責任をもて、というが、猜疑心《さいぎしん》や警戒心や邪心を心に持ちつづける人間が年をとると、面相まで卑しくなって、ただ汚いジジイになるだけだが、人生の荒波を乗り切って、心おきのない仕事を果たし終え、欲も得も洗い流した人間の顔は、すがすがしく純真な少年時代に戻るらしい。私の知る限りでも、梅原龍三郎氏、前田青邨《せいそん》氏、武者小路実篤氏、松下幸之助氏、と何人かの「少年の顔」を持つ偉人がいる。みんな、自信と安らぎに満ちた美しい顔ばかり、まるで上等の白磁の壺でも見るごとく、いつまで見ても見あきるということがない。

私の隣で、田舎マンジュウを頰《ほお》ばっている浜田先生にしても、私の眼には、カスリの着物にヘコ帯の、少年浜田庄司が、ナマコの火鉢を両手でさすりながら目を据えている姿が見えるような気がする。

それにしても、中学三年のくせに「陶器なら、どう間違っても使えるものだから、人に迷惑をかける率が少ないし、お返しができるだろう」なんて考えたのは、よほど苦労性な少年だったのだろう。

――陶芸をなさりたいとおっしゃったとき、お父さまはなんといわれました？

浜田　絵描きなら、まだ道がありそうに思われるが陶工では三十になったって百円の収入もおぼつかない。……おまえは長男じゃないかって言われた。それでも私はまだ絵を捨て切れたわけじゃないから、土曜は家で静物を、日曜は待ちかねて、かならず弁当を持ってスケッチに行ったんですよ……。なにしろ東京で育ったから、どこで陶器を習ったらいいのかもわからない。そのころ、多少、名の通っていたのは板谷波山先生一人で、板谷先生が教えている蔵前《くらまえ》の東京高等工業学校の窯業科《ようぎょうか》ならいいだろうっていわれて……。入学したら二年先に河井寛次郎がいてね。早速知りあった。

――河井先生のあとに、柳先生が現われるんですけど、浜田先生はまず河井先生とめぐり会ったことで人生が決定しちゃったようなものですね。

浜田　そう、河井との縁は、個人的には兄弟以上ともいえるほどでしたが、これは、一つには体も性格も、ほとんど反対だったことにもよるでしょう……。仕事のうえでは、リーチ、富本、河井、柳と、二十代から七十代まで、半世紀を越してつき合ったた……。たとえば、離れているときでも、これらの友だちの信頼を失いさえしなければ大丈夫と思って暮らしてきた……。これほど友人の恩を受けてきたのは、まれな幸せだったと身にしみています。

――蔵前の学校では、焼きあがりまで？

浜田　いいえ、焼きあがりどころではなく、ただ、ろくろをどっちへまわすか覚えていればいい程度だった。卒業後、河井も私も京都の陶磁器試験場へ勤めたけど、ろくろはできず、毎晩、下宿で手びねりの壺をつくっていた。河井なんかあんまり大きな壺をつくっちゃって窓はずして出したりね。せっかくひねったのがぺちゃんこになったり。

――そのころの土はどこから？

浜田　京都にはいい土が、ほとんど出ないので、信楽《しがらき》が中心でした。磁器には、九州の天草《あまくさ》の石を砕いて使いました。

――そのころ陶芸家は、経済的にはどうでした？

浜田　ダメでした。第一、売れません。

――皆さんで展示会をなさったんでしょ？

浜田　でも、陶芸品だけではダメだからって、版画なんかといっしょにしたり……。

――先生の陶器が最初に売れたのは？

浜田　二十八の春、ロンドンでした……。英国へ渡って、日本風の登窯《のぼりがま》を築いて、陶土を探して、松薪をそろえて、釉《うわぐすり》に使う木炭を集めて、三年かかってやっと初窯を焚《た》き、リーチとは別に、パタソン画廊で第一回の個展を開いて、ほとんど売れました。その秋、関東大震災があってね……。僕は大正十三年の春、帰国した。

――私が生まれた年だわ……。先生は英国へいかれる必要を認めましたか？

浜田　大いに認めました。第一には、真反対の側から故国を見られることね、勉強になるでしょう？　それから、リーチほどの人と身近に住んで、いっしょにモミ合って学びたいこと、大英博物館はじめ、ほうぼうの博物館で、いままで本でしか見られなかった古陶器、目《ま》のあたりに見たい……。それから有名なカテドラルや、田舎の名もないチャペルや、農家や住まいや、暮らしぶりも……。

――そのころのイギリスの陶芸家は？

浜田　一九二〇年に行ったときは、陶芸家はほとんどいなかったけど、いまでは世界的に陶工熱が盛んで、英国でも何百人もいるでしょうね。

――バーナード・リーチさんとも長いおつきあいですね。

浜田　ほんとうに長い……。リーチは一九〇九年に日本へきたんですが、濃いヒゲを生やしていて、ずいぶん老けてみえてね。とにかく志の高い人で、変な手はいっさい使わず、カスリの着物ならカスリの着物だけ、縞《しま》なら縞でいいと……。そんなことを激しくいう人じゃないけど、非常に公平な人でした。

――日本語もよくお話しになれますよね。

浜田　そう、いまじゃ日本語で三十分くらい平気で講演もできる。少ない言葉数でできるだけ適切な表現を選ぼうとするから、初めての造語が生まれて、かえって生き生きとしてる。冗談もいえてね。田舎の小さい風呂にはいったとき「長い脚を曲げて気の毒だ」っていったら「私も年よりだから、いずれは死んだときずいぶん窮屈な箱に入れられるし、いまから勉強のつもりでがまんしよう」なんてね、笑わせたりして……。

――「民芸」という言葉は、浜田先生と柳先生と河井先生がお考えになったとか。

浜田 三人でね、大正十四年に、旅の汽車の中で考えた。

――それまでは?

浜田 うーん、下手物《げてもの》、ハハハ。

――下手物……っていうと、だいぶニュアンスが違うみたい。

浜田 上手は上流階級のもので、下手は庶民のもの。たたくとチーンという音のするのが上手……。

浜田 上手を非難するわけではないけれど、これは、すでに守られていて、まかせておいてもいいけれど、下手は数も多くて皆がバカにする。初めから大事にされたものは、ほそぼそとでも通ってゆくけれど、いちばん普遍的なものは、いちばん先になくなる。……しかし、安価で質素の中に庶民の生活を守ってきたよさが、気がついてみると大したものでね……。料理屋の料理と、家庭のおそうざいの違いですね。

「私の集めた民芸品も、まあ見て下さい」

と、浜田先生は腰をあげて、素足に下駄をつっかけた。私はもともと嫌いなほうじゃないからあわてて後を追う。

浜田先生が世界中から集めた民芸品のコレクションは有名で、めったに見せては頂けないと聞いていたので、私は早くもヨダレをたらしそうになって坂になった小道をよじ登った。東京を出るとき「きょうは土の上を歩くのだから」と思ってローヒールをはいてきたのに、小石のまざった土の道はやはり歩きにくい。浜田先生は下駄をカラコロ鳴らしながら、スイスイという感じで歩いて行かれる。

眼の前に、いちだんと大きな民家が現われた。これが浜田先生の「宝庫」だ。イギリスの古いイスや飾り棚、沖縄の徳利《とっくり》やガラス、アメリカ・インディアンの籠《かご》、コプト、土器、舟ダンス、骨壺《こつつぼ》、そしてアメリカの糸つむぎ機やら、朝鮮の李朝ものやら……。浜田先生はこれ等の名品から吸収することを「食べる」ということばで表現されるが、これだけ大量の民芸品を、よくも、しゃぶりつくし、食べつくしたものだと、私は、浜田先生の強靭《きょうじん》な胃袋にあきれかえって、広い座敷の真ん中に棒立ちになった。

浜田先生の眼もとがくずれて、うず高く積まれた桐箱《きりばこ》の中の一つが持ち出された。まるで、幼い少年がとっておきの玩具《おもちゃ》でも見せびらかすような、肩を張った表情に、私も思わず身を乗り出して、箱のヒモが解かれるのを待ち兼ねた。

浜田　これね、縄文《じょうもん》……。とにかく縄文の中では、これがいちばんの美人じゃないかといわれる……。ほらね、美人でしょ。

——ほんと、きれい……。メガネかけてるみたいだけど、入れ墨かしら？

浜田　そう……。ここんとこね。出たのは青森だけど、こういうとこなんかジャワかどこか、南方の血がはいってるんじゃないかと思う……。この、ひたいに二本、たてに入ってる筋は、どういうわけなんだろう……。

浜田先生は腕を組んで考えこんだ。いま、浜田先生の心は、浜田先生の世界の中を飛んでいる。私は黙った。

つぎからつぎへと、桐箱が持ち出され、浜田先生の眼は食い入るように、それらの土器にそそがれた。美しい、楽しいものを見るときの浜田先生の眼が、まんまる眼鏡の中でキラキラ輝いて、執念といった光を見せる。浜田先生の作品の強さ、大きさは、すべて、こういう執念から出発したものなのだろうか？

先生は「宝庫」からの帰り道に、二か所の窯場へ連れていってくださり、東京のデパートへ納めるための、焼き上がった陶器を選びはじめた。

浜田　これは、悪くはないけど……。この釉の垂れぐあいもおもしろいことはおもしろいけど、おもしろすぎて、どうも……。お店の人と、買い手と、作る人と、こりゃ非常に大事なことでね。

――買い手があればこそですよ、先生。

浜田　しかし、買い手が悪くもするんですよ。

――そうですね、映画も同じ。このごろとみにいけない。

浜田　買い手は罪が重い……。

木々の緑の葉がサヤサヤと鳴って、浜田先生のおでこにチラチラと影が動いて、平和だった。浜田先生の最後のことばは、

「私としては、中国のときに自分の仕事の種をみつけ、京都で芽を出し、英国で根を張り、沖縄から肥料を取って、益子で育った、といえるでしょうか……。

願うところは、盆栽ではダメ、寒暑、乾湿に対する手入れを心配する庭木でもなく、雑木でもいいから、放っておいても樹齢をまっとうする樹《き》のようでありたい」

それが結びのことばであった。

信頼のできる四人もの親友をもち、天国のような環境の中で、その樹齢をまっとうしつつある浜田先生は、やはり幸せな御方だと私は思う。自力で陶芸を学び取らなければ

ならなかった当時の苦労や努力が花を開いて実をつけたいまも、先生のきびしい眼は、陶芸の奥へ、奥へ、と、純真な少年のそれのように、ひたむきに向けられて迷うところもないのである。

私が浜田先生に最後にお目にかかったのは、山の茶屋といううなぎ屋だった。先生が亡くなる二年ほど前になろうか。

久し振りにリーチさんが英国から来日されたので、梅原龍三郎先生が、リーチさんを主賓として、武者小路先生、浜田先生を招いて夕食の会を開き、なぜか私も御相伴にあずかったためだった。

夕暮れ、諸先生がたは、山の茶屋のひなびた日本座敷に腰をおろすと同時に、それぞれの仕事の話をはじめた。普通、半世紀以上もの交友を持つひさびさの集まりならば、当然、「あの時は、こうだった」というような懐古談になるものなのに、昔話や思い出話はまるっきり出ず、話題は終始、前向きで、私はそこに芸術家の精神の若さをみたようで感動した。

もちろん、談論風発といった景色ではなく、言葉は静かで少なくても、その会話は禅問答の如《ごと》く簡潔でありながら、泉のようにつきることがない。

食事が終わって、そろそろおひらきという時、梅原先生がポツリと「志賀（直哉）がいたらなァ」と呟《つぶや》いたのが印象的だった。

川口松太郎

川口松太郎先生は、私の結婚の仲人である。そのとき私は〝私の選んだ人〟をまっさきに川口先生に見てほしかったし、もしも川口先生に「おまえ、よしときなヨ」といわれたら、この結婚をあきらめようか？　つまり、私はそれほど川口先生の〝人を見る眼〟を信用していたのである。

川口先生は江戸っ子で、情があって、世話やきだから、夫婦ゲンカをしても「駆けこみ訴え」がしやすいだろうとも考えた。首実検？　がＯＫになったとたんに、私は間髪をいれずに借金の申し込みをし、その借金で結婚式をあげた。図々しいヤツとは私のことである。

以来、二十余年、当時カモシカのごとき美青年であった夫はイノシシのごとく変化し、私もカカア天下の中古女となり果てたが、夫婦ゲンカの駆け込みだけは、まだ一度もしていない。なにしろ図々しい私だから、自分が困らなければ、ごきげん伺いにさえも出向かないので、ずいぶんごぶさたした。そう、川口先生にお目にかかるのは一年ぶりだろうか。

――あれ、小ちゃくなっちゃった。

川口　そうかなア、だいたいジジイになれば小ちゃくなるよ。

――なりすぎたわ。低血圧だからって食べないんでしょう。

川口　これ以上、小ちゃくなればなくなっちゃうよ。中山恒明のヤツが「油もの食うな」とか「もっとやせろ」とかってさ、この間ケンカしたの、「やせろ、やせろ」ったって、そうはゆかねえや」って。ただ隠居しててさ、金がふんだんにあって寝てりゃいいんなら別だけど、まだ働いたり、ゴルフのひとつもしたいんだもの。「かってにしやがれ」っていったら、向こうも「かってにしやがれ」「そのうちガンになったら、おまえ、早く殺せ」「ああ、殺してやるわ」ってね……。でもそれ以後、あんまり食いたくもなくなっちゃったい。カゼひくと長くてね。血圧が低いから、手がホラ……なんだ、おまえも冷たいな。

――私はまだ五十代だからね。

川口　やがてくるよ。順ぐりだよ。七十ともなればしかたないよ。

――このあいだ、石坂泰三さんにお目にかかったけど、八十三とかで八十五キロだって、すごい元気。

川口　早くから、かみさん亡くして、聖人のような生活して、庭をグルグル散歩してりゃ。

――妻が早く亡くなるといいんですかね。

川口　女の心配がなくて、それで寂しくなけりゃ、いいんだろうなあ。おまえんとこの善三やオレは年取ると小ちゃくなりますよ。あのね、キミの批判力ってのには、いつも感心するんだが、それを善ちゃんに吹きこんじゃダメだよ。あの人まだ若いんだから。

――ハイハイ。

川口　吹きこむと理屈っぽくなるよ。

――わかりましたよ。でもね、気をつけてはいてもね、なんてったって毎日いっしょにいると、ついヘンなこといっちゃうの。「人間のやることの分量なんて、生まれたときから決まってるよ」なんて……へへへ。「おまえはオレをダメにするようなことばっかりいう」なんて怒ってるよ。でも、私はこの仕事、五十年もやって終わっちゃったみたいなものだけど、考えてみればあちらさんは、まだ三十年ほどでしょ？いま、いいとこだものね仕事はじめて。……でも、ときどき「オレもな、どうせな、知れてるよなあ」なんていってる。

川口　バカなことをいえ、知れてるってたって、おまえ、男と女は違いますよ。
――男だって知れてるよ。
川口　知れてるったって、やっぱり、うんと世に栄えなければダメだよ。いっぺん、栄える方法はあるんだから、善公はいいぐあいの腕を持ってるんだからな。じゃましちゃいけないよ。
――じゃまはしないよ。あっちに食わしてもらわなきゃならないから。
川口　おまえがさ、結婚しようと思うけど、どオ？　なんて善ちゃん連れてきたとき、オレはビックリしたなア。まるで、おまえの亭主になるために生まれてきたような男でさ、どこもかしこも、うまくしたものだなあ、世の中は、とオレは思ったよ。
――先生、仲人は何組なさいました？
川口　そんなに沢山はしてやしないよ。オレはね、仲人するときに亭主をじっと見るんだ。女房なんかどうだっていい、亭主がしっかりしてりゃ女房がついてくるんだからね。
――そうかな……。うまくいくってどういうこと？
川口　我慢してるってことさ。
――ほんとうにそうだな。
川口　もう、おまえ、いけないよ。我慢しなよ。あとは老人になるよりテはないよ。

——それが、だんだん我慢ができなくなってくるの。年とって色気はなくなるし さ、ガンコになって。いままでは我慢できたこともできなくなってくる。老いの一徹 です、もう。

川口　しようがねえなア。

川口先生は「つきあいきれねえ」といった表情で、手にしたコップ酒の中をのぞいたりしている。

世の中には、話術の名人といわれる人が大勢いる。そして、そういう人は、きまって聞きじょうずである。川口先生は江戸っ子最後の作家ということだが、お得意の人情もののセリフそのもののような、小気味のよいべらんめえ口調には、誰《だれ》もが聞きほれるような魅力がある。テニヲハのひとつひとつが、ピリピリと生きていて、相手の心に直接ぶつかってくるその感じは、まるで強いシャワーを浴びているような快さとでもいったらいいだろうか。

川口先生は私を「おまえ」とか「おまえさん」とかと呼ぶ。「おまえ」といわれて、初めて私は「ああ、川口先生と話しているのだな」と思う。もし、川口先生に「あなた」とか「高峰さん」とかいわれたら、さぞ気味が悪いだろうと思う。「おまえ」といわれてうれしい人、それが川口松太郎という人の真髄かもしれない。

——先生は幾歳のころから作家になろうと思ったんですか？

川口　オレは小さいとき、浅草に住んでいてね、すぐそばに久保田（万太郎）がいたんだ、それでオレが「芝居を勉強したい」といったら「それじゃ、小山内（薫）のとこへ行け」って紹介状をくれてね……。忘れもしない、その紹介状を持って四谷《よつや》の坂町の小山内先生の家へ行ったんだよ。「ごめんください」って玄関に立ったら、なんだか少年が立っててね、その少年が「おい、この下へマリがはいっちゃったから取ってくれよ」って、いきなりいうんだ。坊ちゃんであることは間違いないから、しょうがない、オレは縁の下へはいこんだよ。

——いま、縁の下ってあんまりないね。

川口　縁の下なんてものはおまえ、人間がはいるように作られてないだろう、まるで、クモの巣だらけでメチャクチャだよ。そのクモの巣はらいのけてドロだらけになってマリ拾って出てきたとこへ、奥さんが出てきて「まあまあ申しわけありません」てことで風呂場へ連れてかれて、顔洗ってたら小山内先生が出てきた。おかげさまで親切にしてもらったけどさ……。

そう、それが最初、オレが二十歳くらいのときかな、それでその少年がアーちゃんていって、あと前進座の役者になって、戦死しちゃった子だ。

――ああ、扇升さん、私、その人と『その前夜』って映画でラヴシーンした。ほんとに扇半開きにしたみたいな、ほっそりした人でしょう?

川口 そうそう、そうだよ。それでね、小山内先生の脚本研究会ってものがあって、オレはそこの会員にしてもらって、毎週、先生のところへ集まって、いろいろ演劇の話を聞いたり、おたがいに本を書いて持ってきたのを朗読して先生の批評を聞く、まことにまじめないい会だったんだ。

――いまでも、そういう会ありますか?

川口 いま、ないよ、そんなのんびりしたの。そのときの生き残りが二人いてね。その一人がオレだ。もう一人は八住《やすみ》利雄。

――シナリオの。

川口 ええ。そして、そのうち雑誌「劇と評論」ができて、小山内先生の目にかなった脚本だけがその雑誌にのることになった。そして、オレの『足袋』というのを載せてもらって……。そしたら、大正十二年の震災になって東京じゅうが焼け野原になっちまった。オレが二十二、三のときだな。そのころは、大和新聞の地方版の記者だったんだよ。地方版の記者は、おもしろかったな。いまの銀座の松屋呉服店の横丁のとこに……。

――呉服屋じゃないよ、いまは……。

川口　ああ、デパートの松屋か。そのころは三越や白木屋も呉服店でね。ゲタぬいで上がるんだ。
うんと買い物すると座敷へ通されてお膳《ぜん》が出る……。新聞社で当直してるとね、表におでん屋や、うどん屋やすし屋、が出て、そして演歌師……。
――夜店はなかったの？
川口　おおありだ。毎晩夜店が出た。酒買って、おでん買って演歌師よんでると、警察から電話があって「人殺しだ」っていうと、サアッといなくなっちまうってな、実にどうも、なんともかともいいようのないような新聞だったね。
――そのころ、先生はまだ独身だったの？
川口　ああ、両親はいたけど、なにしろ貧乏だったから、子供が一人でやってくれりゃけっこうだって、両親だって実父母じゃない、養父母だ。
――私と同じです。いくつのころから？
川口　生まれたときからだ。……オレの出生については、いろいろと伝説みたいなものがあるのさ。
――はい、私もずいぶん調べたんだけど、みんな少しずつ違うのよ。ほんとうのことを正直に述べていただきたいの。
川口　オレだって、どれだかわからないよ。でも、オレはそういうこと気にしないんだ。親がだれであろうと、一向にさしつかえはないや。オレはオレだもの、オレを赤ン坊のころから育ててくれた人を親だと思ってりゃいいんだよ。

――私も、そのとおりです。私、四つのとき今の母にもらわれたけど、自分では知ってたの、でも母はかくしていたつもりらしい。あるとき、学校から帰ったら戸籍調べのおまわりさんがきてて、母があわてて何か書類をかくしちゃって、私、あとでそれ見たら「養女、秀子」って書いてある。私は〝なんだ、やっぱりそうか〟って思っただけだけど、そこ見つかっちゃってね、泣きの涙。それで私「いいじゃないの、私は育ててくれた母さんを母さんだと思ってるのよ」っていったら、また感激の涙でね。でもね、そのあとイヤに親風吹かせるようになっちゃったのよ。

川口 安心しやがった……。オレと似てるね。

――お父さんは左官職でしたね。

川口 ああ、オレは職人はいやだったんだ。それで古本屋したり、警察の給仕したり、オレいまでもモールス信号ってのできるんだ。芝公園の通信技術養成所にはいりたくて、学科試験の発表を見に行ったら、国語、算術いろいろあって、その中に英語がある、なにしろオレは小学校六年しか出ていないだろう。こりゃダメだと思ったけど、あわてて神田の英語学校へいったのさ。

――ドロナワだ。それで？

川口　二か月そこへ行ったけど。なんだかもう、立て板に水を流すごとくペラペラ一方的で、なんのことかさっぱりわからない。これもダメだってんで、英語の講義録とって独学さ。そして、試験うけてみたら、いいかげんなもんだよ、オレが第一席だよ。よせやい。

――そういうことって、ひどく自信がついたでしょうね。

川口　ああ、ついたね。それから卒業するときまで首席だった。でも、オレ、素行が悪くてね。このとおり、昔からおしゃべりだったんだな。警察の宿舎にいたときね、あんまりメシがまずいんで、おまけにあるときネズミのクソが入っていて、オレしゃくにさわって皆の代表で、それ持って教頭んとこへ文句いいに行ったんだ。それから二日ばかりサシミや牛肉になったけど、またまずいメシに戻っちゃった。そこで、今度はオレ障子に「今日以後、メシ食わぬ」って書いたんだよ。そしたら、その障子はずして学校へ持ってかれちまって、今度はさんざん、こっちが怒られちまった。

――親分肌で、おせっかいな子供っていいます。

川口　それなんだ、オレは、それからずっとそんなことばかりする立ち場になっちゃったんだな。

――貧乏性なのね。でも、先生のいわゆる人情ものは貧乏性じゃない。言葉使いとかなんとか、そんなものじゃなくて、情のかけ方、かけられ方すべてがスッキリしてて上品でしょう？　川口作品の中にある独特の品のよさが、読者に好かれるんじゃないかと思うんです。それは、先生が意識してそういう作品にしているの？　それとも、昔の下町の庶民には、そういう品があったの？　それとも、先生は生まれつき上品なの？

川口　そんなことおまえ、考えたこともないよ。そんなことははじめてだよ、おまえにいわれたの。そりゃ、ヒイキしてるんだ。

――仲人だからって、ヒイキなんかしません……。じゃ、やっぱり先生は生まれつき上品なのかな、徳川さんの御落胤《ごらくいん》だってうわさもあるから。

川口　オレの中には上品なんてものがあるとは思わないけどね。

――でも、下品はきらいでしょ？

川口　きらいだ。オレが貧乏性なのはほんとだ。うちでね、自分でてんぷらなんかあげて「おい、あついうちに食え」なんてせかせかしてさ、さて、自分が食おうとするともう胸一杯で食えないんだよオ。

――なに、それ。てんぷらなんかあげてないで原稿書いてくださいよ。このごろ、ずいぶん怠けてるじゃありませんか？

川口　怠けてなんかいないよ。やってますよ。少しずつ。

――先生のいちばんお好きだった作品は、何ですか？

川口　ありませんよ。

――どうして？　『鶴八鶴次郎』『風流悟道軒』『破れかぶれ』。

川口　ダメ。ないんだ。だれがなんていったってないよ。あるのはネクスト・ワンだよ。チャップリンにね「おまえの好きな作品は？」って聞いたら「ネクスト・ワン」。じつにこんな立派なことばはないね。

――チャップリンのほうが、さきにいっちゃったけどね。

川口　ああ、さきにいわれちゃった。でも、オレは死ぬまでネクスト・ワンだ。これから書く。

――いつ？

川口　来年……ったって、いまのつづきさ。いまのつづきを、少していねいにやるよりほかないじゃないか。どうしようもないじゃあないか、おまえ、ええ？

川口先生は七十歳になっても正直な人である。

まだ少年のころに、一人っきりで世間に飛び出し、苦労のありったけを重ねながらも「貧乏を苦労と思ったことはない。貧乏をしながらも、けっこう楽しんでいたよ。オレは貧乏の仕方がうまかったのさ」と、笑っている。「貧乏の仕方がうまい」というのは、どういうことか、私にはわかるようでわからないが、川口先生の中にある、一種の潔よさ、というようなものが回りの人たちに愛された、ということではないかと私は思う。かわいがられて甘えず、叱《しか》られてメソつかず、潔よくその場を割り切る気風《きっぷ》のよさは、川口作品一連の「信吉もの」の文章の随所に顔を出す。「情に棹《さお》させば流される」というが、人一倍情にはモロイ、それも若き日の川口先生のことである。さぞ、流されて溺れそうになったことも、たびたびであったろう。溺れてははい上がり、上がってはまた溺れ、して、信吉は人生の階段を一歩一歩と登りつづけたのだろう。いとしさに、抱きしめてやりたい、と思っても、私の眼の前に鎮座ましますのは、七十をとうに越えた芸術院会員の川口松太郎先生である。

――このごろ、ハラの立つことありますか？

川口　そりゃ、あるよ。

――それは、昔に比べて、っていうこと？

川口　そう、昔に比べてってことだね。第一、政治家が百姓に弱いこと、権力に弱いこと、もっと強い政治力を持ってなけりゃ国民全体の幸福は図れないよ。たとえばヘドロだって毎日出てるんだろう？　いますぐしなければならないこと、なんにもしやしない。すぐやってほしいんだよ、あそこの住民は。

――政治家の恥ね。

川口　政治家なんて恥に対して厚顔無恥になってるんだ。
——先生は、恥ずかしいことをつらいと思いますか？
川口　イヤだね……といったってさ、恥をかくまいとして鎧兜《よろいかぶと》に身を固めてキョロキョロしながら生きてゆくのもイヤだよ。だから恥かいたらごめんよってあやまって、〝二度と、もうしないぞ〟ってさ、恥をかくのはいやでもやむをえない恥だってかくさ。
——恥を恥と思わない人が多いでしょう？　恥をかいてるということすらわからない、昔、そういう人って、あんまりいなかったんじゃないかしら？
川口　昔、武士というものは、恥辱を受けたら死ねといわれて切腹したもんだ……。そうだ、死んだ河野一郎がこういったことがある。「川口君、僕は七、八年のうちに総理になる。そうしたら食管制度をまずやめる。そのかわり、僕は殺されるだろう。でも、これで死んだら本望だよ」って。
——河野さんならやったでしょうね。
川口　ああ、「国民はあとになってから、救われたってわかるだろう。それでいいんだ」ってね。〝この男、骨があるなア、偉いなア〟と思ったよ。……それから、赤坂でね、美術家が集まって博物館長だの、ああ中曾根もいたな。……メシ食ったあとで河野が「きょうは美術家諸君にお目にかかったが、皆さん政府に対して何か要望がありませんか？」という。皆だまってるから、オレが「まことに僭越《せんえつ》ながら、先日あるビルの中で、ピカソの展覧会を見て私はゾッとしたことがある。もし、隣から火事が出てピカソの絵が焼けたら世界の宝を失うことになる。近代美術館は政府の機関です。もっと完全なものを作っていただきたい」っていったら、もう翌日電話があってね、中曾根から「きょう、河野先生が閣議にかけて、近代美術館の建築について、調査費として一億とりました。近代美術館は実現しますから、ご安心ください」って……オレ、感心しちゃった。そういう判断と実行力、偉いヤツだと思った。そのうちに、まあ調査いたしまして、なんていいやしない。

――でも、よかったですね。先生の一言で近代美術館ができたわけね。先生は昔から絵が好きだったんでしょう？

川口 ああ、好きだ。

――初めて、自分のお金で絵を買ったのは、いつごろでした。

川口 そうさな……。十四歳のころ、ある古道具屋に、広重の『雷門』があってさ。それ欲しくて欲しくて。一円五十銭だったが金がない。やっと五十銭払って、そのあと払えず、二年経《た》って行ってみたら、まだちゃんとその絵に赤札がついて置いてあった。うれしかったね。それが絵を買ったはじめだな。

――梅原龍三郎先生の絵も大好きね、先生は。

川口　ああ、好きだ。梅原の絵のあの強さ、美しさねえ。オレは、梅原の絵を壁にかけてながめてるときファイトがわくんだよ。この強さに負けるもんかってね。

――だから先生、てんぷらなんか揚げてないで仕事をしてください。来年になると、もっと小ちゃくなっちゃうんだから。

川口　わかったよ。おまえ、やりますよ。

この対談で、私は川口先生に「小ちゃくなった、小ちゃくなった」と言ったけれど、それから間もなく、川口先生はもっと小ちゃくなって、とうとうガンになってしまった。ガンの出来たところが、さいわいに食道と胃の境い目で、何か月かの入院、闘病を続け、中山恒明先生に殺されもせず、川口先生は再びちんまりとした姿を現わした。私はほんとうに嬉《うれ》しかった。

私たち夫婦には子供がいない。そして夫婦とも旅行がちだ。いつオッ死ぬか分らない。遺言状は仲人である川口松太郎先生宛てになっている。いや、そんなことはどうでもいいとして、世の中には一年に一、二回しか会わなくても、ああ、この世にあの人が生きている、というだけで、なんとなく心強く、安心できる人がいる。頼り甲斐《がい》のある人、とでもいうのだろうか。川口先生はその中の大切な一人である。死なれてたまるか。

川口先生は、情にモロい。そして、世のどんな親にもヒケをとらぬほどの親バカだ。

私も貰いっ子だけれど、私が三歳の時に死んだ実母の顔はちゃんと覚えている。川口先生は生まれたときに既に養父母に育てられていた。それだけに、御自分の子供さんにそそぐ愛情は、甘さを通り越して、眼も見えないという状態である。

最近、「大麻」の摘発ニュースが相ついで、新聞や雑誌の頁《ページ》をにぎわしている。川口先生の三人の子供さんの名も公表された。そして、誌上には必ず、その名の上に「芸術院会員、川口松太郎の……」という但し書きがついていた。一言でいえば、川口松太郎という名を使うことに依って、いやが上にも人目を引くように、効果的に、というコンタンなのだろう。私はアタマに来た。そりゃ、川口先生は、私が見てもじれったくなるほどの親バカだ。しかし、親バカは川口先生だけではない。戦後、個人の自由だの、核家族だのと騒ぎ立てておきながら、こんな時ばかり「川口家の崩壊」などと、カビの生えたような「家」という字を持ち出してくる。ジャーナリストは無責任だ。

子供が法を犯したからといって、未成年ではあるまいし、ヒゲまで生やし、子供を産み、女房のある子供ではない大供たちである。責任のあるのはあくまで当人たちであって、川口先生とは関係のないことではないか。いや、少なくともそんな事件によって、川口先生の残した立派な業績に、チリほどの傷もつく筈《はず》はない。

しかし、川口先生は、向う気は強くても根は優しい情の人だ。さぞ、もろもろの思いが心の底に入り乱れて不快な毎日を送っているに違いない。私は電話をかけた。

「こんどの事件《こと》、先生とは関係ないじゃないの」

「ああ、オレとはカンケイないよ、みんなガキじゃあるまいし大人だぜ、そこまで面倒みられるかい」

「じゃ、先生は何処《どこ》かに旅行でもしたら？　東京にいれば不愉快なだけじゃないの」

「だって、おまえ、ママは毎日せっせと弁当作って、差し入れだろ？　オレひとりじゃ動けねえんだよ、だからここに座ってンだ」

意外と元気な声が、受話器のむこうからビンビンと響いて来る。私は、ホッと安堵《あんど》の胸をなでおろした。

杉村春子

私のように生来ヘソの曲がった人間は、無条件に〝人間に惚《ほ》れる〟ということができない。その証拠には、私は悪態をつくのは人後に落ちないが、人のほめ方がひどくまずい。まずいというより、まるで自分がお世辞でもいわれるような気がして、ほめるまえに自分がテレてしまうのである。女が女に〝惚れる〟ということは、近ごろはやりのレズとやらならいざ知らず、世にも珍しいことだと思う。世間には男がふんだんにいるのに、なにも女が女に〝惚れる〟ことはないやね、なんていいながら、実は私も「杉村春子」という女性《ひと》にベッタベタに惚れている。

「杉村春子はズバぬけて上手《うま》い俳優だもの、同じ俳優として惚れるのは当たりまえだろう」なんて、そんなおこがましくもモッタイナイことではなく、「好きで、好きで、大好きでエ……」なんていう下品な流行歌がピッタリくるような、いと単純な惚れ方なのである。

とにかく、杉村女史の前へ出ると、私の曲がったヘソが真っすぐになろうとして、おなかのあっちこっちへ移動するので、どうにも気分が落ちつかない。「あア、私としたことが」と思いながらも、人に惚れるということはずいぶん楽しいことである。

――近ごろ、旅行はなさいますか？　劇団の巡業じゃなく、息ぬきのほう……。

杉村　ええ、今年のお正月はインドへ行って、去年の秋は中近東、いつもグループ旅行なの、とつぜん思いたってコチョコチョと。

――アンコール・ワットはいつでした？

杉村　三年前でした。

――私は去年の暮れに行ってきました。

杉村　あそこが戦争になったなんてねえ。

――はだしでノンビリしてるとこなのに、今ごろどうなっているかしら、なんて気になりますね。アンコール・ワットより、アンコール・トムのほうが私、好きでした。それから、ピンク・テンプルってのがあって、尼寺でピンク色してて、彫刻も繊細で、とっても色っぽくて、杉村先生に似合うなあ。

杉村　なんていいんでしょ、尼寺でピンクなんて……。インドのね、ダージリンてヒマラヤの見えるとこ、とてもいいとこでしたよ。あなたなんかお行きになったら二日も三日も……。

――ダメダメ、私は風景まったくダメなんです。行ったって、どうせ眼《め》が悪くて見えないからムダです。

杉村 だってあなた、古いホテルで暖炉たいて、古い町をポッポッポーッて小さな汽車が走って、ラマ寺なんかあって……あなたそういうとこきらい？

――まあね。

杉村 都会っ子ねえ。

――いえ、私一人は平気ですよ。だけど、そういうところに永久にいろっていったらダメです、なにしろネズミ年でコセコセしてるから……。中国は？

杉村 もう一昨年になります。

――中国の印象はどうです？ まあ、だいぶ違いますね、日本とは、映画でも演劇でも……。

杉村 私『二十四の瞳』あちらで見てね。まあ、その中国の人たちの感動のしかた、あなたに見せてあげたかった。

――あれ、サイレントでもわかる映画だから……。九億の人が見るのに二年かかったとかって、私も中国で見ました。中国語の吹き替えが、声まで似てる人で、上手に入っていてビックリした。私、中国でうらやましかったのは、古くからの映画人がみんな活躍してること。

杉村　これは中国だけでなく、世界中よね、古い人は古い人で、ちゃんと活躍する場所があるってこと。

――ないのは日本だけ。私たちは夫婦二人だけで行ったんですけど、日本へきた映画人が、ずっとついてくれて一か月、楽しかったです。

なにしろ、目の玉も髪も黒いから、長くいっしょにいると、通訳がいなくても、つい「あのね」なんて話しかけて、向こうも「あア？」なんていうけど、あとはわからなくてニタニタ……。

杉村　そうそう、訪中新劇団の夕鶴なんて子供が出るでしょ！「カゴメカゴメ」なんてあんまり上手に歌うんで、まるで日本の子。「ああ、こんにちは」なんていいたくなっちゃうの。他のことは一言も通じないのを忘れちゃうの……。

――私たちを案内してくださったのは趙丹《チヨウタン》さんて方で、映画も新劇も京劇もする方でね。私に一生懸命に北京語教えてくれて、月を指して「ユエリアン、ユエリアン」って、こっちができるまで繰り返している。俳優だから教え方が上手でね。私ね「なんだ」っていうのと「ああ、そうか」ってのがクセらしいの。それだけ覚えちゃって、私の顔みると「ナンダア」っていうの……。上海の駅で別れるとき、ホームの端まで走ってきて、泣いて、あっちは北京語、こっちは日本語で互いにわめいたけど、何のことやらわからない。わかっているのは涙が出たってことだけ……。

杉村 どうして、ああ情が厚いんでしょう、中国の人たちって……。

―― ほんと、あれウソかしら。

杉村 ウソじゃないですよ、私たちだって二か月もいっしょにいたでしょ？　もう泣けて泣けて、私は六回中国へ行ったけど、いつも同じように泣いて帰ってくるの。

―― こんなことといっても、日本人が聞いて信じられないと思うけど……。でも、行ってみて、いっしょに暮らしてみたらわかることよ。だって、ことば通じないんだもの。ことば通じないってことはだませることじゃない。通じないから、なおわかるわよ。こっちも真剣になってみようとするから……。

杉村 いいことばっかりいうようだけど、若い人たちの礼儀が正しくてね。でも、じゃあ私に今あの生活をしろといわれても、ちょっとできないと思うけど、すべて資本主義にそまっちゃってるからコーヒーなんか飲みたくなっちゃうし……。

―― 私もね、広東でコーヒー飲みたくなっちゃったんです。「コーヒー飲みたい」っていったら、なんだか大騒ぎになっちゃって、やっと出てきたコーヒーが、日本の戦後のみたいなコゲくさいコーヒー……。悪いこといっちゃったと思って……。それから蘇州《そしゅう》で、こっちも、いろいろと研究心旺盛《おうせい》だから〝ひとつお茶飲みたいっていってみっか〟なんて、そうしたらまた大騒ぎになって、やっと出てきたのが白湯《さゆ》。あちこち探しても、お茶の葉がなかったんですね、私もうコリちゃって〝ああ、もうイジワルはやめた〟と思った。あの国は試したりしちゃ、いけない国なんです。

杉村　なんでも夢中になってくれてね、あちらのことは一切放擲《ほうてき》しちゃうんだから。秋に行ったとき、街に柿がたくさんでていてね、あれが食べたいっていったら「あれは渋柿だからダメだ。しかし、お湯をかければ食べられるかもしれないから」って、まあ、りっぱな柿がたくさん届いてきてね、お湯かけてみたけど、その渋いのなんのって……。そうしたら「これは渋をぬいたから」ってまた持ってきてくれたけど、これも渋くて渋くて……。そのころ、だんだん熟れてきて部屋中くさくなっちゃった。そして上海へ発つとき「上海には柿がありませんから」って、またウンと持ってきちゃった……。ほんとうに、私も何かいっちゃいけない国なんだと思った。

――松山が、食いしんぼうでしょう？　香港から広東に着いたとき、チャン豆腐ってお豆腐の腐ったチーズみたいな、あれが好きだって言ったら、ただちに「山東省のチャン豆腐が、いちばんおいしい」って、飛行機でとりよせたのか、ただちに届いてきちゃって、それがハスの葉に幾重にも包んであるけど、そのくさいことくさいこと、お便所そのものの匂《にお》いなの、しかたないから、ありがたく、どこへゆくにも、その豆腐ブラ下げて歩いて、汽車に乗ると汽車中ウンコのにおいになっちゃうの。ほんとうに何もいっちゃいけないんだ。

豆腐まで、どこからかとんできちゃうんだから……。私もね、中国なんて、紙はないし、石鹸《せっけん》はゴリゴリでアワもたたない、シーツはのりもついていなくてウスネズミ色、電灯は暗い、東京の便利な生活に比べたらどうにもならないでしょ？　でも行った人が、みんなうれしくて温かい気持ちで帰ってくるのは、まったく心のもてなしだけだと思う。ああいうのをみると、物なんてあったって何の役にも立たないじゃないかと思う。最後に残るのは人間の心だけですよね。

杉村　私も人間の幸せって、いったいなんだろうかって考えたのは中国へ行ってから。私、むずかしいことはわからないけど、今のように人間不在みたいな社会に生きていると、とてもうらやましいと思うの。

――日本みたいに物があって便利で、それで人の心がやさしければ、これ以上いいことないだろうけど……。もし、どっちをとるかといわれたら、残念ながらアッチがいい。

杉村　私もあちらのほうがいい。

中国の話はそれからそれへと果てしなくつづいて、とどまるところをしらなかった。杉村女史は、中国流にいえば「爆発的、肉弾的、情熱的、大演員」である。表情豊かに口跡《こうせき》のいい中国観を聞いていて「この人、教祖になる素質じゅうぶん」とみられた。

中国人の大きさを語り、周恩来の人柄にひかれ、しゃべってしゃべって、しゃべりまくったあげく、とどのつまりは「あれだけの民衆のエネルギーを持った隣の国をもっと知るべきだ。知らなければ我が日本国はえらいことになるんじゃないか」と、どこかで聞いたような結末がついて、やっと舌鋒《ぜっぽう》はおさまった。

それにしても、中国で出会い、中国で別れ、生きているうちに再び会えるかどうかもおぼつかない隣国の友達が、声を出して呼びかけたいほどにしのばれて、なつかしくてたまらなくなった。

――でも、人間の出会いって不思議なものですね。日本にも会ってよかったという人はいるけど、中国にも大事に思っている人がいるなんて、……私、今でも行かれるものなら「なんだア」って会いに行きたいな。

杉村　私も行きたいわ。

――人間って、生まれて、出会って、別れるっていうけど、考えてみると「出会い」を感じる人って少ないものですね。私やっぱり女の人では杉村先生かな、深いおつきあいじゃないけど……。

杉村　また……あなた。

――すぐ泣くからね、杉村先生は……。ヘンに思われちゃ困るんですよ、私、ずっと俳優やってこられたのは杉村先生がいたから、いえ、別にあんなに上手くなりたいとか、そんなんじゃなくて、そういう人の生きているときに自分が生まれあわせたってことに幸せを感じるし、第一、そんなこと考える自分が純情で、うれしくなっちゃうの、まだ、いいとこあるな、なんて自分で思ったりして……。

杉村　高峰さん、いつもそうおっしゃってくださるから私、うれしくて……。

——いえ、ただそれだけのことですから、聞き流してください。私ね、初めのうち、断固としてテレビドラマに出なかったでしょ。それが、杉村春子ってエサにつられてとうとう出ちまった、他愛ないね。

杉村　そのエサが、あんまりパッとしなくてね。あなた、私のセリフまで覚えちゃって……。

——相手をみるからね、ズルイんだから……。でも、役者って、演《や》らなきゃダメですね。私、杉村先生と違うんだから、私もう終わっちゃった人なんだから……。私ね「好きこそものの上手なれ」なんてウソだと思っていたの。きらいだって仕事として割り切れば、ある程度いくんじゃないかって思ってたけど、それがこの十年ばかりでガタガタッとダメになっちゃった。衣食足りたと思ったトタンにね、そうすると出なくなっちまうってことになる。

好きな人は出てますよ。その好きな人は、私よりもっと下手でも出てる。そしていつか上手くなっちゃうんだ。だから、つまり私の負け……。

杉村　わかりますよ、あなた。

――だから、やっぱり「好きこそものの上手なれ」ってのは、ホントなんだと思う、最後のテープが張ってある二メートルくらいまえで負けちまう。根気がつづかない……。それは杉村先生、私とは違うけど、田村秋子さんもお出にならない。杉村先生がいくら「田村さんて、スゴイスゴイ女優で」ってほめたって出てないから、どんなにうまいのかわかりゃしないでしょ？

杉村　それが、いちばん役者の情けないところですよ。あなたほんとうにきらいなの？　役者。

――きらいってより、くたびれたのかな、四歳で映画界へ入って、三十ぐらいで「ハハア、演技ってものは、なかなかむずかしいぞ」と気がついたときは、もうくたびれてた。

杉村　だってあなた、五十年なんて、きょうからすぐには絶対にならないのよ。五十年ちゃんとすぎてこなくちゃ。

――大体、成瀬（巳喜男）、木下（恵介）っていう名監督に出会ったのがいけなかった。

杉村　成瀬先生、亡くなっちゃって……。あなたといちばんピッタリと肌の合う方だったのに……。

——ピタッと合ったのが運のツキで、それがダラクの始めだった。なにしろラクだから、横着になって、ちっとも進歩しなくなっちゃった。

杉村　でもあなた、いいお仕事なさったもの……。私もね、小津（安二郎）先生に『晩春』に出していただいたのが、その〝出会い〟みたいなもの。それからはほとんど出たんですよ、小津作品に……。あなたに会ったのは『浦島太郎の後裔《こうえい》』でしたわよね、成瀬さんの。あのとき、あなたかわいいお嬢さんだった。それで、どうしてあなたが私にそんなことおっしゃったのかわからないんだけど、宣伝部が書いた原稿が気に入らないから書き直したんだけど見てくれって……。なぜ私に見せたの？　おぼえてる？

——そりゃ、おぼえてないけど、やっぱりいくらかエライと思ったんでしょ？

杉村　それで私、読んだらとてもじゃないけどビックリしちゃったの、うまいんで、才女だと思った。

——才少女か、他のヤツがアテになりそうもないんで、杉村先生に原稿みていただいたのね、きっと。小才がきいたんだから、チョロチョロとあたりをみまわしてね。

杉村　それからね、パフの洗いかた教えてもらったの、あなたに……。

——やだな。

杉村 パフを洗ったときしぼるとクシャクシャになるから、けっしてしぼっちゃいけないって、年が違うけどお姉さんみたい。

——生意気なガキだね。

杉村 だってそうすると、元通りにプーッとふくらんじゃうの。

——家庭的なのかな、小さいときから。

杉村 あのとき私、あなたのおばさんになったのね。それでテストしたとき、あなた、いきなり「オバサン」って無造作にドアから入ってきちゃって、それがなんとも自然でね。私、ショックだった。今でもその何気ないいい方が耳についているの、舞台じゃ「オバサン」とか「おばさん」とかって、こしらえたセリフでしょう？

——私の目標はニュース映画だから……。舞台の人は、映画のアップむずかしいといっていますね。

杉村 そうですよ。私もアップっていわれるとイヤーな気がして、キャメラが寄ってくると、どうしても正面向きたくないの。

——だって同じでしょ？　やっぱり身体《からだ》中で芝居して、その芝居を主に顔のほうへ持ってくればいい。

杉村 そうよ、そりゃそうだけど。いま、あなたがおっしゃったこと、とても大事だと思うの、ほんとに顔だけで芝居してもダメで、身体で芝居してなきゃできないように、テレビの今の若い人たちね。テレビって胸から上が多いでしょ？　いちおう何かやってるようでも、いっしょに芝居の稽古《けいこ》なんかすると、胸から下がなんにもいわない、歩くことさえできないの、立ってるつもりかもしれないけど、立ってもいないわ、映画の人はそういうカンを持っていますよ。やっぱり技術ですものね。

――映画はパズルですね。舞台は初めから順にやって、お芝居が盛り上がれば涙も出るかもしれないけど、映画はメチャメチャにコマ切れ演技でしょう？　今日一カットとっておいて、つづきは来月だなんて……。そういうのを台本もらってから自分で役を組み立てて、さて出来上がったら自分の思ったとおり、サーッとその人間が通っている。これ、やっぱり舞台にはない楽しみかもしれませんよ。役者として……なんだい、ちっともきらいじゃないじゃないか、きらいでこんな話できるか、バカバカしくて。

杉村　そうよ。あなた、夢中で演技の話なんかできないわよ。

――でも、これからやるのはオックウだ。

杉村　オックウだなんていってちゃダメですよ。

――このごろ私、舌まわらないんだもの、言語障害だもの。

杉村　どうして？

――舌がまわらなくなってきた。昔あんまり使ったから、舌がデロンとはみだしてきたの、口の外へ。

杉村　バカねえ、それだけ、しゃべればたくさんよ。

今日の対談は、なんだかヘンだ。これでは杉村春子女史の話を聞くのではなくて、私が杉村先生にダダをこねにきたようなものである。いや、ダダどころか、酔っぱらってクダを巻いているにちかい。

やはり、成瀬監督の『流れる』の撮影中のことだった。控え室で、私の持っていたコーヒー、砂糖、その他コマゴマとした台所道具を詰めこんだカゴを見て、杉村春子先生がつぶやいた。

「便利だわねえ、こういうカゴを、石山（亡くなった杉村氏の夫）の勉強机の横に置いておけば、一人でお茶も飲めるしねえ、私はなかなか面倒をみてあげられないし……」

カゴをのぞいているその姿が、あまりに女らしくしみじみとしているので、私はいっそ女優をやめて、杉村家の女中になって、雑巾《ぞうきん》がけなどしてしまおうか、と、少し本気で考えたことがあった。もっとも「あんたチョコマカしすぎるわヨ」と、即刻クビになってしまうかもしれない。おまけに言語障害の女中ときては、それこそ「悪女のふかなさけ」というものだろう。

杉村　あのね、戦後に、何かの雑誌の座談会があったでしょう？　そのとき、あなたが何でおっしゃったかっていうとね。

――ものおぼえがいいなあ。

杉村　だってあなた、なかなか殺し文句をいうのよ。「杉村さん、きれいね」っていったのよ。これ、忘れられないわよ。

――へエ……。

杉村　私、あんまり「きれいね」なんていわれたことないもの。

――あれ、私ほんとに美人だと思うけどな、美人ですよ、美人になったんですねえ。きっと、子供のころ、ヘンな顔の女の子だったんじゃないですか？

杉村　いえ、それがね、赤ん坊のころから、こりゃ、どんなにいい女の子になるかと思われたらしいの私。それが歯が生えかわったころから、すっかりイケなくなっちゃったのね。おばさんがねえ「まあ、この子はどんなにいい子になるかと思ってたのに」そういわれたの。これまた覚えてる。ショックだったわ。

――そういう、グッサリ突き刺すようなことといっちゃいけません。こうなったからいいようなものの。一生、負いめになっちゃう。

杉村　歯が大きくなりすぎたらしいわね。

――そういうの、顔ってもんです。そりゃ、もっとペロリとした美人はいるけれど……。自分でつくった顔、美人だ。

杉村　やだわ、水がのどへつかえちゃう。

全く、お世辞ではなく、杉村先生は美人だ。それも、おめにかかる度に、より美しく、若々しくなってゆくことに私は驚嘆する。

杉村先生のような女性は、世の子供たちにとっても理想的な母親像だろう。子供にとって、自分の母親が美人であることは大変な誇りであるらしいから……。

私には「姑」がいない。この頃《ごろ》は「核家族」とか「ババヌキ」とかいうイヤな言葉が流行って、嫁になる人は最初から姑を敬遠するようだけれど、姑というものは、あたりまえだが嫁さんとしては大先輩なのである。経験と実践の、生活の宝庫ともいうべき姑を敬遠するほど、いまの嫁は家庭生活の運営に自信があるのだろうか？　と、私は不思議におもう。一から十まで姑の言うなりになる、ならないは別として、嫁さんの貴重な参考資料として、こんな便利なもの、いえ、お人はないのではないかしら。

いつか、電車の中で、赤ン坊をまるで今川焼きの如く何度もひっくりかえしながらオムツを換えている若い奥さんがいた。もちろん赤ン坊はそのたびにギャーギャーと泣きわめき、若いお母さんはいまにも赤ン坊のおしりに安全ピンを突き立てるのではないかと心配になるような手際の悪さで、見ているこっちのほうがハラハラした。そして「この人には母親も姑もいないのかしら?」と、ふっと思ったことがある。

私が、今日まで数えきれないほど出会った女性の中に、「こんな姑がいたらいいだろうな、楽しいだろうな、便利だろうな」と思った女性《ひと》が三人いる。「佐藤寛子さん（佐藤栄作夫人）」「幸田文さん」そして、杉村春子先生である。どうせ姑を持つからには、人間として尊敬できて、たとえケンカをするにしても歯ごたえ、噛みつき甲斐のある姑がよろしい。世の中には、親切な人、優しい人、利口な人はいるけれど、一本シンの通った「上等人間」はなかなか居ない。おまけに美人なら、もう言うことはない。もし、杉村春子先生が姑の売り物に出たら、私は家を売っても借金しても買い求めたい、と思っている。

——今日はね、ほんとうは、仕事以外の女としての杉村先生の話をお聞きしたかったんですよ。

杉村　やっぱり、仕事の話になってしまうわ。どうしても……。

——女の部分てのは、十あるうちの二つか、三つかなァ。

杉村　誰が……。

——杉村先生の話ですよ。ダメだ、杉村先生は仕事のオニだものね……。でも、結婚生活と役者と、両立しませんね。

杉村　しませんよ、ぜったい。外国のことは知らないけど、日本じゃ。

――私、しょっちゅう聞かれるの。しませんって答えると、してるじゃないかっていわれる。

どっかゴマ化してるだけで両立はしないんです、っていうんだけど。

杉村　そう、ほんと、どっちか手をぬいているだけでね、そこへあなた、子供でもあったら、もうそれこそ……。

――日本の女ってのは、子供ができて、たとえ病院へあずけるとしても、セカセカ会いに行ったり、洗濯は女のすることだ、なんてくだらないことにこだわったりするから……。私、いまは杉村先生にあげたいものは、お金と奥さんだ……。

杉村　奥さん？

――そう、よく気のつく奥さん。ダンナは男だから面倒よ。男はもういいよ。お金はやっぱりないよりあったほうがいいっていうより、お金のこと考えなくていいほうがいいです。

杉村　まったくお金には縁がないわ。演劇収入だから……。

――もう少しお金あれば、少しでもイヤなものには出なくてすむでしょ？

杉村　でもまあ、石山が亡くなったから、そんなにかかりもしないし、あまり忙しい思いをしないでいようと思ってね……。でもまた、一人だとそれが寂しくて、今度は、しかたがないから外国旅行でもしようかなんて考えちゃうのね。

――とにかく、もっと、ご自分を大事に大事にしてください。

杉村 あなたも仕事してくださいね。身体を大切にして……。

――ハイハイ。参考までにうかがいます、イヒヒ……。

「私、これからちょっと仕事の打ち合わせで」

そういって、杉村先生は走るようにして車に乗った。

有縁無縁ということばをかりれば、むしろ、今の私は杉村先生には無縁に近い。彼女は舞台に、私は客席の人である。「年齢とは別に、人間の老いとは、いったいなんだろうか?」私はそんなことを考えながら、ノロノロと車に乗り込んだ。

林武

いつか、ハワイの水族館で「ミノカサゴ」に似た、すさまじい魚を見たことがある。十五センチほどの魚でいながら、身体中に堅そうな長い針のようなものをおどろに振り乱して、小型のタンクのように水中をつき進んでいた。

私は、その魚の前を通りすぎて、また元へ戻った。「誰かに似ている」と思ったからだ。「あッ、林武だ」私は納得して、その水槽の前を離れた。

そして、きょう、私は日本の大ミノカサゴと対面する。場所は、林武、画業五十年記念の「個展会場」である。

フーッとドアが開いたと思ったら、ヒョイと先生の顔がのぞき、その肩のうしろから先生の半身ともいわれる幹子夫人の顔がのぞいた。お二人の笑顔には、親戚《しんせき》の娘っ子にでも会うような人なつっこい親しみがあった。

――どうかなさいましたか？　足……。

林　一か月、靴下でずうっと立ち続けで描《か》いていたものだから、靴はいたとたんにもう、痛いんだな。いつもはもっと元気なんだけど、ここ三日間徹夜をしてねえ。

――足がふくらんでしまったんでしょうか、立ち放しでいらしたから。

林　いいや、マメのできるタチでね、足の幅が広いんだな、たいていの靴でやられる。扁平足《へんぺいそく》なんだね。あーア……最近作に『裸』をね、出そうと頑張ったら、途中でどんどんすばらしくなってゆくんだなあ、今までにこんな絵描いたことないなんて、喜んでやってたら、だんだん絵になってきて、グワーッとぜんぶ削りとるようになっていた。

なったところでハッと見て、もうこの残った絵でできあがるんだなと思ったところで、終わりになっちゃった。ここへこなければならなかったから。

――絵ができないで、マメができちゃって……もういいというとき、消してしまうんですか？

林　うん、消すのは、ボクのはたいへんですよ。削っちゃ描き、削っちゃ描きでね。だから黄色ばかりチューブで百二十本、赤が五十本くらいは始終使いますよ。削ったヤツが山のように、こんなになる。

――黄色は、濃い方ですか？

林　ええ、ペールという色、あなたも絵を描くから知ってるね。
――いいえ、私は絵を描けません。ペールというのは、冷たい黄ですね。
林　あれ、少しはおやりになるという話でしたよ。
――チャーチル会というのがありましてね。戦後できたんですが、その会の創立者の一人だったんです。若かったけど創立者なんだなあ。先生、十九歳のころに、ペンキ画を描かれたということですが、ペンキ画ってどんなの?
林　ペンキ画ってのは……。あなたなんか知らないかなア……。ああ、銭湯に入ったことありますか?
――あります。
林　ほら、銭湯の背景に、富士山があって滝が流れていて、岩があるとか……。ペンキで、日本画風の刷毛で描くんですよ。それを、ちょうど日本の家の長押《なげし》へ掛ける、額仕立にしたものがあるんですよ。
――横長のね。
林　よく、床屋さんや、どっちかといえば貧乏人が掛ける。それをね。浅草に看板描きの家があって、そこの親父と息子が……やりだしたのは親父だけど、浅草の活動写真小屋の絵看板と同じにペンキ絵もこさえていたんです。それで友だちが、お前は絵がうまいから、いっしょに看板描きに行こうって誘った。お金の収入が、新聞配達よりもずっといいから、じゃ行こうって、行った。そもそも絵描きにエンがあった最初なんだ。ところがね、その描くのは一日の工賃がはいる程度でしょ。そいつをブラ下げて売るヤツは、うんともうかるし、一日に十枚、二十枚も売れることがある。

——そういうのは、こういう図を描いてくださいって注文があるんですか?

林 絵描きくずれみたいな職工がいて、一日中描いているの。それを描く者より、売る者のほうが金がはいる。ボクはとにかく家も困っていたし、絵描きになるのはあとでもいいけど、金を作らなきゃというんでそいつをかかえて、朝から晩まで、売り歩いたんですよ。それで絵描きになる二十四歳まで金をこさえた。

——買った人は、ぜんぜん林先生の絵だとは知らないわけですね。いま、もう一枚も残っていないでしょう。

林 ところがね、この間、ぐうぜん、これは先生が若いとき、大阪で売った絵だって、鑑定にきたんだよ。

——ほんものでしたか?

林 にせものだった。当時は、ボクはにせものだったんだから……。売るときはボクが描いたんだって売っていたけど……。名前がちがうんだな……。ボクは本当に絵が好きで油絵をかく気になった。

だってそれまでは、いくら絵が好きだって、上手だって、金持ちの子でないと手が出せない。材料が高いしね……。油絵にはそういう時代があったんです。

個展会場には、林先生の画業を追って、百二十余点の作品が並んでいた。写真を撮るために「ここにお立ちになってください」といっても、先生の足は作品から作品へと、吸い寄せられるように移動していってしまう。『舞妓《まいこ》』には生気を越えて妖気《ようき》がただよい、『富士』は、まわりを囲んだ金色の額ぶちから躍り出ようともがいているように見えた。優しい絵にも、静かな絵にも、その下には太い鉄骨のような骨組みが感じられて、その気迫に圧倒された。

林先生と幹子夫人は、私を中にはさんで、かわるがわる、ほとんど、もどかしげに、ひとつひとつの作品の説明をしてくださった。

「これは、モジリアニ風、こっちはボクのオリジナル」

「これも、そのつぎも、モデルは私。やせていたんで、フウフウ息を吸って、おなかをふくらませたの」

「これは、わざと平面化した絵」

「このモデルさんはとてもきれいな人なのに、林が八つ裂きにしちゃったのよ」「これは、ボクがフッ切れたときの、最初の絵だ」

悪戦苦闘の中の画業五十年……。その作品のひとつひとつが汗と努力の固まりであり、愛の結晶であり、カンバスに写しかえられた魂、そのものなのだろう。ご夫妻は、私をこづくようにして、さきへ行ったり、引き戻したりするので、私はウロウロした。それにしても、私は、林先生ご夫妻からこうして作品の説明など聞こうとは夢にも思っていなかった。私のようなヘナチョコ女に、いくら説明をしてくれたとて、この輝かしい夫妻にとって、それがなにになるというのだろう？　その行為は、他人から見れば〝こっけい〟としか思えないだろうに。

人間というものは、いくらでも大きく大きくなれるものなのだ、と私は思った。

――インチキと本物……。そういうものを意識なさったのは何時ごろでした？

林　それは二十五歳で絵描きになったときです。ボク、いろんな苦労しているから、絵描きになるんだったら、本物の絵描きになるんでなくちゃ絵描きになる必要はない、会社員は、みんな人のために働いているんだ、自分で好きなことをやっていけるなんて、ぜいたくなことだ、というふうに本当に思ったとき、美というものが見えてきたんだ。「美とはなにか」ということは、ただ、きれいなことではない。ものを見るとき、宇宙というか、霊感というか……。本物の存在というものが一日にしてパッと出てきて、今までの世界とガラッと変わっちゃって、それが本物の世界だという自覚が生まれた。で、ずうっと昔からのいろいろな人の画を見ると、結局、それ以外のことはやっていない、だからボクは本物になれたな……。しかし、やってみたらそのむずかしいこと、むずかしいこと、ね。

――それまではお迷いになったというか、どうしてよいのかわからなかった。暗中模索だったんでしょう?　きめ手のみつからないもどかしさと苦しさ。

林　まるっきり、泥沼作戦をやっていたわけ……。あのね、ある日、ボクが一生懸命に絵を描いていたら、肩をたたくやつがいてね。「なかなかいいとこがあるぞ」っていわれて、じゃ、いっしょに絵を描こうってことになった。ま、一種の兄弟子のようなものだね。そのころ、ただ絵を描いてもダメだと岸田劉生の無形の世界についてしきりに説いたりした。絵のことにしてもボクの知らないさまざまなことを知っていた。いい友だちになってくれたな、と思ってね。毎日、それと絵を描いていたんだ。ところが、それがボクの女房に惚れちゃったんだな。こっちもまだ恋愛の初期だからね。結婚する自分に対する自信もないし……。

それでね、ある日二人でいなくなっちゃった。これはもう絶望でね。ボクは非常なあきらめで、ボクはもう役場の書記でいいんだ、と思いながら電車の線路をトボトボ歩いていたら、向こうから一人の女性がくる。よく見ると向こうも線路づたいにくる。女房がね、その男と道行きしないで戻ってきたんだ。二人でねエ……抱きついちゃったァ。それで完全になったんですね、そうしたら、相手の男は非常に失恋と、しかも、その翌年、ボクは女房を描いて出品したのが準優勝して、そっちは落選してしまった。そいつ、千葉の海へとびこんじゃって、浮かび上がってしまった。それとも、かなり長い間つきあってて……。いまは死んでしまった……、そいつは描くと結論的な、グッとした絵ができるんですね。あれは、妙な男だね。やっぱり一種の……。

――天才ですね。

林 天才だ。ボクの絵は鈍才なんだけど、おお、キミは虚実ということを知らないな、虚が無くて実実でゆくんだな、なんていう。あるいはそうなんだな、いまでもボクの絵にはそういうところがある……。あいつはこういうことをよくいっていた。ゲーテに、やっぱりそういう隠れた先生がいた。剣客でも、山奥に白髪の幽師というのがあるんだけど、その人自身は偉いんだがともかくさ、たとえば宮本武蔵を教育するやつとか……。そういうのは陰にかくれて、歴史にもなにも残らない、あの男はね、そういうヤツではないかと、ボクは思う。

――いいお話ですね。

足のマメをさすりさすり、先生は淡々として語り続ける。その優しく細められたまなざしとは反対に、その唇から出る一言、一言は、それこそ、先生のいう「命がけの悪戦苦闘」の、おそろしいようなエピソードばかりである。

林先生の著書『美に生きる』は、「……いつも、僕は捨て身になってやることで奇跡的に助かることをここで経験した……」「……その僕が、絵描きという自分を捨てたとき、人間が見えてきた……」「……僕はそうした生死の体験をとおして、いつか、無我ということを体得した……」といった強烈な、迫力に満ちた文章で貫かれている。一言に「捨て身」といい、「無我」といい、「絶対謙虚」といえば、いずれも男らしくカッコいいことばではあるけれど、じっさいには、誰もがこの中のひとつにも耐えられるものではない。私だったら、林先生をはじめに襲った貧苦と病苦の段階で完全にダウンしてしまうだろう。イメージとしては、やはり「巨大なミノカサゴ」だが、「巨大」というより「偉大」というべきか「凄絶」か「壮絶」か、どれも言葉のほうが弱すぎて、的確とはいえない。

先生の当面の敵は「コマーシャリズム」だという。意外な言葉に私は驚いたが、超人、林先生もまた、高度成長とか、太平ムードに浮かれている「安っぽい現代」とは無縁ではありえないだろうか？　象でも平気で食い殺すという、無数のピラニアに包囲された一匹のミノカサゴの姿が、私の眼に浮かんで、すぐ消えた。

——林先生は、食いしんぼうですか？

林　ぼくは、食いしんぼうなんてものじゃないな、視覚に入るものはなんでも食いたい、毛虫だって食っちまう。

——げッ?

林　あのね。西洋人はよく、肉のかたまりなんか描くけど、ボクは日本人だから鮭《さけ》も描く、鮭は魚の中でも腐らないから……。でも、二か月も描いているうちに、鮭がクンセイになっちゃうよ。

——クンセイにねえ。

鮭がクンセイになってもかまわないが、先生のモデルになる人間は、よほど丈夫な身体と神経をもっていなければつとまらないだろう。二日二晩、モデルをにらんで立ち続ける先生の健康を心配した幹子夫人が、モデルにいいふくめて「おなかが痛い」と仮病《けびょう》をつかわせたら、先生は言下に「薬を買ってこい……」とどなったとか。

四十数年間の結婚生活を経て、いまもなお幹子夫人にとって、林先生は、まったくヤンチャな子供のような存在であるらしい。林先生は「画を描くために」幹子夫人に甘え、幹子夫人は、林先生に、「画を描かせるために」どんなわがままも許し続けて、その愛は日ごとに増すばかりだという。なんとも、世にも羨《うらや》ましいご夫婦である。

林先生の話の中には「妻が」「女房が」という言葉がたびたび出てきた。それがまるで「ボクが」というかわりに「妻が」と聞こえるほどスラリと自然であった。林先生と幹子夫人は、両方から身を寄せ合って、堅く結ばれている羽織の紐《ひも》みたいなご夫婦なんだなあ、と思って、感動した。

幹子夫人は「林が百まで生きる」ことに願をかけていられるとか、百年も二百年も生きていただきたいと思う。そして、もし、いつか、先生の手から絵筆が落ち、先生の心臓がとまってしまったら——。先生は半日も経たぬうちにはね起きるように復活して、ふたたび絵筆を握る作業を繰り返すのではないか、と思う。そして、そのとき、幹子夫人もまた、マリアのように優しい手をさしのべて、林先生をたすけるにちがいない。

「今度は対談なんかじゃなく、家のほうへ遊びにいらっしゃい」

「はい、ありがとう。伺います」

そんな御挨拶《ごあいさつ》をしてお別れしたのが、ほんとうのお別れになってしまった。この「あとがき」にも書いたように「林が百まで生きる」ことに願をかけていらした夫人が林先生より早く病み、林先生もまた、夫人を残して忽然《こつぜん》と逝《い》ってしまわれた。

なんてことだろう、とおもう。御夫妻のあまりの仲の良さに神サマが嫉妬《やきもち》を焼いた、としか私には思えない。仕事以外は気もそぞろといったような邪気のない笑顔の林先生、その林先生の一挙一動に阿吽《あうん》の呼吸で楽しそうに世話をやいてらした夫人の笑顔が、いまも私の脳裏に、思い出の笑顔としてはっきりと残っている。

團伊玖磨

私は團伊玖磨さんの随筆の大ファンである。しかし、こちらが仕事で忙しい最中に『パイプのけむり』などという、おもしろい本が出版されるとたいへん迷惑をする。というのは、ある夜、何冊目かの『パイプのけむり』をベッドに持ちこんで読み始めたら、途中でやめられなくなって、とうとう夜があけてしまい、その日がCMの撮影だというのに寝不足のムクんだ顔をもてあまして困ったことがあったからである。

夜中に、本をかかえ込んだ中古女が、ケタケタと笑い声をあげたり、「ウソつけぇ」などと下品なひとりごとをいったりしている光景は、他人から見ればずいぶん気味が悪いだろうが、わかっちゃいるけどやめられないほど團さんの文章は楽しい。まるで快い音楽のように、そう、五線紙の上にオタマジャクシがかけめぐっているがごとき楽しさ。ピアニシモもあり、フォルテあり、そしてユーモアがあり、ペーソスありで、それらが見事なハーモニーを奏でる楽しさがある。きょうは第一楽章だけ聞いて、おあとはあすのお楽しみ、というわけにはゆかないのである。

――「きょうは團さんと対談よ」っていったら、松山が「書きにくいぞオ」だって……その一言で私、萎縮《いしゅく》しちゃったの。そういわれれば、なんとなく團さんてヌエみたいで。

團　ヌエねえ。

――ヌエだかヌタだか、とにかくとらえどころがあるようなないようなヘンな人よ。

團　だって、音楽というものがそうだもの。音楽に忠実だと、とらえどころのない人間になってくるのよ。それか、まったく技術的な人間になるか、ですよね。技術だけにとらわれないでつくるほうにまわると、そう狭くなれないのね。ぼくは、日本の音楽家は、明治以後のいわゆる洋楽をやった人の生き方を調べてみたけど、やはりひとつの錯誤があると思うのね。音楽をやるってことは、何かとてもしゃれたことだと思いすぎる。人間の生活があってこそ音楽があるということを、作るほうも聞くほうも忘れていて、音楽のほうが上等できれいなもので、人間はどうでもいいみたいなところが多いのよ。

そういう認識って、ほんとうに間違ってると思うんです。だから、音楽家っていうと何かギコチなくてつまらない人間が多くなってしまって、それが日本の音楽全体をつまらなくしているわけですよ。

——でも、クラシックとかオペラとかっていうものは、昔からぜいたくって感じはありますよね。

團　そうです。それは是認していいと思うんです。西洋の音楽の歴史は、教会に始まってるでしょ? 教会というところにぜいたくな音の麻薬があって、民衆がそれでコロリとキリスト教にまいっていたわけでしょ? いまだってゴシックの古い教会に入って行くと、どこからともなくオルガンの音が聞こえてきて、なんだかそれだけでやんごとなくて、いいものですよね。

そういうものを、西洋人はうまく利用したですね。そして育てた。

音楽は教会から出てきて、貴族のお城へいって、豪華絢爛《けんらん》たるルイ王朝みたいな時代の音楽があって、それからこんどは貴族の没落とともに町へ出てきて金持ちのサロンに入って、だんだん力を持ってきた。

ようやく最近になってレコードとか、ラジオとか、テレビジョンとかいうもので、いながらにして家の中にまで音楽が入ってくるようになったけど、だんだんと状況がみみっちくなりつつあるわけです。縮小されて、縮小されてとうとう２ＤＫになっちゃった。

――テレビのドラマもそうですね。そこが映画とちがうところなのね。やっぱりチビチビしてるの。そしてせわしないの。なぜあんなにせわしないのかと思うんだけれど、私だってテレビっていうと、いつのまにか急いでセリフをいって、セカセカ動いちゃう。テレビってそういうものだといわれるけど、そうかしら？

だからNHKでゆったりしたのをやっていると、ひとはチンタラムードだなんて悪口いうけど、ふつうは、あのくらいのテンポがほんとうですよ。全く忙しいわ。

團　だいたい世界中がそうなんでしょうね。百年前、二百年前に演奏していた同じ音楽を、いまぼくらが演奏すれば、そりゃ二百年前よりは早く演奏するけど。まあ、歩いていた時代より、自動車ができれば、そりゃテンポの観念もかわるでしょうが、でも、それだけに流されてはいけない。

早いときだからこそ、おそい美しさが感じられるのですね。どうも体制に流されてしまうんですね。

わが国はもう、急ぎ狂って、そしてあきやすくなっているのね。なんでもイメージ・チェンジだなんて、たとえば雑誌のレイアウトなんかでも、いつもゴチャゴチャかえているけど、そんなことしないほうがいい、どうも落ち着きがない。

気長にひとつのことをやっているうちにお互いに成長するものがあるのではないでしょうか。

——映画もそう、いまあわて狂っています。撮影所を切り売りしたり、テレビの貸しスタジオにしたり、ボーリング場になっちゃうとか、サンタンたる実情です。

團　アイツラ、ほんとうにいいときはいい調子で、悪いときには一生懸命に自分の本分を、日本映画をつくろうっていう意欲がないのですよ。ダンスホールやボーリング場つくるなんて、ああいう神経が日本映画をダメにしたのです。

——と、思うでしょう？　團さんも。でも私なんかがそういうことをいうと、すぐポカポカッとやられるの、当事者である、日本映画を愛して心配してる者は、ほんとうのことをいっちゃいけないんだな。

團　けしからんと思うんだ。いいときはグランプリだ、なんだといって、いまこうなったらもう映画に対して、ぜんぜん情熱をそそがないなんて、非創造的な人間の集まりですね。

——現場のスタッフの人たちだけがいくらジタバタしても、上の命令で仕事をするよりしかたがないし、どうにもならない。

團　現場には、すぐれた芽がおそらくたくさんあるに違いないのです。せっかくのそういうものを、まことに通俗的な低い次元に踏みにじっていくんだな、そりゃ、不況な時代というのはありますよ、何の部門にも。音楽だって、戦後のあのひどかった時代にめげずにきた人だけが生き残っているのですからね。

ああいうのみていると、経験のない、長い目で社会と仕事をみる目のない人たちだなァ、という感じがしますねえ。

―― 耳がいたいことばっかりね。以前にね、私、衆議院に呼ばれて、テレビの低俗番組についての意見を三時間半も聞かれたの、私は映画とテレビで長年御飯を食べさせてもらったから、映画やテレビの不利になることはいわなかったつもりだけど、といって、ウソをいうのはイヤだしね、つらいところ。たとえばクイズ番組は悪いとは思わないのよ、私だって「よくモノを知ってるな」なんて口あけて見てるほうだから。

でも、なんの理由もなく、やたら何かをくれるのがあるでしょう？　あれはやはり、低俗といわれる、暴力、無知、卑劣、いやしさのなかの、いやしさに通じるものだと思うの。

でも、私なんかの意見を聞き始めたということは、政府が電波の規制にのり出してくる、という前提ですよね。そうなれば困るでしょ？

團　そうすると、言論の抑圧だなんてことになる。

―― ですから、そうなるまえに、そうさせないようにしなくちゃダメじゃないの。私がそういうことをいうと、生意気だとか、女優のくせにとかって怒るけど、女優だからこそ、自分たちの世界が大事だからこそいってるんで、どうでもよけりゃ、好んで憎まれ口なんかたたかないで引っこんでますよ。

團　日本のテレビというのは、世界で最下等ですよ。西洋の友だちが、おまえは、あれを本気で見ているのか？　よさがなんにもないじゃないか、ってぼくにいうんです。そういうのを社会が許しているから、スポンサーがつく。

でもねえ、おそらくくだらない番組をつくっているヤツも、くだらないと思って、でも、なんだかつくらなきゃならなくてつくっているんでしょう。あんなことをしていておもしろいはずがない。

だけど、それは許すべきことなのか、許してはいけないことなのかしら？　ヨーロッパのやつなんかだったらやめると思うね。やめて違う職業につくでしょう。

——それが、やめられない。こういう仕事って好きになってしまうとね。

團　いいことはしたいのね。でも、こと志とちがってそういうところへ配属されて、ミーハー番組をやらなければならない。ぼくだったら怒り狂うんじゃないかな。自分がどれほど大きな害毒を日本に流しているかという反省がないでしょう。

——そこまで考えても、現場ではどうにもならないのね、上の人が考えてくれないことには。

團　やたらと賞金をくれるとか、海外旅行させるとかってこと、全廃すればいいの。ぼくはあれで「外国へいってこい」なんていわれたら、貧乏ったらしくて行かないね。みじめな感じで。……クイズはやったらいいんです。でも賞品や賞金はなし。

――誰もこないよ。それじゃ。

團　それでくる人だけくりゃいいでしょ。ぼく、そういう番組やってみたいと思う。ステキな自分を試すという、それだけのためにくる人、それこそほんとうの賞品ですよ。〝マカオに百名さま、ご招待〟なんて、なんだか、乞食がぞろぞろ百人もつながって。

――………?!

團さんも私も、大正十三年生まれのネズミである。

ネズミにもいろいろあって、私がそこらのドブネズミだとすれば、團家はもともと福岡の黒田藩の出で、團さん流にいえば〝やんごとなき家系〟をもつ上等なネズミである。同じ怒り狂うにしても、ドブネズミがチョロチョロとあたりを気にしながらギクシャクと怒るのとは違って、團さんは、じつに明快闊達《かったつ》、確信に満ちて怒るのが、学のないドブネズミにはよだれが出るほどうらやましい。

うらやましいといえば、いつか、川口松太郎先生と文章の話をしていたとき團さんの名前が出た。「あいつの文章にある〝育ちのよさ〟ばかりは、われわれ貧乏人はとうていかなわないよ。シャクだが、これればかりはどうにもならないねえ」といって川口先生は笑った。

たとえば「クイズの賞品全廃」なども、貧乏人にはとても考えられない。團さん独特の発想で〝まさか、まさか〟と思いながらも、いつの間にか團さんのペースにまきこまれてゆくところに、團さんだけが持つ魅力があるのだろうと思う。

――文章を書いたり、どこかへ大トカゲ見に行ったり、作曲もしなきゃならないし、忙しいですね。人を楽しませること好きですか？

團 好きですね。同じに自分も楽しむことも大事ですよ。

――團先生の随筆が人に喜ばれるっていうことは、なんとなくうらやましいみたいなことばかり書いてあるからなのね。半分はウソだけど、でも、人を楽しませるくらいのウソはいいわ。そういうウソをつかなすぎるものね。きまじめすぎて。

團 つまりねえ、ギコチないってヤツね、ぼく、あれをなくそうとしてるんですよ。人生の中で……。なにか見に行きたいと思ったら行けばいいじゃないの、トカゲでもなんでもさ、ところがそういうものは学問にならないの日本では。なんとか博士の本の何ページにこう書いてある。あの爬虫類《はちゅうるい》の、っていうのが学問だと思うのね。そんなことグズグズいってないで見に行けばいいっていうのは学問ではなくなる。

われわれが日常気がつかないうちに八割くらい自由があるのに、それに気がつかないというのか、ぼく、それを口をスッぱくしていっているの、世界一周するなら、その何分の一かで大トカゲ見に行けるし〝いつもの横町の八百屋でホウレン草を買う〟と決めなくたっていいんですよ。隣の町で買ったっていい、米だって五合買うのも一合買うのも自由なんだ。そういう自由を、自分かってにコソコソと不自由に転化してるのね。ぼく、それをやめて自由に暮らそうというわけ。

行動っていうと、若いヤツらは自動車ブッ飛ばしたり、マフラーはずしてバカでかい音を出して、そういうことを行動だと思っちゃってるけどそうじゃないのね。もっと実生活の中でのいい意味の行動というものがあるじゃないの。

——人に迷惑をかけなければね。

團 迷惑どころかプラスになって返ってくるかもしれませんよ。

——私なんかも精神的に貧困だから、團さんのいかにも楽しげな文章読むとうらやましいな、と思うの、おおらかで。

團 なんだか自由そうにみえるんですよ。でもぼく、本当は仕事で歩いている場合が多いんだけどね。でも「仕事でまいりました」と書くより「佐世保《させぼ》の町を歩いていたら……」というほうが楽しそうじゃないの。

——そうそう、きのうだったか、雑誌に書いてらしたの読んだけど「きのうで書きものが一段落したので、島を歩いた……」それがウソよね、その原稿書いてるじゃないの、ちっとも一段落なんかしていない。そういうことには気がつかないで、ただ、楽しそうだな、と読んでしまうのね。

そうしたら、次に読んだ雑誌に銀行の頭取さんかなんかが偶然にも同じ八丈島のこと書いてて、八丈島はボーバクとして、石がゴロゴロで、風が吹いてて、ああつまんない、みたいな文章でね。私、おかしくなって笑っちゃった。

團　実際はその人の見かたのほうが正しいかもしれないのね。でもぼくの文章は、楽しいほうが人が楽しくなるじゃないかと思って、瞬間的に、この都市のスモッグに閉じこめられていて、でも近くにこんなところがあるんだな、と思えばそれでいいの。それ以上の責任、ぼく持ってないもの。あまりむずかしい責任をとりすぎるんじゃないんですか？

こういう人を、文化庁長官、環境庁長官にしたら、どんなに日本国は楽しく、良い国になるだろう、と私は真剣に考える。團さんには無限の空想力、創造力、そして行動力がある。真面目のようで不真面目、正直のようで嘘つき、謹厳のようで自堕落、全くの自由人間で、その上どことなく品格のあるところがいい。世の中で、糞《くそ》真面目な男ほど油断のならないものはない、と私は思っている。

彼の随筆を読むと、私は團伊玖磨であって団伊玖磨ではない。団という字を使われると、これは僕をどうでもいいと思っている人、とみなして、いかなる郵便物も「団伊玖磨様」と書かれているものはゴミ箱へ叩《たた》きこんでやる。もっとも現金封筒は女房に開封させますがね。と書いてある。こういうところは一見、糞真面目にみえるけれど、これは糞ガンコなのであって、マジメとガンコは全く違うものだ。マジメにはなんとなく隠湿さがあるが、ガンコには強情という可愛《かわい》げがある。團さんはまた「親しいからいいじゃないか」とだらしなくされるのが一番嫌いだ。とも書いている。それは私も同感で、親しければ親しいほど、礼儀正しく、迷惑をかけぬよう、お互いに気を使ってつきあうべきだと思う。「親しい」ということは、それ自体が貴重な大切なことなのだから。

——この間、ラジオでね、若者は初めから上品でサトリきったみたいにゆかないから、とりあえず下品から始めよう、なんていってたけど、まったくいろんな考え方があるわね。私はね、仕事を悲劇と喜劇に分ければ断然、悲劇のほうが多かったでしょう。

それで結婚したとき〝私はバカだから利口ぶってもしかたがない。それでは何かいいテはないか〟と考えて、〝そうだ、日本人はユーモアや、しゃれっ気が足りない。ことに女はダメなんだなア〟と思って、〝こっけい妻〟でゆこうと割りきっちゃったのよ。同じことしゃべるんでも、背のびしてたら、くたびれるし、長つづきしないし、楽しいほうがいいじゃない？

團　でも、そういうふうに割り切るまでいくには、やはり、非常に人以上の紆余曲折《うよきよくせつ》があってのことですからねえ。人を楽しませるったって、オギャーといって人を楽しませるために生まれてきたわけじゃないから……見よう見まねや、失敗したり、ひっくり返ったりして、結局、自分は人のためにあるのだ、と知るまでは大変なことよねえ。

――でも、こっけいでゆこうと決心したけど、こりゃ悲劇よりむずかしいや、とつくづく思っちゃった。日本国は、やはり悲劇のほうがなれてるし、受け入れてくれるのね。楽しそうにしてるとヤキモチをやくのかもしれない。團さんも楽しいばかりじゃなかったはずよ。少年のころは、反抗したり。

團　反抗なんかしませんよ。それほど利口じゃなかったです。あまやかされて育った子はバカですね。ただ、自分のじいさんが撃ち殺されたり、いろいろあって、十幾つで人生に寂莫《せきばく》を感じていたのですよ。じいさんは日本一の月給とりだったかもしれないけど、道端で撃たれて血だらけになって……。お金があっても人間は幸福にはならないし、そうすると逸脱するよりしようがない。

いまでこそ、音楽をやるなんていうと、「いいですねえ」なんて人はいうけど、そ

何をやるかなァ。のころは、逸脱行為ですもの、やっぱり見下げているわけです。ぼくは、今だったら

――何になりますか？

團　やっぱり、もっと意味のあることをしようと思ったら、医者かな。

――医者になったら患者はこないな。あまりこっけいな楽しい医者っていうのは威厳がないからね。

團　でも、笑わせて精神病がなおったりサ。高峰さんは何になりますか？

――女優にはならない。初めからいまがいい。いまいちばん幸せだから。というのは、つらつら考えてみたら、五歳から自分でいたことってまるでないのね。芝居のじょうずへたはともかくとして、私なりに年がら年中、木村和子だったり山田花子だったりしてたわけ。自分でいられるのは一日のうち、撮影所から帰って、ご飯食べて寝るあいだ、二時間くらいのもので、眠ればまた役のユメなんかみてるんだから……。それがこのごろは、やっと自分だけになって、うれしい。

そうすると菊の花ってのはまったく黄色いよ、とか、春の雲は團さんみたいに楽しいよ、とかって、初めてそういうものが見えてきたの。私、小さいときから何物にも興味をもたなかったけど、ほんとは興味をもつ人らしいわよ。

團　それはぼくにもわかりますよ。興味のあるほうなのに持ってはいけなかったので

すよ。ぼくは戦争中でしょ、ピアノを弾いてはいかんとか、非国民だとかって。そうなったらやってやろうって意識的にやってたから、ほかのことはおあずけだった。

ですから、いまになって周囲をみまわしたら、忘れていたものが大きいから、植物だろうが、花だろうが、空だろうが、海外だろうが、とにかく、やれるだけのことを、遅ればせでも得るということが大事だと思うわけですよ。

――でも、若いときに何かの意味で強制されることは悪いことじゃない。私、後悔はしていません。

團 強制され、規制されるということは、その中でやはり自分を確立してゆくことだから。野放図じゃダメですよ。悪い意味の自由はダメですよ。あのね、ぼく、つくづくこのごろ思うんだけど、乗車拒否のこと。

――乗車拒否？　なんです、とつぜんに。

團 あれはね、うんと拒否したほうがいいと思うんだ。なぜならあれは対等の交渉でしょう？ 行きたくなければ行かないのがあたりまえだと思うんです。それをこっちは何もいわずにズイと乗ってさ、どこそこ、なんていって、それがあわれにも何百円かもらうがために、イヤなところにも行かなきゃならんなんて、そんな人権の無視はないよ。

――フン、フン、それで？

團　タクシーは庶民の足だなんてのは間違いで、タクシーはぜいたく品ですよ。庶民の足はバス、地下鉄、国電である。日本人はそれを忘れちゃった。だから、タクシーをうんと値上げして、百メートル千円くらいにしてしまったらいいですよ。それで、やんごとなくて、生まれてはじめてタクシーに乗りました、みたいな感じで珍重して乗ればいいんです。

――　そんなこと言ったって、あなた。

團　小学生まで乗るじゃないの、五人乗ればバスより安い、なんて、そんなのは間違いですよ。あれはもっと高いものなんだから、一人の人間が三平方メートル独占するんですよ、密室を。そして意のままのところへ行くんですよ。これは文明開化のものですよ。

三百円なんかで乗っちゃもったいないね。自分かってにこれだけの面積をとって、おれの自由だ。しかしどこまでも行ける魔法のじゅうたんであるのですからね。

だから、うんと値上げする。一区画三万円くらいにする。それで乗車拒否もバリバリやれ、というとかえっていいんじゃないか、ぼくは断然乗車拒否運動を起こそうと思う。ダメかしら?

――　ダメだね。それで、團さんはそのタクシーに乗りますか?

團　ぼくは乗らないの。そんなことをいっちゃった以上、乗れないじゃないの。

――育ちのいい人は、無責任なことをいうわねえ。

オペラ『ちゃんちき』は、團さんの『夕鶴』『ひかりごけ』に続く、第五作目の会心の作である。チンドン屋を思い出させるような、親しみのあるユーモラスな前奏曲に、團さんの「音楽は限られたものではなく、皆のもの、公園の花のようなもの」という言葉がそのまま現われていて楽しい。

今年は『ちゃんちき』のアメリカ公演に続いて『夕鶴』の中国公演、長崎、松本、新潟でも『夕鶴』を、と、團伊玖磨五十四歳は席のあたたまる間もないほど忙しい。その間に、随筆を書き、親しい人と礼儀正しくつきあい、朝鮮焼肉を下品にカッ喰《く》らい、色盲の眼でネクタイを選び、団というあて名の郵便物をゴミ箱へ捨て、……やっぱり團さんはただのネズミではなく、「ヌエ」のような人だと私は思う。

谷崎松子

久しぶりにお目にかかるのだから、谷崎潤一郎先生のお墓参りにもお供をしたいと考えた私は、谷崎松子夫人と、京都・鷹《たか》ケ峰にある「雲月」という料亭で待ち合わせることにした。この料亭は、谷崎先生が生前にひいきにされていたところである。

　朝からどんよりと鉛色だった空が、いよいよ低くなって雨になった。私は、お墓参りのためにと傘屋へ寄り、あれこれ物色して松子夫人に似合いそうな濃い紫色の蛇の目傘を買った。雨のために道が混んで、思うように車が進まない。これでは遅刻してしまう。松子夫人はきっと先に着いて、先生のお好きだった料亭で、先生のいらっしゃらない部屋に、ひとりっきりですわっていられるのだろうと思うと、そのやるせなさが思われて、気がせき「雲月」に近い竹藪《たけやぶ》のあたりからドアのハンドルに手を掛けて、腰を浮かした。

　松子夫人は、やっぱり先に見えて私を待っていて下さった。顔を見合わせただけで、松子夫人の眼にうっすらとガラスの膜がかかったように涙が浮かぶ。私はこんなとき、いつも、松子夫人と私の間に「谷崎先生」の影を感じて、なんだかたまらなくなり、わざと間のぬけた大声を出して冗談をいって夫人の涙がひっこむのを待つのだ。谷崎先生は「彼女はよく子供のように声を出して泣く。泣き顔を隠すと云う気持が全くない。強情っぱりの、決して涙を見せまいとする江戸の女を見馴《みな》れている私には、これは一つの驚きであるが、それが又彼女の魅力であり、そう云う弱さに江戸っ子はついホロリとして絆《ほだ》される……」と『雪後庵《せつごあん》夜話』に書いていられるが、強情っぱりではヒケをとらぬ私もまた、松子夫人の涙には弱い。

雨に煙る鷹ケ峰を眺め、お昼のお膳《ぜん》が運ばれるころ、やっと夫人の目にほほ笑みが浮かんだ。

——**松子** あら、あじさいの花が、ママ。

——ほんと、箸《はし》おきの代りになってますのねえ、きれいなこと。先生が喜びそうな趣向ですね。私たちが、ほら、京都へお誘いをうけて、忙しくてうかがえなかったときは、この家がまだ。

松子 そう、光悦寺《こうえつじ》の中にあって……。

——あれから、引っ越したのね、ここへ……。あのとき、残念だって、メニューを送って下さったでしょ。「うまそうだなア」って、松山と二人でいってたの、罪なことするって……。ママ、お酒は？

松子　ほな、ちょっとだけ……。

ひょうたん型の徳利《とっくり》が「トク、トク……」と鳴って、昼のお酒はすぐまわった。

――あのね、川口松太郎先生にうかがったんだけど、ママ、お嬢さんのころは、とてもモダンでオキャンだったんですって？　いまのママから想像もできないけど、なぜあんな風に人間は豹変《ひょうへん》できるのかって。

松子　豹変だなんて……、そんな。

――ダンスなんかスイスイ踊っちゃって……。先生のダンスはどうでした？

松子　ええ、もう大きく身体を動かしちゃって、まるで運動みたいで、しゃにむに前進するの、機関車のようだって聞いてはいたんだけれども、初めて踊ったとき、私もう恥ずかしくて、恥ずかしくて……。それについて行くの、こっちも一生懸命ですもの……。最初、船場《せんば》というところにお嫁に行ったでしょう？　私はそれまで、とてもむじゃきにふるまっていたから、船場へ行ったら、ああしたらいけない、こうしたらいけないって。たとえばねえ、主人と映画を見に行っても、食事をしに出ても、帰りがけは、なんとかして別々に帰ってねえ……。一緒に帰ったら、みっともないって、おばあさまがいうんです。

――ダンスのお嬢さんが船場の御寮人さんになって、今度は谷崎夫人になって、とうとう一生、先生の突貫ダンスについてゆくことになっちゃったのね。もちろん先生にとって、ママは理想の女性だったんでしょうけど、ママの着物の柄なんかにも意見をおっしゃった？

松子　ええ、そりゃもう、気に入らないものを着ると、二度と着られないようなくさい、いい方をしました。どんなにあつかましくても二度と着られないほど、じょうずに、的確に批評して……こたえましたねえ。だから呉服やさんがくると、ちょっと見てちょうだいというと、いやな顔もせずにみてくれました。いろいろみているうちに「ああ、これはデコちゃんに似合いそうだ」とかって、それが実に的確でね。

――そう……、熱海へうかがったときも、先生はギロッと目をむいて「きょうの口紅の色はいい」とか「きょうは目玉がいきいきとしてる」とか「その羽織りの紐の色がいい」とかって、かならずおっしゃったわ。気に入らないところはなんにもおっしゃらないでね。……そういうことをお書きになってますね。ほめることはほめる。しかし、文章にして他人の作品の悪評などはしないように心がけている、って……。私はいつも先生にご馳走になってばかりいて、したがって、ごきげんのいいときばかりだったから、先生のやさしい面しか知らないけど、でも、きっとこわい面があったんでしょうねママには……。

松子　まるで、なにかご家老にでもついているようなこわさでしたよ、正直にいったら。なんでもいうことは聞いてくれるけど、そのなかに、すごくきびしいものがあって……。

――先生としては、あらゆるものをママに求めたから……。ママもたまらないわね。

松子　とにかく、こわかった。ひとつ間違えば、どうなるかわからないというこわさ。正午までと、三時までと、いまとではガラリッと変わりはしないか、というような、不安みたいなものがあって……。でも、そういうあがきを見せたら、もういけないでしょう?

――先生はママを「お慕い申しております」という表情をしてらしたけど、もし、ママがあがいたりしたら、もう現実の人間になってしまうものね。ちょっとくらいの神々しさじゃ不満だったのよね。ふつうの女房だって、ある程度の演技は必要だろうと思うけど、ケタが違うから。

松子　でも、心までみすかされてしまうから。やはり、ありのままでなくちゃいけないでしょうねえ。

――ああ、とてもダメ。私だったら三日ももたない。

松子夫人は「フフフッ」と笑った。その笑いの中に、何かをしとげた後の、静かでいて寂しい、安堵《あんど》感《かん》のようなものが感じられた。

「私はM子とは友達同士と云うのに似た関係でありたかった。妻と云うよりは幾分か他人行儀の、互に多少の間隙を置いた附き合いでありたかった。根津《ねづ》家の夫人としての彼女と世を忍びつつ逢《あ》っていた時代の陰翳《いんえい》を、今も家庭のどこやらに残して置きたかった。何よりも私は、世話女房と云うが如《ごと》き存在を家の中に持ち込みたくなかった……」（『雪後庵夜話』）

と、谷崎先生の文章にあるが、松子夫人にしてみれば、いくら「……生命を賭けても芸術至上の此《こ》の偉大な作家を深く理解し、順応して行かねばならぬと心に誓った」（『倚《き》松庵《しょうあん》の夢』）としても、その心情としては「……総ての手続が終了する迄、私たちは寄り添うことはあってもまことの契は交さなかった……罰当りと思われるかも知れぬが、私とて女の身、普通の夫婦として睦《むつ》みたいとどんなに望んだことであろう。しかしながら、それは、いつどうと云うこともなく極めて自然に一応夫婦らしさを装うことが出来るようになったが、『雪後庵夜話』にある通り、ある隔てが置かれていたことは、女心に最後まで寂しい限りであった」（『倚松庵の夢』）とあり、一世紀に一人くらいしか出ない、りっぱな作家に選ばれた女性である松子夫人の姿勢のありかたは、私のような凡人には、とうてい想像もつかないほど「きびしい精神」をもって貫かれていたのだろう。

そのうえ、松子夫人は「……どうしても夫の子供を生みたく、観音様に日夜祈願をかけて、漸《よう》く懐妊に至った……」というその愛し子さえ「……そうなればこれまでのような芸術的な家庭は崩れ、私の創作熱は衰え、私は何も書けなくなってしまうかも知れない……私は、私の子の母と云うものになったM子を考えると、彼女の周囲に揺曳《ようえい》していた詩や夢が名残りなく消え去ってしまうのを感じた。私はそうなったM子を考えるに忍びなかった……」（『雪後庵夜話』）という理由で中絶を要求され、松子夫人は断腸の思いで、その小さな生命を断っている。より高い精神で結ばれた谷崎夫妻の間にもこの一件だけは、以来、谷崎先生も「……そのことを思い出させるような話題は何に依らず禁物であった……」と、松子夫人の涙をおそれて口をつぐんでいる。

そんじょそこらの女房なら、この一件で間違いなく逆上し、ケンカのあとのコブの二つ三つ、いや、それとも冷たい戦争の果ての夫婦別れは必定だろう。そのショックにすら耐え抜いて、何事も谷崎先生の仕事のためと、綱渡りのような毎日を送った松子夫人という女性の意志の強さ。そして愛の深さに驚く。愛するより、愛されるほうがむつかしいというが、松子夫人にとってはその両方が五分と五分だったのだろうか？　自ら、死児の齢《よわい》を数えることをわらいながらも「私は果たして夫の喜ぶことをしたのだろうか」と自分自身に問いかけている松子夫人に、いまさら言葉もなく、ただ、貫いた愛の大きさに頭が下がる思いがする。

——先生は、神経が細かくて、食いしん坊で、おしゃれだってことくらいしか、私には、わからないんだけど……、湯河原《ゆがわら》の新しいお宅に移って間もなく、私がNHKの対談でうかがったとき……。

松子　ええ、あれは亡くなる一年ほど前。

——あのときね、ずいぶん一生懸命つとめてお話して下すって……。不自由なお身体で、立ったりすわったりしてサービスして下さったけど、でもほんとうにやせておしまいになって、和服の前がすぐはだけてしまってね。先生らしくなかった。

松子　あのころ、もういけなかったのねえ。

——そう、ママがシャッシャッと前を合わせてあげてもすぐ、グズグズになって……。あのとき私、あ、先生が弱ってらっしゃる。イヤだなあと思ったの。まるでライオンがネコになったみたいに、おとなしくなってしまって……。

松子　ほんとうに……。ふつうだったら、パッと手を払いのけるのにね……。そんなことまで見てらしたの。私、そこまでは気がつかなかったけど……。

——でも、先生はガンとこわい顔してらしたほうがよかった。

松子　そうなのよ、あんなふうに、やさしくなられると心細くて……。私のいうことなども、フン、フンとおとなしく聞いてね。でも少しよくなると、また大きな声で怒《ど》鳴《な》り出して、そういう繰り返しが何度もあって……。

そうしたらお手伝いがみんなね。〝あア、やっぱりどんなに怒鳴られてもいい。あんなにやさしくなられてはイヤです〟っていってました。……私は、なんていうのかしら、つくづく、ほら、いつかお宅へうかがったときも、秀子さんにいわれたでしょう？

——え？　なんて。

松子　業が深いって、私のことを。

——私、そんなことといいましたか？　失礼なことといっちゃったな。

松子　いえ、私、ほんとうにそう思うのよ。

——…………。

晴れたと思っていた窓外が、また、薄紫色にかすんできて、竹の葉がサヤサヤと鳴り出した。

この料亭の看板であるデザートのわらび餅《もち》が、きょうは現われない。谷崎先生の好物だったその和菓子が出ないのを、私は少し不満に思ったが、先生の没後七年になっても、まだ松子夫人の涙が涸れていないのを見て〝出ないほうがよかったかな〟とも思った。女二人が昼から酒をのんで、のんびりとご馳走を食べているので、谷崎先生がやきもちを焼いて、さきにわらび餅を食べてしまったのかもしれない。

先生にはそういう子供のようなところがあった。二十何年か前、まだ、おつき合いの日も浅いころ、お土産にせんべいを持参したら、先生は箱をあけて好きなだけ「ボリボリ、バリバリ」と食べ、あとはまた紙に包んで、ヒモまで掛けて押入れにしまってしまったので、私はビックリしたことがある。松子夫人やお嬢さんの恵美子さんが、それをおもしろそうに見ていたのも覚えている。濃厚なチーズケーキを一箱平らげておなかをこわしたり、ハワイからの大きなパイナップルを誰にも食べさせずに一人で抱えこんでしまったり、谷崎先生の情熱的な食いしん坊ぶりの思い出は、それからそれへと尽きない。

「東京では、どこのビフテキが、いちばんおいしいかな？」という問い合わせの電話をいただいたのが、谷崎先生の声を聞いた最後であった。その時、ご馳走になる日を約束して……、それなのに、約束の七月二日にはご馳走どころか、私は喪服を着て、青山斎場で谷崎先生のお骨の箱の前に立っていたのだ。松子夫人の涙を見、大勢の会葬者を見、小さな箱に入ってしまった谷崎先生を見ても、私の心は「そんなはずはない。きょうは谷崎先生にご馳走になる日じゃないか……」と繰り返すばかり、身の囲りのすべてが、まるでスローモーション映画のようで、ユメの中にいるようだった。

きょうは松子夫人との対談で、松子夫人自身の話をうかがうつもりだったが、なにをどう話しても、話はいつの間にか谷崎先生の思い出に流れていってしまい、途中でフッと気がついて話題を変えても、またその話の中にちゃんと谷崎先生が出てきてしまう。

私は溜息《ためいき》が出た。「ママ、法然院《ほうねんいん》へ行きましょうか、先生が、いつまで食っているんだ、ってジリジリしてるわよ、きっと」私は笑いながら、松子夫人のハンカチが袂《たもと》に納まるのを待った。

雨の晴れ間のしっとりとした空気の中の、こぢんまりとした墓所の真ん中には、谷崎夫妻の愛する紅枝垂《べにしだれ》の若木が一本立ち、その木をはさんで「空」「寂」と一字ずつ彫られた自然石の墓石が二つ、仲良く並んでいる。

白い草履が露を吸いこむのもいとわず、松子夫人は身を伏せて墓石のまわりの小さな雑草をとりはじめた。

赫々《あかあか》と杉の木立に落つる陽《ひ》を
共に見ん日を君待たしませ
（『倚松庵の夢』）

松子夫人は墓石の前で、こううたいながらも「死こそ生きることであると云う。多くの人の心に永遠にいつも新鮮に生きつづけて行って貰うように、生命を捧《ささ》げることのみが私に残された務めであろう。谷崎は断じて死んではいない」と、強く書ききっている。

ほっそりとしたうなじに小ぬか雨が降りかかり、私はあわてて紫色の傘をさしかけた。

――この石の下に、先生がいるなんて、私、まだ信じられないの、京都へくるたびにここへはくるんだけど、おまいりっていうより、ちょっと遊びにくるって感じよ。だって、先生とは二か月も三か月もお目にかからないときもあったから、このごろ無沙汰《ぶさた》だなアって……。もっともママは、昨日まで隣にいた人が急にいなくなっちゃったんだから、そうはいかないかもしれないけれど……。

松子　そんなふうにいってくれる人がいないから、私とてもうれしいんです、その言葉を聞くと……。わかっていてもねえ。

松子夫人は、いまでも湯河原の家の庭で、霊界の谷崎先生と会話をするといっては、私を気味悪がらせて笑う。松子夫人も私も、谷崎先生がこの世にいなくなったことを信じたくない気持ちは同じだ。しかし、どこかに大きな違いがあるのだろう、私のいたらない言葉は、いつも夫人の涙を誘い出してしまうのだ。「寂」の墓石近くに、ほんのりと白く、心細げに立ち上がった松子夫人の姿は、紅枝垂の葉に半分かくれて、やがてこの石の下に入る人というよりも、いま、ちょっとこの下から出てきたところという感じがして、私はギョッとした。松子夫人は本当に生きているのだろうか？

「また、降ってきた、行きましょう」私はそういって、松子夫人の肩を抱いた。なんという柔らかい肩だろう。突けばタヨタヨと崩れてしまいそうに頼りなく、やさしい肢体は、松子夫人の「精神力」にひきずられてやっと持ち堪えているとしか思えない。こんな人を残して、自分だけ石の下にもぐり込んでしまった谷崎先生が、私は恨めしくなった。

私のさしかける蛇の目傘の柄にすがって、松子夫人はまるで雲の上でも歩いているようにフワフワと歩を運ぶ。夫人の心はいま、どこにあるのだろうか？　いずれは、谷崎先生の思い出の糸をたぐりよせているのだろう、とわかってはいても、私にはなにもして上げることができない。

青山斎場の葬儀のとき、松子夫人は私を見た瞬間、どうしたわけか、自分の掌《てのひら》で自分の頬《ほお》をピシリッと叩いて慟哭《どうこく》した。お嬢さんに「ママのこと、よろしくお願いします」と頭を下げられて、私は「私なんか何もできやしないわよ。先生じゃなくちゃダメなのよ。ずるいじゃないか、死んじゃうなんて」と怒鳴って、三人で丸くなって泣いた。怒っても泣いてもなんの答えも出てこない。愛が深ければ深いほど、悲しみの淵《ふち》も深くなる、と頭ではわかっていても、悶《もだ》え泣く人の姿を見るのは辛《つら》い。

そして、七年経《た》った今日も、松子夫人の涙は涸れず、私もまた、ただぼんやりと傘をさしかけることしか出来ないのがじれったい。

我という人の心はただひとり
　われより外に知る人はなし

（『雪後庵夜話』）

木村伊兵衛

真《まこと》を写す、と書いて「写真」と読むが、近ごろの写真の世界も流行《はや》りの前衛ブームとやらで、絵だか写真だか見分けのつかないつくりものが多くなってきた。それに、このごろの若いカメラマンは「カメラをやっています」とはいうが、「写真をやっています」とはけっしていわない。なんでも横文字ならカッコいいと思うらしい今日のことだから、呼び名なんぞどうでもいいようなものだが、木村先生の会話には、何度もガンコに「写真」ということばがでてきて、それがかえって、新鮮に聞こえた。木村先生にとっては「写真」という二字こそ、もっとも大切なものであり、その二つの字には、私なんぞには想像もつかない、たくさんの意味や愛情が含まれているのだろう。

木村先生にお会いした日は、雨が降っていた。ヒョイという感じで現われた木村先生の手には、折りたたみの雨ガサと小さな皮ケースに入ったカメラがあった。部屋の隅のテーブルにポンとカサを置き、カメラの置き場所にちょっと迷って、結局はカサの隣にそうっと優しく置いた。その何気ない動作が、私にはなんとなく美しく見えた。

――外国旅行が多いようですけれど、中国は何回くらいになります？

木村　戦前に三回と、戦後に三回ですね。

――他の外国より、やはり中国がお好きですか。

木村　好きとかなんとかより、私は日華事変のときも中国にいて、たいへんな残虐行為を見たりしていてねえ。私は私なりに、早くなんとかしなきゃ、なんとか仲直りをしなきゃって気持ちがあって……。何度も中国へ行くけど、向こうの人は、オクビにも出さないでしょう？　イヤ味なんて。

――ほんとうに、何もいわなければそれだけに申しわけなくてね。とにかく、なんでも徹底していますね、あの国は。

木村　ハンカチ一枚でも、紙くず箱に捨てて、つぎの場所へ行くと、ちゃんと洗濯してアイロンがかかって届いている。越中ふんどしが届いたという話もあったっけ。

――ホテルのカギが不必要なんてウソみたい。

木村　下のほうの人たちの教育は、たいへんなものですね、とにかくまじめで。

――カメラはどうですか？

木村　カメラは高いでしょう。でも、うんとつくって、南方へ輸出してます。中級のカメラでじょうぶ一点ばりのを。

――先生がいちばん初めにお使いになったカメラは、なんでした？　大正七年ごろ。

木村　オモチャのカメラで、文房具屋に売っていました。

――なんていう名前？

木村　名前……ああ、ボックスカメラなんていったな。それこそ木の箱で。シャッターなんてなくて、レンズのフタをパッと取ってパッとふさぐ、ね。

――……それから組み立ての暗箱ですか？

木村　組み立ての暗箱は、もうほんとうの写真屋さんでね。一般の人はオモチャと同時に、第一次世界大戦が終わって、ドイツからどんどんカメラが入ってきて、みんなずいぶん舶来のカメラを持っていましたね。日本は景気がよかったし、その中で、ぼくがとっつかれたのがライカ。ライカにとっつかれたのが因果で、いまだに写真屋してるわけです。

ライカはフィルムの面積が小さくて、そのころは実用にならないだろうなんていってたけど、そのうち新聞社も使い始めて。でかいラッパのついたラジオが、トランジスタになったのと同じですよ。

――先生は商業学校をお出になったのに、なんで写真家になったのです？

木村　うーん、やっぱりライカにとっつかれたんですね。ぼく、下町育ちで、下町ってわりにハイカラだったし……流行の先端っていうくらい、下町は新しいことやハイカラなことが盛んでね。ぼくは、まア、写真をやっているうちに、好きだし、これでなんとか食ってゆけるんじゃないかということで「写真屋」を始めたりして、お茶をにごしてたんですよ。当時はフリーで、写真をとったり注文がきたりってことなかったし。

――ポートレート専門ですか。

木村　そう、町の写真屋さん。

――大きな写真機がすえてあって、ガシャッと大きな音のするシャッターでね。

木村　そうそう。あの商売は難儀でね。とにかく、お客さんにお金もらう以上は、頭のテッペンから足の先まで、よォく、映っていなきゃならない。てめえと同じじゃいけなくて、てめえよりきれいじゃなきゃいけない。

――修整の時間がかかりますね。似ても似つかぬ美男美女。私ね、一歳のときと四歳のときと写真とったら、背景とイスがまるで同じで、私だけが大きくなってました。そんなものでしたよね。昔の写真屋さんて。

木村　そう、立ってる人の首を押さえて、カネの棒を突っこんで動かないようにして、なにしろ、露出が一秒くらいかかるから、七五三っていうとガキばかりで、それがまたよく動く。しょんべんはしちゃうし、もうたいへんでね。とうとう、ぼくダメになっちゃって……商売熱心じゃなかったんですね。それから外へ出て「花王」でしゃぼんの広告とったり、そして戦争。戦争があると、芸術は変わりますよ。映画も写真も絵もね。世の中が変わるにつれて写真の社会的な背景も変わるし、そういう歴史といっしょに歩いてるから、あまり苦労もせず、マンネリズムにもならないですね。

――先生は、いつの場合も、風景より人物を選ぶのはなぜですか？　人間が好き？

木村　やっぱり人間のほうがいいですよ。人間のふれ合いとか、人間の生活とかね。それをつっこんでゆくのが「写真」ではないか、という気がしますね。

――四十年以上も人間をとっていて、スランプありませんか？　アキアキしませんか？

木村　だって相手が変わりますもの。

――そうすると、被写体がデクノ棒でとるに足らないヤツだと、背景などで補うわけですか？　その材料によって、写真のとり方をお考えになるのですか？　その風景の、ムードの中のひとつの素材として人間を入れる場合と、人間だけでも魅力のある場合は、背景はとばしちゃうとか。

木村　私の場合は、その人の日常生活の中から、人間その人を写すことですね。たとえば白バックであろうと、そこで起こってくる時間的なものをつかまえる。演出はせず、あくまで受け身でゆくのです。しかし、日常的なことの中で、こっちの目が見えてこなきゃダメですね。共通する人間性とか会話があるとか、そうするとマンネリにならない。それには長年の経験とか蓄積がないと……そして、これだ！　と思うときに一秒間の五十分の一なり、百分の一でパッと燃焼するわけです。それがぼくにとっての決定的瞬間。そして、とったらすぐに自分で現像して、いいか悪いか、そこで対決するんですね。それがやはり苦労でもあるけれど、それがなかったら、こんなかんたんな作業はやめてしまいますよ。

――　私が写していただいたときね、私すっかり堅くなっちゃって「芸術家ってイヤだね」と思いましたよ。パッパカとライトをあてられてニッコリ笑って、っていうほうが私たちなれているし、気が楽ですもの。先生は私の家にいらしてくださって、白い壁の前にポンと座らせられて、自然光線だけでね、私、自分でも意地悪バアサンみたいな表情してるのがわかるのね。それがまあ、なんと真珠のような美女にとっていただいて……ビックリ仰天しました。その節はありがとうございました。

木村　あのときは、真っ黒の着物に、錆朱《さびしゅ》の帯でね。よくおぼえてます。

――　そして、白バックで……あの写真はババアになってから自慢しようと思ってチャンとしまってあるの、ほんとうに美女なんだな、イヒヒ……。

そうだ、白バックといえば、私の尊敬する成瀬巳喜男監督が、亡くなる二年ほどまえに、セットの片すみで、こんなことをつぶやいたことがある。

「ねえ、ぼくはいつか、白バックの前に俳優をおいて演出がしてみたいと思う。俳優に魅力があれば、ゴチャゴチャした背景もイスもテーブルも必要ない。俳優がダメだから、いろんなものでゴマ化すわけでしょう？　白バックだけの演出を、ぼくの最後の仕事にしたいけど、どう？　秀ちゃん、道楽してみない？」

私は、なんだかゾッとして「そりゃまだ、二、三十年先のことにしていただきます」と笑ってゴマ化したが、そのとき、ふいと、木村先生に白バックの前で写真をとられた、あの恐ろしさを思い出して、ふたたびゾッとしたものだった。

そういえば、なんとなく、木村先生と成瀬先生の仕事には、たくさんの共通点があるような気がする。第一に、人間が好きで、その素材の扱い方が似ていること。あくまでしぜんに、あるがままに泳がせておきながら、取るべきものは有無をいわさず抜き取ってしまうという独特な手法。第二には、いったい温かいのか、冷たいのか、私のようなバカにはわからない複雑なその性格。第三には、テコでも動かぬ信念の持ち主。つまりガンコなところである。


——前衛写真、いかがですか？

木村　テレビのショー番組のようなものですかねエ。やはり大衆が要求しているというのでしょうか。ぼくなんかの考えじゃ、カメラマンはなるべくひっこんでいて、作品自体が、見る人に何か感銘を与えることを心がけるのだけれど、いまはカメラマンのほうがスターになっちゃって、アクが強いから。

――そうですね。モデルの名前なんか出ないで、カメラマンが写っているみたいなところありますね。

木村　スターになると、つぎのスター、つぎのスターとどんどん出てきて追いかけられてしまって、じっくりと地についた仕事ができないですよ。まあ、カメラマンになるというのは、たしかにひとつの仕事として資本としては安いでしょう。車を一台買うとしても五、六十万かかるけど、カメラなら、ほどほどにしておけば、二台買っても十万円。フィルムも一本買いでいいしね。

作業もかんたんだし、そして何かうまい被写体にぶつかってそれが売れればもう有名になりますからね。それでいちおうはとおるけれど、つづくかどうか。

――どこまで深くなるかということですね。それにいまは、いろいろな技術があってもの珍しさにテンテコ舞いをしているようなところもあるでしょう。

木村　技術ばかりがさきに立って、アッといわせること、それだけになってしまうこともあります。でも、そういう技術なんてのは、もうずっと以前にやっていることでね、ただその人が知らないだけで。とにかく、技術におぼれて自分が飛び出しちゃいけないと思うのですよ、ぼくは。

写真の真実性とか、リアリズムとかを忘れてしまっては、たとえば戦場に行けば、いい写真がとれるという。そりゃ、写真が写してくれるから、切った張ったのところへ行けば、写真はとれるけれど、もっとほんとうのものをつかむのを忘れてしまっているのですね。……このあいだ、展覧会を見たんだけど、アメリカの写真家ダンカンて人は朝鮮戦争からベトナムまでずっとまわってきて、その人は、切った張ったはとらずに、塹壕《ざんごう》の中でうずくまっている兵士の顔とか、やるせない顔とかを、ただとっている。

——血を見せずに、違う方面からゆく方法ですね。

木村 切った張ったはニュースとかテレビで見ることができるけれど、そういう深いもの、見たあとで感慨無量というような気持ちを起こさせる、真実の写真というものを、このところ日本人は忘れていますね。

——ユダヤ人のキャパとか、アーニー・パイルとか戦争の写真をとった人のなかで、木村先生はやはりダンカンがお好きですか?

木村 キャパもすごいけれど、ダンカンには「人」があるから、人をとりつづけたところにひかれますね。

——人と対話ね……先生の作品に、下町の職人という一連の作品があるけれど、そこには、なんともいえない対話が感じられますね。あれをいまの若いカメラマンだと、どういうわけか、まるで外国人でも見るような、もの珍しいという、それだけのものしか写真に出てこない。あれがモダンということだとは思えないけど……文明批評的っていうのか。

木村　いまの人は、たとえば歌舞伎の坂東玉三郎をとるにしても、やはり自分のほうがガーンと前に出てきてしまう。それが個性だと思っているところがあるんですね。ぼくは、玉三郎の芝居というものを、写真で見て、芝居を見るような味わいをしてもらいたいと思う。芝居を見られない人にも、美しい玉三郎の芝居を感じてもらいたい。というようにみせる相手があるのです。

――わかります。ところで、いまは雑誌でも映画でも、裸の人でいっぱいですね。先生はヌードをおとりになったことはありますか？

木村　ありますよ。

――裸はモノをいいませんか？　着衣のほうがモノをいいますか？

木村　裸のモデルだから、無造作にスパッと裸になっちゃうでしょう？　そりゃ職業だけれども、スパスパ脱いじゃってね、ぼく、ちゃんちゃらおかしくなっちゃって……それほど新鮮なものとしてもってゆくことは、ぼくにはゆかない。ちゃんちゃらおかしくって。

——このごろ、週刊誌なんかで、大学生のヌードなんてタイトルで連載してるけど、あれどういう意味？　大学生だからなんだっていうんです。イヤらしいな、ああいうタイトルのつけ方、下品だな。

木村　脱ぐ、ということですよ。ものほしそうなスケベ心ですね。ああいうものが興行になって百貨店で展覧会すれば二百円だ三百円だって、押すな押すなですからねエ。裸が美しいとか、美というものは外国流にいえば裸体で、東洋的にいえば石だとか、そういうことではなくて、ああいうのは、たんなるスケベですよ。きれいだきれいだというのは、よっぽどいいモデルでもないと、ないですよ。いまのおネエチャンたちが裸になっているのは、スケベが売りものですよね。でも、あれもそろそろアキてくるでしょう。エロ本的なものは別の存在として残ると思うけど。いまみたいに週刊誌や総合雑誌がごっちゃまぜに出すということは、だんだんなくなると思いますね。

木村先生は「ちゃんちゃらおかしくって」というとき、ほんとうに、ちゃんちゃらおかしいような表情をした。江戸っ子のケッペキさのようなものが、日本辛子のようにピリピリッとこちらに伝わった。

絵でも、写真でも、役者でも、芸術と職人の分かれめは、たった一つ「品性」しかないと私は思う。その品性は、その作家のもって生まれた天分なのだろうか？　それとも執念と努力によって「品性」をうることができるのだろうか？　白バックの写真一枚に冷や汗を出した、ぐうたらべぇの役者の私にはわからない。

生まれて四十余年、木村先生は「人間の美」をとりつづけて生き、私もまた四十余年間、大勢のカメラマンにとられつづけて生きてきた。カメラマンとモデルのあいだに「対話があるとき」たしかによい作品ができることだけはおぼろげながらに、私もわかるつもりでいる。

いまから十年ばかりまえに、わりといい線をいっていた、あるカメラマンがいた。スタジオの控え室は、いつも順番を待つ雑誌屋やモデルであふれ、マネージャーは電話の受話器とメモを片手にして、仕事をさばくのに大わらわであった。そのカメラマンと何度かいっしょに仕事をしたある日のことだった。レンズをとおして私をのぞいていた彼の手がやにわにのびてアッという間に私が胸に抱いていた花束の花の首を、乱暴に二つ、三つとむしり取った、花の首は無残に床にころがり、花ビラを散らして死んだ。人一倍花好きの私の顔は、自分でもどうにもならないほどこわばって「こんな荒々しいヤツに、いい写真なんかとれるもんか」と思ったとたんに、そのカメラマンとの対話は絶えた。それから一年も経たぬうちに、そのカメラマンの評判は落ち、仕事を失って、彼の姿は写真界から消えていった。

カメラマンはレンズを通して、真剣に被写体をみつめる。しかし被写体も人間である以上、これも真剣にカメラマンをみつめているものなのである。「人が変わるからマンネリはない」と木村先生はおっしゃるが、人間と人間の作業は楽しい半面に、またむずかしい。「真を写す、と書いて、写真と読む」。見れば見るほど含蓄のあることばだが、現在、星の数ほどのカメラマンの中で、いったいその中の何人が「真を写す」写真家として大成することだろう。こっちは桟敷《さじき》のヤジ馬で、ポカンと口を開けてながめていればよいけれど、「あとにつづく者を信じたい」木村先生としては、現在の写真界の混乱は、さぞアタマの痛いことだろう。

市川崑

映画界は、特殊な世界だといわれる。映画作りの特異な才能がより集まってシノギをけずる撮影所の雰囲気は、神経質で殺伐で、一種、戦場じみていて、たしかに他の社会とは違っている。

市川崑氏と私は、昔、この戦場で出会った戦友だ。撮影所では、男も女も大人も子供もない。あるものは「才能」の競り合いだけである。市川崑氏は日本映画界の立派な映画監督だが、そういう意味では、一人の戦友である。いまさら「市川さん」というのもテレ臭く、戦友のよしみで「崑ちゃん」と呼ばせてもらうことにする。

――忙しい?

市川　まあまあや。あんた、テレビどうなの?

――ま、ほどほどにやってます。崑ちゃんとは、ずいぶん長いつきあいだけど、仕事のつきあいはなかったね。

市川　あら、この人はひどいウソをつく人だなァ、記憶力がないんじゃないか？　あるよォ、ボクが映画監督になりまして、第一回作品は、あんたが主役だったじゃないの。野上弥生子さんの『真知子』って作品ですよ。

――あんまり古いんで忘れちゃった……。わけのわからない映画だったね。

市川　いやいや、なかなかよかったよ、主役はどうだったかわからないけど。

――二十何年前でしょう？

市川　ボクは戦後派だからね。まだ若いんだから。

――あんなことといって。じゃ、私は二代目ってことになるね。

市川　その次に『三百六十五夜』ってメロドラマもやったじゃない、あんたと。

――ああ、いま〝なつメロ〟とかでやってるヤツ。

市川　他人《ひと》ごとみたいにいいなさんなよ……。ま、それ以来、ボクはもっぱら通俗映画をやってましたからね。あんたは芸術のほうへいっちゃったから……。だから、なかなか相まみえなくて、たまに〝デコちゃんに〟なんて思っても、そのころはあんたのギャラが高くって。

――おたがいさまでしょ。

市川　それに脚本もどうとかこうとか、いろいろうるさいんだから。

——何いってんの、そんなことありませんよ。

市川　そうそう、ボクの映画の脚本書いてくれるって話、どうなった？　うまくゆけば実現しそうだけど……。今度は演技のほうじゃなくて、脚本のほうでね。

——和田夏十《なつと》さんのところへ弟子入りさせてもらおうかな。

市川　いやいや、あんた旦那《だんな》さんに弟子入りしてるんだから。師匠を二人持っちゃいけないよ。

——でも、ゆきづまりってこともあるからね、三十年も経つと……。崑ちゃんのお師匠さんって、だァれ？

市川　それは、大勢いるよ。ボクはボクなりに師匠がいるけれど、東宝の場合は、あまり師匠とか弟子とかないんだね、みんなサラリーマンだから。

——でも、好ききらいはあったんでしょ？　個性の強い人だから。影響を受けた人は誰《だれ》？

市川　それは、ボクね、全部だな。全部、貪欲《どんよく》にとっちゃうの、あるときは黒沢明さんであり、溝口健二さんであり、エリア・カザンであり、ルビッチであり……。

——コン・コクトーなんていわれたりね。私は崑ちゃんの作った、幸田文さん原作の『弟』なんか見て、あんな映画に出たいなァって思ったことあるのよ。でもね、私のツラがなんとなく崑ちゃんの作品に似合わないじゃない？……もっと年をとって飯田蝶子さん位になったらお願いします。そういうことあるよ、俳優にはね。

市川　うん、そら、あるなァ。

――とにかく、あんたはむつかしいからね、マンガの感覚だから……。でも私、友情なんていうとキザだけど、オリンピック映画のときは、ちょいと手伝ったよね。

市川　そうよ、だから、あんたに借りがあるって、いつも夏十さんにいってるの。

――なんだかゴタゴタしたっけね……。本当のことというと、私、オリンピックのいきさつは、忘れちゃった。


オリンピック、万国博覧会は、戦後日本経済の「モーレツ」を見事に立証した二大事業?であった。オリンピック競技の開催には、必ずその映画を作製する規約があって、その傑作は、戦中のドイツ、ベルリン・オリンピック映画である。リーフェンシュタールという女性演出家の作ったこの映画を観て、名匠黒沢明は愕然《がくぜん》とし、呆然《ぼうぜん》となった。なぜ、私がそんなことを知ってるかというと私が『馬』という映画のロケーションで盛岡へいっていたとき、当時、山本嘉次郎監督の助監督だった黒沢さんと一緒に、盛岡の映画館でこのオリンピック映画を観たからである。映画が終わって表へ出たとき、黒沢さんは何故《なぜ》か怒ったような表情で口もきかなかった。そして、首を突き出すようにして、足早に宿への道を歩いた。途中で、つまずいてみたり、石ころを蹴《け》とばしてみたり、いつもの柔和な黒沢監督とは、はっきり人が違ってみえた。当時十六歳の私には、そのときの黒沢さんの様子が「少し、おかしいな」と思っただけだったけれど、あとで聞くところによると、彼はこの映画から大きなショックを受け、はじめて映画の可能性、そして自分の希望や夢をふくらませたのだという。

事実は小説より奇なり、というけれど、日本にオリンピックがやってきたとき、映画監督に白羽の矢が立ったのは黒沢明だった。そして、その後、市川崑に変わったのである。市川崑ちゃんは、今までに類のないようなオリンピック映画を作った。問題は、その映画が見事で傑作ゆえに起こったのである。崑・コクトーの個性的なオリンピック映画は、担当大臣のとりまきやら、文壇、学者などに、十重《とえ》二十重《はたえ》に取り囲まれ、袋叩きにあった後、「これは記録映画ではない」と、きめつけられた。

競技は、技を競うと書くけれど、オリンピックはスポーツを手立てとした人間交流の場であり、お祭りだから、競技より人間を画くほうが興味が深い。しかし、勝ったの、負けたの、日本チームの勝利のシーンが短すぎるの、折角作った道路が撮れていないの、と、ないものねだりのイチャモン、ナンクセが、日を追って増すばかり……。崑ちゃんは苦境に立った。言われてみて思い出したけれど、私はその時、頭にきて、一発「映画人の発言」なる文章を新聞に書いた。文壇、画壇は、もちつもたれつ、相互扶助の精神が旺盛《おうせい》だが、いいものを悪いとけなされて、というより、とんちんかんな苦境に立ってヘトヘトになっている戦友に応援のかけ声ひとつ出さない映画人が情なかった。

市川　オリンピックは、ボク、忘れたいけど忘れられないのよ。新聞でゴタつきはじめたとき、たまたまあんたから電話もらってさ、電話をくれた第一号があんただった。まあ、そのころ、ボクはデコちゃんて、あんまりねえ、会社も違っていたし、仕事のしっぷりも違うし……。

――結婚なさってるしねえ、エンリョもあるし……。

市川　そんなことはないさ。それはないけど、そういう意味で全く疎遠であったわけでしょ？　そしたら、いきなり電話かけてくれてさ。

――新聞に……。へんてこりんなオリンピック映画ができちゃったって、河野一郎さんが書いたんだっけ。

市川　書いたんじゃない、発言したの、閣議かなんかで。

――それで私が文句いったんだった？

市川　この人、なるほど記憶力がない。混乱しとる。そうじゃないよ。いいですか？　順序としては、河野さんが発言してねえ、デコちゃんはそれと関係なくボクに電話をくれたんだ。

「あたいみたいにスポーツを知らない人間が見ても、じゅうぶん映画として立派だった」って、いや立派って言葉は使わなかったな。とにかく、よかったって、あんたいってくれて、ボク、たいへんうれしかったわけよ。……ボクはテレヤだからね。電話口で「あなたァ」なんて、うまく泣けないけど。

——電話一本っていっても、なかなか出来ないもんよね。こっちもテレちゃうし。

市川 あんたが電話くれた時、こっちはもうガッサゴッソともめていたわけよ。そしたらあんたが「東京新聞」に書いてくれたんだ。「私はアタマにきた」って。

——うん、なんだか書いた。ブリブリ怒って……。一言でいえば「市川崑の作ったオリンピックの映画はなっとらん、作りなおせェ」ということから始まったのよね、そもそもは。そして、それをいい出したのは、河野さん。

市川 違うったら、河野さんは作り直せなんていってないの。……あんた対談したでしょ？「週刊サンケイ」で。

——誰と。

市川 河野さんとだヨ、イヤだなこの人は。

——ぜんぜん忘れちゃった、私。モーロクしたのかな。

市川 その対談で、あんたが、「河野さん、あんた間違っている、ヒドイわよ」ってハッキリいったんや。すると、河野さんが「私、そんなこと知らない。いったい、どうなってんの？」ってことになって。

――そうだそうだ、思い出した。私、あのとき、崑ちゃんのこというてやれと思って、それだけのために出かけて行ったんだっけ……。それで？

市川　それであんたが、「どうも間に人が入りすぎていて、話がややこしくなっているらしい。河野さんはワリと話せるオジサンだから、いっそ駆け込み訴えしたら？」って。ボクはそれまで対立してて、でもだんだん対立してくると、あの映画がかわいそうになってきてね。違う観点で、ああだこうだって、いろいろに論じられていて……。で、あんたにいわれて、じゃ思いきって会ってみようかと思って、面識もないのに電話したんや。国務大臣のところへ。そしたら「会う」っていう。で、ボク、デコちゃんに「ほな、行ってくるでェ」いうて乗り込んでって……。そいでアッサリ話がついちゃった。そのころ、もう海外版はボクをはずしてどんどん編集しなおされてて、それが混乱状態で。ちょうどその時期だったんで、ボクも思い切って河野さんとこへ行く気になったんや……。

河野さん、こういったよ。「僕は、三時間もかかる映画なんて見るつもりはないし、見たくもない。しかし、オリンピック映画だから見た。だいたい、十分くらいで寝てしまうつもりが、オリンピック映画だけは三時間見てしまった。それは、なぜかというと、もう腹が立って腹が立って、これは全部違うんじゃないか、違うんじゃないか、こんなものじゃない、オレの考えているオリンピック映画とは違うぞ、そう思いながら見てしまった」って。「アア、そうですか」そういう話から入っていってね。だんだん話してるうちに、とにかく二人で解決しよう。英語版の編集も、あんたに返そうってことになっちゃった。

――すごかったねえ、ああいうのを即時解決っていうんだ。大物だった。

市川　その後も、何版、何版っていうのがいっぱいあって、そのたびにガタガタすると、ボクがデコちゃんに電話して、河野さんとこへ同行してよっていうと、あんた少しオッチョコチョイのところもあるから「行ったげるよォ」なんて。男同士でカッカと話すんじゃなくて、しぜん河野さんも、今度メシでも食いましょうよ、どうォ？　高峰さん。てなことでね、ボクは大変に申しわけなかったけど、おおいにあんたを利用してたわけ。あんたは終わりまでずっとやってくれた。あの時期に、ああいう形で解決したってことは、ほんとうにあんたの直感力ってのか「会いなヨ」というあんたの一言で、そうなったんだから。

――だってあのとき、駆け込み訴えしかなかったじゃないの。お役所なんてとこは一言しゃべったって上までゆくのに十五日位もかかるとこだし、待っちゃいられないもの。ヘナチョコ映画を作ったんじゃなくて、オリンピック映画だし、あいまいに譲ることはいけないですよ。そういうときに、いうこともいわずにショボショボと押し切られちゃうから「映画界の人間は」なんていわれるのよ。だって、そうでしょう？

お役所ってのは。いいかげんすぎるじゃないの。そんな人間に、もたもた作り直せのなんのっていわれることはないのよ。

第一、出来たものを見て、どうしてあんなにあわてるのよ。全部、おまかせしといて、出来上がってからアッとビックリするなんて無責任よ、第一、演出を頼む前に、崑ちゃんの映画を一本も見てない証拠じゃないの。崑ちゃんの映画を見れば、長いエントツをシネスコに入らねえって真横に写すことぐらい、わかりそうなものじゃない。そうしたら、そういう感覚の映画ができるの当たり前で、そんなことに驚いてるの見るこっちのほうが驚いちゃうよ。チャスラフスカがサカサマに映ったって、困りますっていわれたって、こっちが困るわよ。

私ははじめ、崑ちゃんに演出が決まったと聞いたとき「へえ、お役人もなかなかシャレた人に目をつけたなあ」と思ってたのに、とんだ早トチリをしちゃった。常識的な記録映画にしたかったのなら、なにも市川崑に頼みになんてこなきゃよかったのよ、ああ、腹が立つ。

市川　もう、いいよ、そんなに怒るなよ。

崑ちゃんは、私の助太刀に対して、感謝してくれているらしいが、実は私は「崑ちゃんという人」だけのために、あんなおせっかいをしたわけではない。

映画は、個々の観客によって意見がまちまちであるのは、いま始まったことではない。ただ、オリンピック映画の場合は、崑ちゃんは「誰が勝つか負けるかは重くみない。私は勝負の記録を映画にするのではない」といいきっていたのに、出来上がった映画に対する批評のことごとくが、「記録的である」「ない」と、その一点ばかり。崑ちゃんにすれば、「あれよあれよ」という感じだったろうし、自分にカンケイないことのようで、あるようでもあり、渦中にいても、実に立つ瀬がなかっただろう。

それにしても、肝心の映画人の発言がなさすぎやしないか。こういう時、なぜ映画人は知らん顔していて、掩護《えんご》射撃をしないのだろう。

あんまりじゃないか、あんまりだ、あんまりだと思いながら、つい自分がノコノコと出しゃばってしまったのである。崑ちゃんは、私をオッチョコチョイだというが、私も自分がオッチョコチョイであることは、ちゃんと認めている。

——でもねえ、映画界の人って、助け合わなすぎると思わない？

市川　それはあるねえ、いまは特にひどい。

——映画界なんて、あったかいようで、イザとなったら冷たいよ。一本終わればサヨナラだし、皆、お山の大将だし……。

市川　そう、利害関係も違うしね。みんなする仕事は違ってて、そのくせ、そのみんながー本の作品に集中するわけだから、考えれば不思議な人間の集まりだね。いまはそれも現代のいわゆる潮流って形で変わってきちゃったけど……。あんただって映画だけでなくて、こうして対談もするし……。

——映画が忙しければしやしませんよ。私なんかおしゃべりは苦手だし、人前に出るのも嫌いなんだけど。

市川 でも、あんたの場合は、いつも一本通っているもの。何をしてもあんたの個性をなくさないもの。そういうものはいつもきちんと出ているよ。

——この年になって、サカ立ちしようとは思いませんよ、あたい。

市川 「この年になってアタイ」だなんていえるのがひとつの個性だからねえ。

——まあね、私、財産もないからさ。今までファンに食べさせていただいていたから、それを社会に還元したいと思ったって、松下幸之助じゃないから、陸橋を寄付するってわけにもゆかないしさ。やっぱり細々と、何かの形で身をつつしんで、人に迷惑かけないように、自分をゆがめないようにしてゆくよりしかたがない。もう、この年になったらね。

市川 精神としてはけっこうだけれど、あんたは具体的に仕事をする力があるんだから、やらにゃいかんよ。やってるだろうけど。

——やってない、申しわけない、……崑ちゃん、なにやりたいの？　これから。

市川　映画、やりたいねえ。

――ドキュメンタリーでも、あんなふうにしちゃう人だから、ドキュメンタリーの魅力ってのもあるんじゃないの？

市川　そりゃ、勉強にはなったけど、やっぱり……映画、作りたい。劇映画……。

崑ちゃんは、映画の話になると、がぜん身を乗り出した。この人、横山隆一作のマンガの「フクチャン」に出てくる「コンチャン」という子供にそっくりだ。横山さんは、崑ちゃんをモデルにしたのではないかと思うほど、コンチャンは崑ちゃんに似ているのである。成長したコンチャンの崑ちゃんは、いま、白いズボンに白いジャンパーというカッコいい映画監督スタイルで、長い両手を振り回して熱弁をふるっている。いささかとがりがち？な唇をパクパクさせ、トレードマークのタバコを吸うことすら忘れているのがいじらしい。

市川　ボク、映画がダメになったのはやっぱりテレビだと思う。八〇パーセントまでテレビだと思うのよ。だから、テレビが敵だというんではなくて、テレビの力というものを、やはりわれわれが自覚し、認識しなくちゃいけないんだ。

――テレビに負けたとか、負けないとかいうんじゃなくて。ただね、映画を見たことなない人が、テレビ映画を「映画」だと思っているのがくやしいの私は。テレビはこせこせしてるだけで何も映っちゃいないもの、電気紙芝居だぞ、あれは。

市川　映画とテレビは違うということ。

――違うよ。

市川　うん、一口でいえばそういうこと、映画とテレビは違う、だけど似てるんだ。

――似てる。

市川　映像というんで、写真が動くんだよ。カタカタカタね。あっちも動いてるよ。音も出るしねえ、音だけは良い。

市川　演劇は似てないよね。似てるから錯覚を起こすんだ。そこへもってきて、かつて映画だったものをかけるからね、よけい似てくる。

――ビデオカセットなんてものができてもね。とにかく、首をズーとめぐらせなければならないほど大きいスクリーンで、映画を一度みて欲しいの。それから、大勢で同じものを見るということねえ。茶の間でひっくり返って、一人でアクビしながら見るのと、ぜんぜん違うもの……。ちゃんと腰かけて、前向いてさ、後ろ向けないんだから。後ろ向けば、よその人の顔があるだけでさ。ぜんぶ一方を見て、大勢でものを見るってことは、何かの役に立つことだと思う。……うまくいえないけど。

市川　いちおう束縛されるわけだからね。それを自分で求めてゆくのだし、テレビは非常に自由な環境で見るんだし、本格的に違うんだ……。だけどもういっぺんねえ、この年になってても、新しい映画というものの発見を、やっぱり、やってみたいんだなあ。

――初めから映画監督になるつもりで広島から出て来たの？

市川 ボクは、絵かきになりたかったの、背中のここが悪くてさ、せきついカリエス……。その病気があったもので、マンガ界に入ったところが、だんだん、生きた人間が動く映画のほうに気が移っちゃって。

――崑ちゃんは、いい映画をたくさん作ったけど、ちょっと時期が早すぎたね。あのころみたら「なんだ、これ、編集まちがったんじゃないか」なんて気がして。今だったら九〇パーセントの人が理解するね、きっと。早トチリよ。あんたこそオッチョコチョイよ。

市川 よくわかってるんだけどね。一歩前進しちゃいかんのだ。半歩前進しろってわけだよねェ。この、ハーフってヤツむずかしいんだ。行きすぎたり、後退したり……。いま、とにかくボクらが映画に行かなくなっちゃったものなァ。

――そう、これから三時間もあの暗いところへ入るのかと思うと、見ない前からオックウになっちゃう。ふつうの人が見ないの、とうぜんよね。それに映画館もますます汚いし……。

市川　サービス悪いしなァ。第一、あのモギリっての、なによ、ほんとにモギリだよ。ブスーッとしててさ。こっちゃ千三百円払っているんだよ、あんた。ほんとうにモギられちゃうんだから。それでアリガトウでもないんだから……。やっぱり「アリガトウゴザイマス」といわせる演出がなけりゃねえ。

――そう、なんのお返しもないから行きやしない。

市川　お代は見てのお帰りってのはウソなんだ、先にモギッちゃうわけでしょ？　ボクらは、洋服でもなんでも、これいいな、これにしようか、これ幾ら？　なんて、納得してからはじめて金払うわけだ。映画は先に金払って見せられちまう。見てから「あいたーッ」っていっても返せとはいえないんだもの。そういう商法のものですからね。もっと親切にするべきだ。ま、いちがいに映画館ばかりとはいえないけど、斜陽だっていうんなら、商売を勉強しなくちゃ。

――勉強もしないで、入らない、入らない、映画はダメだなんて……ねェ。第一、映画が全盛のときに、もう次の手を考えておくべきよ。そんならどうすりゃいいんだっていわれても、私、困るけど、……なにぶんにも不勉強でして。

市川　だから、どうしても交通地獄を突破してまで映画館へ行く気がなくなって、ボクらも、きょうはテレビ見ちゃうか、ってことになる。そして、ますます減ってゆく……。でもねえ、デコちゃんよ。映画は消えはしないよ。どんな形になっても残るよ。だから、ボクはそういう意味で、最後まで望みは捨てないでいるけどねえ。あんただって、だからさ、この年になっても、もう映画はあかんなんていわないで、やっぱりさ、夜、寝るときには顔のシワもちゃんと補修してなァ。

――いつまでも舌がまわるように、日夜練習して……。

市川　そうそう。調整して、からだのバランスとって、健康を保つようにがんばりなさいよね。まだ、夢を捨てちゃダメよ。

――なんだい。何の話？　それ。

話がヘンな方向にいっちまったので、私はあわてた。

崑ちゃんは、これから黒沢明氏をゲキレイに行くのだ、という。そこで私もヒョコヒョコとくっついて行った。世田谷・砧《きぬた》の東京撮影所。なつかしい私の古戦場である。黒沢明氏はキリンのような長身にサングラスをかけて、ステージの中にがんばっていた。セットの泥絵具の匂《にお》いがプンと鼻をついてなつかしい。六、七十人のスタッフが鳴りをひそめて、物音ひとつ聞こえない。きびしい雰囲気である。酸素ボンベが必要なほどの息苦しさである。きょうはクランク・アップとかで、常にはオッカナイ黒沢天皇も、まゆ毛を下げて上きげんである。崑ちゃんは、じっとそれをみつめて、少し羨《うらや》ましそうな表情だ。この対談の開口一番、崑ちゃんは「まあまあや」と、あまり煮えきらない表情をした。私は「ああもったいない」と思いながらも、わざと知らん顔をした。甘くて、クールで、そしてユニークな作品を作る優秀な演出家である崑ちゃんの口から、一日も早く「やってまっせェ……」という元気な声が聞きたい。

〽ここは、お国を何百里
　はなれて遠き　満州の
赤い夕陽に照らされて
　友は野末の石の下……

現在《いま》、出版事業は約六百億産業といわれる。そのうち七割が幼児むけ、劇画週刊誌である。崑ちゃんが、もう少しおそく生まれていたら、彼は劇画作家ナンバーワンとなって、所得は億を越えただろうに、と私はおもう。でも、崑ちゃんは『犬神家の一族』でおどろおどろしく大ヒットを飛ばし、つづいて劇画を原作にした『火の鳥』をこれから製作する。当分、失業しなくてもよさそうだ。でも、SFと劇画では、あたいの出場はなさそうだねえ。

菊田一夫

ムカシ、ムカシのそのムカシ、いまは亡きエノケンとロッパが喜劇王の座を競ってしのぎをけずっていたころ、私はたった一度ロッパ一座に客演として出演したことがあった。劇場は有楽座、演《だ》しものは『我が家の幸福』、脚本・演出は菊田一夫であった。

私の役は、ロッパの娘でセーラー服の女学生だった。

最初の顔合わせの日、稽古場《けいこば》に入った私はキョロキョロと落ち着かなかった。あすからの稽古で、さぞシゴかれるであろう菊田一夫先生という脚本家に、早いとこ自己紹介をして心証をよくし、少しでも点をかせごうという魂胆があったからだ。

菊田一夫。やさしげでスッキリとした、その名前。太いロイド眼鏡をかけていることだけは写真を見て知っている。しゃれたマフラーをして、でっぷりとした、いや、それともやせがたの長身か？　そして稽古場いっぱいに響きわたる大声、皮肉な笑顔……。が、何度あたりを見まわしても、それらしき男性の姿は見当たらない。

私は隣にいた劇団関係者らしきオジサンに「菊田一夫先生って、どの方ですか？」と聞こうとした。ヒョイとこちらを向いた、そのヤセのチョビヒゲこそ、菊田先生その人だったのである。私のイメージのすべては一瞬にして吹っとんだ。そのショックがあまりにも大きかったためか、私の記憶の糸はそこでプツンと切れてしまって、何をどうあいさつしたやら、菊田先生の言葉のひとはしすらおぼえていない。

それから三十年経ったきょう、菊田先生と真正面に向きあった私は、またまたショックをうけた。ややネコ背の小さな身体《からだ》、そしてチョビヒゲ、小さな声、昔とぜんぜん変わらない菊田先生が、カゼをひいた子供のような顔をして眼鏡の奥の小さな眼をシパシパさせてチョコナンとすわっているのである。年をとらないのではなく、幼児のころから、あまり苦労をしたので年は若くても、当時から老けてみえたのだろうか。

――先生、あい変わらずお弱いんですか？　召し上がりものもシャケばかり？

菊田　それからラーメン。でも、もうふつう。

――先生のふつうは、ふつうの人の三分の一くらいだから……。小さい時から食べものが悪かったので、クセがついちゃったのかな。でも、その後、おいしいものを、たくさんあがったでしょうに。

菊田　どうも、なじまないのね。小さい時は、分量はうんと食べていたけれど、十

八、九のころから食べなくなって、食べられなくなってね、貧乏してたから……。胃が小さくなったの。

――でも、それからずいぶん経つでしょう。

菊田　どうしても分量が入らない……。若いころ、安くあげようと思ったら日本食……。日本食のうちに入らないな、ご飯にタクワンほど安くあがるものなかった。

――最低ですね。昔は学生なんかホワイトライス、なんていって、ご飯だけとってソースかけて食べたものなんでしょう？　昔は、ご飯そのものがおいしかったもの。

菊田　そうそう、昔のおにぎりは、おいしかったねぇ。

――先生が一日に一度だけ、東京・渋谷の牛めし屋へ通ったというはなし。

菊田　ああ、あの牛めしは、じっさいうまかった。あのころハラもへっていたし、一日一食だったから……一杯七銭で、ハラいっぱいになるほどあるの。うまいのなんのって、味も、じゅうぶんにつけてあってねぇ。

――牛めしは、おいしいものですよね。牛の筋とコンニャクとネギをコトコト煮こんでね。あれいい肉でするとダメなのね。みんな溶けちゃって。

菊田　そう。いまでも、日劇前のガード下に牛めし屋があるのよ。ときどき秘書に買いにやらせると恥ずかしがって行かないのを「行ってこい！」って。でも昔のようにおいしくないなァ。

――昔は牛めしひとつにも心が入ってたみたい。牛めしを売るんだから牛めしを一生懸命につくるって気持ちがあったでしょう?……先生があんまりやせてきたので、牛めし屋のおじさんが「ご飯があまってるから助けてくれ」って、もう一杯食べさせてくれたってお話、いいですね。

菊田 それで、五円くれた。あすから手伝いにこいって。でも、印刷所に仕事がみつかったので、五円返しに行ったら、その人死んでいたの。

――だってその間二、三日だったのに?

菊田 そう、カゼひいて……。

――なんだか、志賀直哉の『小僧の神様』みたい。でも、ヒガむわけじゃないけど、金持ちの息子だったら経験できないような温かいはなしね。

菊田 そうよ、味わおうったってできることじゃないね。それからぼく、死にに行ったとき。

――死にに?　自殺ですか?

菊田 そう。そのころ詩人になりたくて、仲間といっしょに『太平洋詩人』って雑誌をだしていたんだけれど、働くのはぼく一人なの。友だちが飲んべえで、雑誌の購読料を送ってくるとみんな飲んじゃう。米だけ買ってくれれば暮らせるのに、みんな飲んじゃって……、みんなは東京に友だちがいるから食いに行けるけど、ぼくは行くとこないから何日も食わないでいる。二日くらい食わない日はザラだった。

——そんな生活、何年くらいつづいたんです？

菊田　そんなに長くないよ。でも二十回くらいあったのね。そんな繰り返しが……だいたい、詩人になろうと思って小僧をやめて東京へ出てきたんだけど、詩を書いても、自分でもヘタみたいだな、と思うし、才能がないことを自分で悟ってきたのね。それで〝このへんで死んじゃおうや〟と思って鎌倉へ行った。

——なんでまた鎌倉へ？

菊田　なんでだか、死ぬなら鎌倉の海でって。鎌倉へいっぺん行ってみたかったんだな。それからあとがおかしい。片道五十銭だけど、往復だと九十五銭で五銭安いの。小僧さんしてたから商売の道にたけていた。六年やってたからね。それで五銭安いから往復買った。

——死ぬと四十五銭ムダになるじゃない。いえ、鎌倉へ行くのやめて一円で何か食べればよかったのに。

菊田　でもね、海へ行ったら、稲村ケ崎《いなむらさき》のところ、波がバーッときてこわいんだね。だんだん日も暮れてくるし、ますますこわい。そしたら、外人が岩の上からぼくをジッと見ていて、いつまでたってもその外人が行かないの。とうとう飛び込みそこなって……。それから萩原朔太郎さんのところへ行った。詩をみてもらったけど一度も会ったことなかったから、いっぺん先生にあいさつして。

――話が前後してるね、お別れなら先に行くべきよね。

菊田 そう。で、家をさがしてやっと訪ねて行ったら、ちょうどめしどきで、先生が「めし食ってゆけ」って、エビフライごちそうになったの、へへ……あの人、そういうことあまりしない人なのにね。あの人は人生否定派なのに、その日は人生を肯定するようなこといって。

――菊田先生、きっと青い顔してションボリしてたのね。元気なときでもションボリして見えるもの……それから？

菊田 先生の話きいているうちに、だんだん帰る気持ちになってきて、家を出たけど困っちゃったなァと思ったら、へこおびの中に片道の切符があってさ、ああ、あったァと思って、帰ってきちゃった。

――東京のお友だちは何も知らずに？

菊田 いわなかったから知らないね。でも、二か月くらいで連中と別れてサトウ・ハチローさんとこへ行った。そのときはちゃんと「死のうと思った」っていったら「じゃ、家にこいよ」って……。

――サトウ先生、おとこ気のある、たよりがいのある方ですものね。

菊田 そう。そのとき、ぼく初めて佐藤紅緑先生の『麗人』って小説の映画の主題歌を書いた。

――あ！　私、その『麗人』に出ました。主演は栗島すみ子さんね。私、その子供で五歳か六歳でしたよ。

菊田　ほう。あれに出ていたの、へえ。

――それからずっと詩を？

菊田　ううん、やっぱり詩をあきらめて、当時の支那《しな》へ行った。

――えっ！　忙しいわね。なんでまた、そんな遠いところへ？

菊田　そりゃ、そのころ「せまい日本にゃ住みあいた」って歌があるもの。ぼくみたいなしおたれたヤツでも、そういうこと考えたものですよ。当時の青年は……。それで青島《チンタオ》の紡績工を半年ほどしているうちに馬賊の頭目になろうと思って。

――馬賊？　そりゃムリですよ。誰が考えたって。

菊田　だって、馬賊がつかまってね、五、六人斬首刑《ざんしゆけい》になるとこ見たけど、頭目がぼくくらい小さいの。子分が二百人もいるって頭目が小さくてしなびてたから、あれならぼくもなれると思って、それで綿会社へお菓子売りにくるヤツに「馬賊になりたい」っていったら「五円くれれば世話してやる」っていうのよ。

ロバに乗せられて、ずいぶん山の中まで行ったら、ウソなんだ。五円とられて放り出されちゃって、困ったけどぼく歩いて帰ってきちゃった。飲まず食わずで一晩じゅう歩いて……。二歳のとき捨てられた経験あるから、別に驚きもしなかったけど。

――ふつうだったら、そんなところで放り出されて、それこそ自殺したくなるのに……。先生は、でも、そうやって少しずつ強くなっていったのね。

菊田　そう。


菊田先生の口から淡々と出てくる言葉は、飢餓《きが》、自殺、馬賊、捨て子、どれもすさまじく、どれも孤独そのものである。人間はみな孤独だというけれど、菊田先生の孤独は、二歳で捨てられたときから、オンブオバケのように菊田先生の背中にはりついてしまい、いつの間にか、その孤独が菊田先生のひとつの魅力になってしまったのだろう。

「親切にして、その人を助けてはあげても、その人と別に関連をもとうとは思わない。かたくなと思うかもしれないが、死ぬときは私ひとりでいい」という言葉に、私は共感をもつけれど、とても真似《まね》のできることではない。冷たいようで温かく、小さいようで大きい、不思議な魅力の持ち主である。

――私も複雑なんだけど、先生もひどく複雑な生いたちですね。二歳で捨てられて、十二歳でまた養父に捨てられて。
菊田　そう、ぼくを二歳で放り出したのが実際の父親で、そのあとが育ての親。六つの時に死んだ養父が菊田といって、やさしかった。この人の位牌《いはい》だけは、今でもまっている。そのあと養母が縁づいた先の父親で、これがまた三人くらいかわったの。

――ややこしいなァ。

菊田　ぼく、自分を孤児だとばっかり思っていたけど、四十歳すぎてから、いろいろな人たちが出てきてビックリしちゃった。ずうっとぼくを知ってたっていうの。それなら、こっちが苦労してる間に、手紙の一本くらいくれればいいのに、と思うわね。それを『鐘の鳴る丘』のころに。

――ああ、先生が金のなる木になってきたから。

菊田　それで、金送れっていってきた。

――「なにいってんだ。ホイホイ調子よくここまできたと思ってんのか」っていいたいですね。

菊田　でも、金送ったんだけど、そのうちに事業するから金貸せってきたので、もうカチッときて、とたんに冷たくなっちゃった。

――あたりまえです。どこの家でも一人が芽を出すと、みんなぶら下がるのね。でもお金を貸すのはよしあしですね。かえって、その人をダメにしたり、友だちを失ったり。

菊田　そういうこと、ありうるからね。

――私も大きくなってから兄弟が出てきたけど、いっしょに暮らしたこともなかったし、初対面でしょ？　なつかしいなんてことより気味が悪かった。私に似てるの、それが。

菊田　似ているだけに腹がたつよ。

――実の親とはこういうものだとか、兄弟っていいものだ、なんて聞いても、私には、ぜんぜん信じられないし、わからない。

菊田　親がなくて寂しいという話を聞いても、本気にできない。いまでもね。

――〝遠い親戚《しんせき》より近くの他人〟っていうけど、私、うちに十七年いてくれた女中さんのほうが大事なの。この人は死ぬまでめんどうをみるつもり。いっしょに苦労してくれてね。

菊田　他人のほうがやさしいのね。

――先生、お友だちいますか？

菊田　友だちって、いないな。

――私もいない。

菊田　ぼく酒飲まないせいか、腹をうちわって話すということがない。古関裕而《こせきゆうじ》、彼とは三十五年も付き合ってて仲がいいけど、裸の付き合いではないし。

――仕事では奥の深いところまでいっても、それがすむと、さてうちの女房のヤツがなんてことにはならないのね。酒飲める人しあわせだなァ。酒飲んでケンカしたっていいし……。

菊田　その意味じゃ寂しいね。

――どこで発散なさるんですか？

菊田　発散することないな。ぼくどこか楽天的にできてるの。きょうあったことクヨクヨするけど、それからあくる日も少しクヨクヨするけど二晩寝ると忘れてる……学校は出たほうがいいっていうのは、ぼくが学校へ行っていないから友だちがない、友だちはあったほうがいいっていう意味もあるの。

――ああ、先生の学歴有用論ね。学校は行ったほうがいいですか？

菊田　そりゃ、学校はいらないことは教えない。よけいなことも教えるけどね。学歴は必要じゃないけど、学問は必要ね。

――私も学校へは行きたかったけど行かれませんでした。文化学院に一年ぐらい行ったかしら？　勉強のほうは、とびとびで何も覚えなかったけど、集団生活みたいなものは少し経験しました。

菊田　それだけでもよかった。

――でも男の場合、学歴はやはり必要ね。就職のとき。

菊田　そうよ、ぼくだって、今は文筆業で学歴はいらないけど、そのまえには食うために就職しなければならない。そういうとき学歴がないと入れない。学歴は持っていたほうがいい。よぶんな苦労しなくてすむから……人は学校へ行って苦しんで、努力して、学歴を得て、学力と実力をかちとらなきゃダメよ。

――先生が恨み深き学歴と縁が切れたのは……『鐘の鳴る丘』のずっとまえですね。

菊田 そう、サトウのおやじの紹介で諸口十九《もろぐちつづや》一座に入って。

――それから中野児童劇団の演出助手、新カジノ・フォーリーの文芸部員、玉木座、そして昭和十一年に東宝入社ですか？

菊田 そう、ロッパさんと。

――そのころですね、私が『我が家の幸福』に出たのは。

菊田 昭和十七年ね。

――ロッパさんと二人で話していると暗転になってね、舞台が暗ァくなるの。ロッパさんのお弟子さんが懐中電灯を持って走ってくると、ロッパさんが「デコや、はいヨ」って私の手をとって暗い舞台からソデへ連れてってくれるんだけど……私、そのころケッペキなる少女だったでしょ。手をつなぐのがイヤでイヤで毎日イヤだった……。でも、ロッパ一座もエノケン一座も、おもしろかったですね、あのころ。いま、ああいう劇団ありますか？

菊田 ああいう中間演劇みたいなの、ないね。

——昭和二十七年に『君の名は』ですね。『君の名は』は、先生の会心の作ではないでしょう？

菊田　そう、初めは、もっと幅の広い部厚い作品のつもりだったけど、途中から真知子と春樹のセンがうけてきたのでね……。投書も二人のことばかり、NHKも二人のセンでいってくれっていうんで……。だから、初めの半年とあとでは、まるで調子がちがっちゃったわけ。

——そうですか……。そういうことってあるでしょうね。

菊田一夫といえば、だれもがラジオや映画で大ヒットをした『君の名は』を思い出すようである。『君の名は』の放送時間には女湯がカラになったとか、ヒロイン真知子のストールの巻き方が流行《はや》って〝真知子巻き〟という名前までついたとか、当時は騒々しいほどの人気であった。でも私は、菊田先生と『君の名は』の話は、あまりしたくない。なぜなら、たとえその作品がモテモテにモテても、お金がガッポリ儲かっても、菊田先生としては、どこかスッキリしないところがあるのではないか。私も『君の名は』が菊田先生の代表作であるとは思っていない。『がめつい奴《やつ》』や『堕胎医』には菊田一夫がいるが『君の名は』には菊田先生が少ししかいないからである。先生は、この作品を〝軒を貸して母屋をとられたような感じがした〟といっているが〝トンビがタカを生んだ〃のではなく〃タカがトンビを生んじゃった〃ので『君の名は』は、菊田先生にとっては不肖《ふしょう》の子というところかもしれない。

――『がめつい奴』は、もうすっかり三益愛子さんの持ち役になりましたね。杉村春子さんの『女の一生』みたいに……。長年俳優をしていても、一生のうち一本ね。役者っていうのは。

菊田　ええ、一本だなァ。

――でも、その一本にめぐり会わない人のほうが多い。めぐり会っても、その俳優がダメでかえって脚本をめちゃめちゃにしちゃうこともあるし、そういうとき、先生くやしいでしょ？　せっかくの作品を。

菊田　そりゃそう。その役者がダメだと、作品も埋もれちゃうわけだからね、へへ。

――アッサリしてるのねぇ。

菊田先生は「しようがないヨ」といった表情で眼をシパシパさせ、ついでにハナをシュンとすりあげた。「捨てられることにはなれている」という言葉が、ふっと思い出されて私のハナもシュンと鳴った。

考えてみると、この対談のゲストの内の何人かが幼少のころに親をはなれ、自分で自分を育てあげた方たちである。林武先生、川口松太郎先生、松下幸之助氏、そして『君の名は』の菊田一夫先生である。そういえばこの先生方、なんとなく共通点がないでもない。この四先生は豆盆栽をみるごとく、チマチマとまとまった身体の持ち主である。その盆栽は、自分自身がハサミを入れ、自分の手で水をやり、つくりあげた、文字どおりに花も実もある、りっぱな、いずれおとらぬ名品である。

いま、私の眼の前にある豆盆栽は、チョビヒゲを忙しく動かしながら、ご飯と味噌汁《みそしる》で栄養をとることに余念がない。たくさん、たくさん食べて少しずつでも胃を大きくし、ある日とつぜん、植木鉢もひっくりかえらんばかりの大木になって「捨てられたこと」なんか忘れてほしい。「忘却とは、忘れ去ることなり」と、先生はお書きになったけれど、この言葉は「何ひとつ忘れることのできない」先生の悲鳴だ。

菊田先生は、昭和四十八年四月四日に亡くなった。けれど、先生の作った「芸術座」は、菊田一夫とは関係なく、いまも健在で公演を続けている。それが菊田先生の満足ゆく舞台であるかどうかは菊田先生に聞いてみなければならないけれど。

菊田先生の演出は、たいへん厳しかったと聞く。怒って、役者にものを投げつけたり蹴とばしたりしたそうである。その芝居を観て、観客は笑った。役者は泣いた。芝居とは、そうしたものなのだろう。

菊田先生は、いまごろ、あの世で、エノケンやロッパを集めて、小さな眼をシパシパさせながら厳しい演出の鞭《むち》をふるっているのだろう。

「うるせえのが来やがったなァ」という、エノケンさん、ロッパさんの声が聞こえるような気がする。

沢田美喜

エリザベス・サンダース・ホームの園長・沢田美喜さんにお目にかかるのは十数年ぶりである。いま思えば、当時の彼女は、押し寄せるあらゆる困難の荒波のなかでぬき手をきって泳いでいる真っ最中だったのか、ふくよかな頰の色もさすがにさえず、落とした肩に疲労がみえ、終始伏し目がちだったのが印象に残っている。

第二次大戦、敗戦後の混乱のなかで、日本に落とされた混血児の数は、十万から二十万だといわれる。大富豪・岩崎家の令嬢として、何ひとつ不自由なく育った彼女が、とつぜん大磯《おおいそ》の豪邸を開放して混血児を収容し、その養育に取り組んで、男もおよばぬ難事業に、すべてをささげつづけていることは、あまりにも有名である。

ホームの門をくぐった子供は千人余り、そのうち八百人余りの養子縁組をし、七十歳を迎える沢田園長は、いまだに常時百人はくだらないという子供たちの母親であると聞く……。たいへんな、たいへんなことである。しかし私は月並みな賛辞を考えるより、彼女をここまでガンバラせたものは、いったいなんだろう、と、そのほうに興味があるし、知りたい。

「おそくなってごめんなさい」という声といっしょに、オカッパのヘアスタイル、がっしりとした身体に、スマートに黒いスーツを着こなした沢田園長が現われた。額にたれた前髪が、丸顔の彼女の笑顔を、まるで童女のように見せていた。

――あら、昔よりお若くなっちゃいましたね。お仕事のほう、少しは楽になったんでしょうか？

沢田　いえいえ、相変わらずです。ただね、いまごろになって迷いが出てきましてね。

――というと？

沢田　昔はイメージをもちすぎたというのか、それがいまごろ、二十年も経ってシワ寄せがくるんですね。昔、私が死にそうになっている子供を夢中で養育しているときに、日本のお母さんたちが集団できましてね。「こういう子たちは、外において死んだほうが慈悲だ。苦しんで育てて、後になってもっと苦しませるよりも……」っていわれたんです。

そのとき、私は大きくなった子供を見てくれとばかりに強気でしたけど、孤児って二十年過ぎてシワ寄せが出てくるんですね。家庭は知らない。親もしらない。先祖は知らないですから。ままごとをしたって、家族の構成がまるでないんです。お医者や相談所の役人やお巡りさんがでてくる。

——人一倍ケッペキな性格の園長さんは、そうした子供の親たちに対して、反発を感じたことはありませんか？

沢田　もちろんあります。背中が寒くなるようなこともありますよ。ある母親が、生後二か月くらいの子供を預けにきましてね。その母親はＰＸで買ったようなドレスを着て、ハデなイヤリングをちゃらちゃらさせて、当時南京虫といわれた金時計をしていて、こんな格好ができるなら、なぜ子供を育てられないんだろうと私思いましたけどね。

その人が「私たちが、こういう子を産めばこそ、サンダース・ホームは成り立ってゆくんじゃないか」って……。そりゃ、戦争中で勉強もしていないから、こういうことばもでるんでしょうけど。その娘が大きくなって、私が朝日賞をいただいたとき、母親と同じ顔をして、同じ声で腕組みをしていったんです。「私たちがいたからこそママは賞がもらえたんだ」って……。

——私たちがいたからこそ？

沢田　ええ、母親とそっくりの声でね、私、これは私たちの力じゃ、どうにもならない。親と子の間には、他人には入れない何かがあるんだ、とつくづく思いました。でも、反対のいいところもあるので、まぎれてゆくんですけどね。

―― 子供同士の連帯感はどうです？

沢田 それはもう、すごく団結していて、だれかが悪いことをすると、みんなで必死になってかくしたりしてかばいますね。こっちが証拠物件そろえてつきつけるまで、けっして口を割らない。大勢の子供のなかには裏目にでるのもいて……。

―― そりゃ、そうでしょう。千人も子供がいれば。自分の子だって、でき不できはあるんでしょうから。

沢田 でも、そんな子も戻ってきますよ。戻ってきて、私をだましてまた出て行く。いまも刑務所に入っている子がいて、私、面会に行きますけどね。

―― そんなとき、ご自分の教育方針に自信を失いませんか？

沢田 いいえ、私は一粒の種を祈りとともに蒔《ま》いたんです。その種は、いつまでも生きていると思う。ただ、芽が出るのがおそい。それぞれの芽は、それぞれにあった環境のなかで芽を出すんですからね。それに合う肥料が、もしかしたら刑務所にある場合もあるかもしれない。それがわからないのです。「そのまま死なせたほうがいい」といわれたことばが、もう一度耳に響いてくるけれど、私の蒔いた種が、まだいちばんいい肥料のあるところに出会わないんだな、というように考えます。

――大きな、りっぱな愛ですね。

沢田　シンナー遊びをしたり、物を盗んだりする子もいますけど、私、いつかは皆帰ってくるような気がして、それまで生きていたいと思うんです。

――園長さん自身のお子さんはどうです。皆さん理想的に成長しましたか？

沢田　まあまあですね。私は仕事を持っていたから、子供を満足にはみてやれなかったけど、ただ人に迷惑をかけないなら、何をしてもいいといってました。みんな食べることは自分でして、スネはかじられませんでしたね。もっとも、他の子たちにかじられていたから、かじるところもなかったんでしょうけど……。

――ホームをつくるときに、なにもかもぜんぶ売っておしまいになったしね。

沢田　ええ、娘にやると約束したものまで売っちゃいました。だから子供たちは「孤児たちは母親を得たけれど、われわれは孤児にされちゃった」といったそうですよ。

沢田園長は笑って両手でテーブルをたたいた。ひょっと、その手に目をやった私は、思わず絶句してその手にみとれた。

私は人の手を観察するクセがある。太い手、細い手、頑固な手、小さな手、丸い手、シワだらけの手。不思議なことに、人それぞれに似合った手を持っているものである。

沢田さんの手は一言でいえば「りっぱな手」とでもいおうか。骨太で大ぶりな手に目いっぱいの肉がついて、じつに堂々としている。といっても、けっして憎々しげではなく、まっすぐにのびた指先はやさしげにしぜんに細まっていて、パリのルーヴル美術館で見た大理石のヴィナスの手そっくりである。このしっかりとした手に抱かれ、おむつをとりかえてもらう子供たちの満足げな表情が目に見えるようである。

――私は養女なんですが、七歳のとき、初めて自分がもらいっ子だということがわかったんです。そのとき、子供ながらに〝ああ、自分は一人なんだ。だれにもあまえずに一人で生きてゆかなくちゃ〟と思いましたね。

沢田　お母さんに、会いたいですか?

――私が三歳のとき死にましたし、顔もよくおぼえてませんけど、やはり会いたいと思います。親子ってへんなものですね。

沢田　親は捨てた子を、けっして忘れませんね。お産の一か月前に私のところへ転がりこんできた女の人がありましてね。私のところに産むまでいたんですが、生まれたとき、私は愛情がうつったらいけないと思って、すぐ隣の部屋へ連れて行ったんです。母親はそのとき、ほんの二、三分首を曲げて、その子を見ていました。のちになって、私は養子縁組をしてある夫婦のところへ、その子をやったのですが、産んだ母親が「子供を返してくれ」と私に訴えたんです。養父母は「自分の片腕を切られても返したくない」というし、私は思いあまって「他の子を渡したら」と考えたんですね。で、その母親に「子供に何か目印があるか？」って聞いたら「お尻《しり》に大きなホクロがある」っていうんです。養母があわてておむつを取って見たら、、こんな大きなホクロがあって……。八か月も育てた養母も気づかなかったのに……。私は、かなわないとカブトを脱ぎました。

――子供が成長してから返してほしいといってくる親もあるでしょうね。

沢田　あります。ただしその場合は愛情というより、労働力として取り返したいのが多いです。子供のなかには「帰れ！」と怒る子もいますけど……。このあいだも、プロ野球のジャイアンツに入った子を、十七年目に母親がきて「契約金をよこせ」なんて、そして主張が果たされないと知って、またどこかへ行ってしまいました。

――そんな親ならいないほうがいいじゃありませんか。

沢田　子供たちも、そういいますね。日本舞踊が上手でテレビに出た子にも、母親が引き取りたいといってきました。伊豆《いず》の温泉地で接客業をしている人で、自分の手伝いをさせようというわけです。私はガンとして、その子を渡しませんでした。一般に、現在の日本の家庭では、子は親に、親は子にあまえすぎるようですね。子供に本当の人間としての訓練を与えられない親なら、いっそいないほうが、屈強で真摯《しんし》な心の温かい子が育つ、と私は思うんですよ。この二十五年間の経験で、私はほんとにいろんなことを学びました。

――ホーム創立当時の苦労はたいへんでしたでしょう。デマ、中傷、なんかに悩まされて……。

沢田　暗い道を歩くと、よく石をぶつけられましたよ。「パンパン宿のマダム！」なんてね。それから売名行為だとかって……。

――冗談じゃない。売名行為のために、子供の養育ができますか。そんなめんどうで時間のかかること……。有名になりたければ三億円かっぱらうほうが早いわ。子供は病気もするし生きものですからね。

沢田　私、ほんとうにいろいろな病気を知りましたよ。頭の悪い子もいるし、ネズミに頭を半分かじられた子もきたし、赤ちゃんのとき、母親に顔をひっかかれて、いまだに跡のある子もいるし……。

――近親相姦《そうかん》の子供は？

沢田　二人います。日本人で二人とも死にましたけれどもね。初めのは父親と娘でした。娘は頭がおかしくて、父親の子を四人産んで、四人とも白痴でした。

私の預かったのは三郎っていう子で「サブちゃん」て呼ぶと、とてもきれいなきれいな声で「ハーイ」って返事をするんですよ。ほんとうにだれももっていないような、きれいな声で……。私〝何かひとつだけはいいものをもっているものだな〟と思いました。でも、その子はちょっと指先でさわってもヘナヘナと尻もちをつく病気でね。

——サブちゃんは、どうして死んだんですか？

沢田　しぜんに。死んでもう一年になります。それから、もうひとつは三人の兄と一人の妹で、これもみんな白痴、その妹が兄さんの子供を産んだのですが、どの兄さんのかもわからない。これは女の子で九歳まで育ったけれど、とつぜんムクムク太りだして、玉のようになって死にました。

——現在でも捨て子はありますか？

沢田　いまは平気で堕胎しますからね。……でも混血児を預けにきますね。このごろは、二週間ベトナムの兵隊が日本へ休みにきて、妊娠させて帰って行くんですね。まさか二週間で子供ができるなんて思わないから、相手の名前も聞かなかったなんていうのもあります。白い子は基地にもらわれてゆくけれど、黒い子はね。

——ゴミ箱へ捨てたりするのは問題外だけど、日本人の子供も預けにきますか？

沢田　ええ、まえみたいに庭のすみに捨てたりはしないけれど、父親が男泣きでかかえてきて「母親が蒸発しちゃったから預かってくれ」なんてきます。私が残念なのは、心中の道連れになる子供ですね。親はくいつめたのなら死んでもしかたがないけれど、子供を連れて死ぬってのは、どういうんでしょう。

――子供は自分の一部、つまり自分だという考え方なんでしょうね。

沢田　連れて死ぬんなら、私にくれればいいのに……。

――えっ？　まだ子供ほしいですか！

沢田　私ね、いつも子供たちに意地をもてっていうんですよ。親がなくてもなんでもそういう境遇なら、なおのこと「見返してやるんだ」という意地をもてって……。私だって、ダメだのこうだのいわれて、見返してやろうっていう意地半分と宗教半分でやってきたんですもの。

――そうですか。では、こんごも意地と宗教半分ずつで。

沢田　そうです。宗教がぜんぶといえば、聞こえはいいけれど。

――そうきれいごとにはゆきませんよね。

沢田　そうはいかない。とにかく、長生きしなくちゃなりません。このごろ疲れるけれど、私が何もしなくなったら、気がゆるんで死んでしまいます。みんながちゃんとなってくれるのを見届けなければ死んでも死にきれやしませんよ。

薄い唇を真一文字に結び、死んでも死にきれぬほどの生きがいにカッカとしている沢田園長の身体から、ふつうの人間の何倍かの強さ、闘志、情熱、意地、そして慈悲の心がほとばしり出るかのようであった。

それにしても「親子」とは、いったい何だろう？　といまさらながら考えこんでしまう。

ほんとうの親と子の間には、他人の入る余地のない、ある何かが存在する場所がたしかにあるらしい。それが何であるか、私にはわからない。じつをいえば、私自身も、その何かにあこがれ、何かを求めつづけて少女時代を過ごした一人である。そして、ある日とつぜん私にとっての何かは、すでに死んでしまった過去になっていることを思い知ったときの、あの宙に足が浮くような寂しさは忘れられない。

「子供にとって、母の思い出は人生の第一ページを飾る序曲なのです。二十五年の経験で、私はそれを知りました」と、沢田園長もいっている。

しかし、今日も新聞を開けば、幼児虐待や、自分の子供を十万円で売りとばすといった、おそろしい記事があとを絶たない。こういう親をもった子供たちは、いったい何を足がかりに生きていったらいいのだろう。

イギリスの作家、バーナード・ショーの「親であるということは、ひとつの重要な職業だ。しかし、いまだかつて、子供のために、この職業の適性検査が行なわれたことはない」ということばを、これから生まれ出づる世の赤ちゃんに代わって、すべての母親に贈りたい。

『二十四の瞳』の子役たち

十年ひと昔というけれど『二十四の瞳』という映画ができたのは、もうほとんどふた昔も前のことになる。

原作、演出のよさに重ねて〝文部省特選〟という肩書きをえた『二十四の瞳』は、日本中の小、中学生をはじめとして、たいへんな数の観客動員をしたらしい。らしいというのはヘンだけど、とにかく封切りされて以来いまだに私は月に何人か「二十四の瞳を見ましたよ」という人に会う。そして、そのたびに、私はちょっとテレくさく思い、また〝役者冥利《みょうり》〟というのはこういうものか、と思ったりする。

香川県、小豆島の土庄《とのしょう》の港には「平和の群像」という名の二十四の瞳の銅像が立っている。その銅像も、はや緑青《ろくしょう》がわき、鳩のウンチにまみれているが、私の演じた小学校教師、大石先生をとり囲んで笑っている十二人の子供たちの表情は、それこそ十年一日いきいきとしてかわいい。

『二十四の瞳』の映画化が決まったとき、松竹は新聞広告その他で十二人の子供になる子役たち？を募集した。なにしろ、二十余年間にわたる物語なので、小学一年生から六年生、そして成人した姿、と三段階のシーンがある。大人になったシーンは子供に合わせて似た俳優を探すということで、六歳と十二歳の兄弟で、それも「よく似ていることが条件」の募集であった。したがって、十二人の子供は大小とりまぜ二十四人になって、私の目の前に現われたのである。ビックリしたなあ、もう、である。

映画撮影というものは、ステージや天候のつごうでストーリーの順を追って撮らないから、きょうは一年生の十二人とつきあい、あすは六年生の十二人とつきあうという調子で、なんともややこしい撮影の一年間が終わったとき、私は生まれてはじめての老け役と子供ノイローゼで、心身ともに疲れ果て、疲労コンパイその極に達したという感じであった。しかし、苦労をした仕事ほど後になれば楽しい思い出となって残る。ハナをかんでやったり、オンブしたり、ダッコしたりした子供たちは、みんな元気に成人し、いまでは、りっぱな社会の一員として活躍している。見上げるほどの彼や彼女たちと久しぶりに『二十四の瞳』を見物し、元気な姿を見る楽しさは、まるで別れていた大勢のわが子たちにでも会うように、胸がときめいた。

——正確には何年前になるかしら？

宮川（弟）十七年になります。
——そうすると、皆さん幾つになったの？
宮川（兄）大きい方が三十一、小さい方は二十二ですか。ほとんど全部が結婚してます。
——まあ！　あなたも？
宮川（兄）はア、僕は先月。
——あなたはキッチンになった宮川さんで、お兄さんのほう……ああ、ややこしい。映画の役名とごっちゃになっちゃって……いま、お勤めはどこ？
宮川（兄）博報堂の制作のほうをやってます。ときたま木下先生ともお会いします。
——そう、タンコになった寺下さんは？
寺下（弟）僕は大阪です。ことしの春卒業していま会社員です。
——あなた方兄弟だけが小豆島の人だったのよね。えーと、もう一人は……。あ、いたいた、どっちが兄貴だか弟だかわからなくなっちゃったわね。
寺下（兄）僕、富士フイルムに勤めています。
宮川（弟）僕も富士フイルム、彼は販売で僕はつくるほうです。
——へえ、二人とも同じ会社に？
寺下（兄）偶然です。

――私の子供の八津《やつ》になって、柿の木から落っこって死んじゃったケイコさん。あなたもう二十一だって？
郷古（妹）　はい、学校の事務やっています。
――あなたを抱いて田舎道を走るときうんと重たかったわよ。まるで砂袋みたいにズッシリと重くてねえ。
宮川（兄）　柿の木から落ちたケイコちゃんを病院へ連れてったでしょう？　あそこで先生が気絶したとこでこの人、目を開いちゃったんだって……。
――あら、死んだのに目開いちゃ困るね。
郷古（妹）　そう、目を開いて手をあげちゃったので撮り直しになっちゃったの。
宮川（兄）　そういうふうに、いろいろなこと思い出されますね。
渡辺　僕、竹一です。いま、安田生命に勤めています。
　兄貴はデパートです。僕、思い出があるのは……、いちばん初めの撮影だったと思うけど、リンゴ園みたいなところの坂をすべり落ちたとき。
――あなた、誰だかわからないくらい、小さいときの面影ないわ。整形でもしたの？　すごい美人になって……。もっとペシャンコじゃなかった？
小池　昔からずっとペシャンコですよ。
――ソンキになった、あなたはまたちっとも変わらないのね、チビの時からイナセだったわよ、お仕事は？

郷古（弟） こちらとこちらと同じです。

――へえ、またどうしてみんなフイルムのほうへいっちゃったんだろ。フジコさんの小林さんは？

小林 私、まだ独身で、学校へ行ってます。

――皆さん、久しぶりに『二十四の瞳』みて、どうでした？ 昔の見方と変わったでしょうね。

郷古（弟） 僕、十回くらいは見てます。

――十回？ 見たわねえ。私そんなに見てないわ。見るたびに違った印象をうける？

郷古（兄） でも、泣く場面は同じですね。

――たとえば、どんなとこ？

郷古（兄） 戦争場面と、八津が柿の木から落ちたところ、きょうは戦争場面が印象的でした。

宮川（兄） 僕はフイルムつくってるから、そういう見方しちゃうのかもしれないけど、昔の映画って、技術的にも、いまの映画と違うでしょう？ 見終わって、なんとなく目頭が熱くなるようなとこ、いまの生活にないようなところに感動しました。戦争反対に強いテーマがあって……。

——そう、でも、あなたにとって身近ではないでしょう？　あのお米をついているところなんて、何してるのかわかる？　あれはお米の中に小石が入っていたり、黒い油が入ってるのをより分けているの……。

宮川（兄）でも僕は品川に住んでいて、二十六年ごろまで復員の人をみてたから……。それに、いま戦争が、わりに取りざたされてるから、ああいう訴え方って胸にくるものがあります。

寺下（弟）僕、いちばん印象に残っているのは先生に会いにみんなで歩いて行くところ。

郷古（妹）私、最後のお墓のところ。

渡辺　小さいときは夢中でやっていたけど、やはり見るたびに見方が変わっていきますね。

小池　私、もの心ついたときには、この映画見て〝これは師弟愛の映画だな〟と思ったんです。ずっと後になって見たときは、戦争反対がテーマになっていることに気がつきました。

——そうね、戦争反対がムキ出しになっていないから……。

郷古（兄）戦争反対もヒューマニティも師弟愛も、あらゆるものが全部入ってる。

小林　〝戦争ってイヤだなあ〟と思いますね、大事な夫も子供もとられてしまうでしょう？　ほんとにイヤだなあ。

――あなた幾つ？

小林　二十二です。

――あの映画は、いまの映画とはだいぶ違うわね、一カット、一カットを積み重ねてゆく……。ああいうテンポについてゆける？

小林　底にあるものは同じですもの、私、何度見ても泣きます。

――「メシ食べに行かんの？」ってとこ、あなたかわいいわね。

小林　うわァ、あのときイヤだった。みんな見てるでしょ？　ほんとに泣きそうだったんです。それで「サイダーほしい」なんていって飲みたくもないのに飲んじゃったりして……。

――時間かせごうと思ったの？

小林　おそらく、そうです。

――わかるわかる、私も身に覚えがあるから。小豆島のロケって何日くらいだったかしら？

宮川（弟）　三月から五月の半ばごろまで。

――『二十四の瞳』の子役に、十二人の父兄がついて、それに看護婦さんと家庭教師と、たいへんな騒ぎだったわね、まったく。十二人と撮影するとき、一人があっち向くと一人がどこかへ行っちゃうし、なにしろ自分のセリフをいうと、あとは野となれ山となれで知らん顔してるしね。まあ六年生のほうはもう少し人間らしくなってたから楽だったけど……。でもセリフ覚えたり、学芸会に出たような気持ちだった?

宮川（兄）　いえ、そんな気持ちより遠足気分だった。

——おかげでこっちはたいへんだったわよオ。

皆は、いっせいに笑った。その笑顔のひとつひとつが、画面の中の幼い笑顔にダブって見える。

遠足気分とはいうものの、彼らにとっては何の因果か家を離れて三か月もの小豆島住まいである。炎天の下をあっちこっちと追い回され、ベソをかこうがサイダーを飲んで時間をかせごうが、日が落ちて撮影が終わるまでは絶対に解放されないという毎日である。いま思えば、この私にしてもチョクチョクあの子やこの子をこづいたり、お尻をつねったりしていうことをきかせたおぼえもある。子供たちの泣き声がウソ泣きから本泣きになってしまって、ＯＫの合図が出ても泣き声の大合唱がとまらなくなったこともあったっけ。小さな思い出がつぎつぎと私の胸に浮かんでくる。

『二十四の瞳』の子役たちは、映画が封切りされた後も、何かと連絡をとって旅行をしたり、会合を持ったりしているという。親兄弟にいえぬことも『二十四の瞳』の仲間には相談をしあうともいう。十七年前のチビ同士が流し合った涙がとけ合って、彼らは兄弟以上に結び合ってしまったのかもしれない。

――あなた方は、大石先生のような先生をどう思う？　あんな先生に出会ったことがありましたか？

宮川（弟）　ないですねえ。

――先生に特別に何かいってもらったとか、心のふれあいを感じたとか。

郷古（弟）　映画の大石先生みたいな人はないです。時代も違うんでしょうけど……。

小林　いい先生だっていることはいるけど……。こちら側も悪いんじゃないかと思います。なかなかとけこもうとしないから……。それに、いまはすぐクラスも変わっちゃうし……。

――時代が違うっていったけど、それ、どういうこと？

郷古（弟）　先生も生徒もドライになっちゃってるんですね。僕は好きじゃないけど。

郷古（兄）　社会環境もぜんぜん変わっちゃったし、テレビもラジオもあるし……。

――映画の中で、大石先生が「先生なんてつまんない。教科書を通しての結びつきしか許されないから……」というところがあるけど、ますますそういう傾向になっているっていうことね。あのロケのときは完全な集団生活をしたわけだけど、その後、ああした集団生活をしましたか？

宮川（弟）　スポーツで合宿するくらいで……。あのロケのときは小学校一年、五十何日いっしょに暮らしたんですけど、いまでも会うと兄弟以上のものを感じます。大学時代のクラブ生活とか、成長してからの接し方とはまったく違うと思うんです。そういう意味ではプラスになったと思っています。

宮川（兄）　やはり、いいにつけ悪いにつけ時代が違うと思うんです。あれからマスプロがどんどん進んじゃって……。僕もいま大きな集団に属しているけれど、その大きな集団からぬけ出すことばかり考えてるんですね。そのなかで自分の集団をつくってゆきたい。一つのサークルみたいなもの、会社の中の一人の人間に弟子入りするような、その人がいるから、その部にいたいというような、人間関係……。時代の流れとしてしようがないんでしょうね。おそらくあの時のようなコミュニケーションの場は、いまの世の中にはないんじゃないですかね。

――あなた方のなかでも、日本にいない人が出てきているのね。

宮川（弟）　三人、アメリカへいってます。あとは地方ですね。

――アメリカっていえば、コトやんのジャンもワシントンへ行っちゃったのね。

宮川（弟）　ときどき手紙がきます。ああ、そうだ。きょうみんなで寄せ書きしよう。

彼女、英語になっちゃったからヒラガナしか読めないから、みんなヒラガナで書いてよ。アメリカへ行くとき送って行ったんですけど、行きたくなかったらしくて、後もふりかえらずにサッサッて歩いて行ったんです。

——あの子は日本が好きだったのよ。アメリカへ行っちゃって……。私、なんだか、かわいそうなことしちゃったみたい。

私の胸に、アメリカへ発つまえの美しく成長したコトやんではない、七歳のいたいけなコトやんの姿が浮かび上がってきた。映画の中のコトやんは貧しい家に生まれて肺病に冒され、物置の中で死んでしまう役である。

小さいコトやんがアメリカへ行くキッカケをつくったのは私である。当時の日記ふうの文章をここにうつしてみよう。

コトやんと二度目に会ったのは〝二十四の瞳〟が終わって半年も経《た》ったころだった。ある夜、木下先生からの電話で「秀ちゃん、小さいコトやんもらってもいいって本当? じつはお母さんが亡くなって。お父さんがコトやん手放してもいいっていってきたんだけど……」との言葉に、私は「えっ!」とビックリしたのだが、その後の会話は、まったく上の空になってしまうほど、私の頭の中はあのコトやんの利口そうな眼や愛らしいしぐさの思い出でいっぱいになってしまった。

四か月近い小豆島ロケ中、曇りや雨の日は撮影がないので、子供たちはよく私の部屋へ遊びにきた。ある日「コイシセンセ」と障子の陰から小さな丸い顔がのぞいた。私は、全部の子供を役名で呼んでいたので「あら、コトやんきたの？」と部屋の中へ入れて他愛のないおしゃべりの相手になってやった。コトやんは柔らかいウエーヴのある毛をおさげにして、きかん気の眼をキラキラさせ、日本人ばなれのした長い脚を持っていた。

夕方になったので私はコトやんを連れてお風呂に入った。コトやんは急におとなしくなり、おへその上に両手を重ねて恥ずかしそうにしていた。私は生まれて初めて子供をお風呂に入れるのでどう扱ってよいかわからず、こわごわシャボンのアワをたててコトやんの細いふにゃふにゃした身体を洗ってやった。「わたしネ、お風呂大好き」とコトやんは、つぶやいて鼻の頭に汗を並べていた。そんなことがあったので、何となく親しみも増し、それから後の仕事中もコトやんの姿を目で追うことが多くなった。コトやんはなかなかききわけがよく、走る場面などでも他の子の手を取ったりするしぐさが大人びていたが、どこか寂しそうで、ときどきポツンと海のほうを向いて立ったりした。私は「コトやん、一人で、なに考えてるの？　こっちをお向き」と心の中でいった。

私はもう二、三年前から、ある子供のないアメリカの日系二世夫婦から「子供が一人欲しい」と頼まれていた。二人とも底ぬけに善い人なので、私も何とかしていい子を世話したいとかねがね気にはしていたのだが、私のそんな気持ちがふっともれたのかもしれない。「コイシセンセの子にならない?」といったのが、いつもつきそっていたコトやんのお父さんの耳にはいったらしいのであった。そして、それが木下先生の電話になって運ばれてきたのだった。

コトやんのお母さんは三か月前に亡くなったという。その間コトやんは、どんなに悲しく寂しかったことだろう。私はしゃにむにコトやんに会いたくなった。頭の中には二世夫婦の顔もすぐ浮かんだが、とにかくコトやんに会ったうえでのことにした。その後、お父さんとも話し合う機会を得て、なにごともコトやんの気持ちしだいでということになり、私は間もなくコトやんに会えた。待ち合わせた場所は新橋のお汁粉やさんだった。コトやんは半年の間に少し大人びて、髪にピンクのリボンを結び、赤い毛糸の手袋をしてチョコンとお父さんの側に腰かけていた。私を見て例の大きな二つの瞳が恥ずかしそうに笑っていた。三人で食事をしながら、その夜は、とりあえずコトやん一人で私の家に泊まることに相談が決まった。二世夫婦は話も本決まりにならぬうちから、写真を見ただけで有頂天になり、足元も危ないほど興奮して喜んでいたが、私はこの夫婦の喜びもわかる一方、こんなかわいい子を手放さなければならぬ人の善さそうなきちんとしたお父さんの心の中が思いやられて、お父さんの前に置かれたコップの中のビールがちっともへらないのを見ても胸がつまって困った。食事の後で、私達はコトやんのパジャマを買いにデパートへ行った。コトやんはピンクのタオルのパジャマを自分で選び、うれしそうに胸に抱えこんだ。お父さんは「じゃ、おとなしくして、小石先生のいうことをきいて……」と、コトやんの頭を一度なでて、一人で横須賀《よこすか》線で帰って行った。コトやんはふっと私の顔を見上げて、黙って元気よく自動車に乗りこんだ。暗い自動車の中で、私はなんだか悪いことをしているような錯覚におちいった。コトやんはあまえて小さな頭をよせかけてきた。私はポツポツ話し出した。「ねえ、コトやん、小石先生も小さいときお母さんが死んで、新しいお母さんのところへもらわれてきたのよ。でも、そんなことはたくさんたくさんあることなの。自分だけがこんな悲しい目に会うなんて思っちゃダメよ。生きてるお母さんをお母さんだと思って元気に暮らすのよ。小石先生だってホラ、こんなに元気でしょ？コトやん。もう七つだものわかるわね？　新しいお家へ行って、うんと勉強してアメリカへ連れてってもらって元気に暮らす？　東京にいる間は小石先生も遊びに行くし寂しくないと思うけど……」

私は、自分が何をいっているのかわからなくなってきた。涙でガラス窓がにじんで見えた。コトやんはじっと前をみつめて目ばたきもせずコックリコックリとうなずいていた。家へ入ったコトやんは珍しそうに一つ一つの部屋をのぞき、つとめて話もし出した。私はコトやんの顔を見るのがこわかった。私はわざと乱暴にコトやんの服をはぎとって、はしゃいで、小豆島の時のようにお風呂に入れた。白いタイルの西洋風呂にツルン！　とすべって、コトやんは初めてふッと笑った。お風呂から出てピンクのパジャマを着たコトやんは、自分の脱ぎ捨てたものを一枚一枚ていねいにたたんで風呂敷包みにすると、私のそばから片時も離れなかった。私が鏡台の前にすわればいっしょになって鏡をのぞき、階下へおりればバタバタと小さな足音を立てて追いかけてきた。ベッドに入った私たちは『二十四の瞳』の中で歌った歌を全部歌った。驚いたことにコトやんは私のセリフをぜんぶ暗誦していて、ペラペラと独演会をやりだした。小さな口からとめどなく出てくる、家の話、学校の話、さんざしゃべりつかれてコトやんは、急にポトリと眼をつむって眠ってしまった。だんだん私にすりよって胸のあたりをまさぐり唇をヒクヒクやっている。三か月前まではお母さんの側でこうして眠り、昨日まではお父さんの側で、今夜は私の胸をまさぐっているコトやんは、天使のようにピンク色のほおをしていた。朝方、手洗いに起きた私が、寝室へ戻ろうとしてドアを開けると、そこにじっと私を見上げたコトやんが立っていた。心細そうな大きな眼だった。「ごめんごめん、眼がさめたの？　おしっこ？」というと「ううん」とかぶりをふって、私の手を握った。両方の手で私の手をそっと握って立っていた。

「どうしよう、この子を、この子を」と私の心はまたわけもなくオロついてゆくのだった。その日、ワシントンハイツの二世夫妻の家へコトやんを連れて行った。コトやんは、初め夫妻の英語の会話や、テレビや、熱すぎる暖房に上気して身体を固くしていたが、用意してあった人形や菓子を並べてウロウロしている夫妻に、子供心にも敏感に好意を感じたのか、テレビのマンガを見て「ハハハン」と笑った。「コトやん、今夜ここへ泊まる？　ね、泊まってみなさい」というと、コトやんはビックリした眼で私を見上げたが、何を思ったのか、ふいと眼をふせてコックリとうなずいた。夫妻は、もうどうしていいのかわからないといった笑顔で息をはずませていた。

「コトやん、新しいダディとマミィのいうことを聞いてね。小石先生またくるわ。オヤスミね」と私は、いいながら逃げるようにして車に乗った。ポーチに私を送って出てきた夫妻の間に、小さく立ったコトやんは、ちょっと半ベソになったが、右手をひょいと上げてヒラヒラと振った。「コイシセンセ、またネ、あすね、またおいで」という声が、蚊トンボのように内またに立ったコトやんの姿といっしょに、小さく遠く遠くなっていった。

コトやんは、こうしてピンクのパジャマ一枚持ってもらわれていった。そしてそれからジュニア・ハイスクール、カレッジを出て、とうとうアメリカへ行ってしまった。名前も日本名のヒロ子からジャンに変わり、日本語より英語のほうがうまくなった。それでも彼女は、いまだに私を「コイシセンセ」と呼ぶ。二人が顔を見合わせるとき、二人の眼の中には二人だけの、わけのわからない思いがはしる、と思うのは私のセンチメントだろうか？

皆がジャンに書きよせた手紙が、私のところにもまわってきた。「ジャン、げんきでいますか？　きょうはみんなとたのしくおはなしをしています。ジャンがいないことだけが、さびしいです。コイシセンセ」

私はそう書いてペンを置いた。

――『二十四の瞳』をキッカケに、こんな大勢の見知らぬ人たちが出会って、十七年……。みんな元気で、こんなに結構なことないわ。映画の中では何人も死んじゃったけど……。平和だと思わない？

宮川（兄）　ええ、そう思いますね。

――あの映画を見て、いまはいい時代だな、と思うと、そこから何かが生まれてくるはずよね。あの映画をみて自分と照らしあわせてものを考えるという点では、いつまでも生きている作品ね。

私は俳優だから、役の中で何人もの人生を生きるのはあたりまえだが、ここにいる彼や彼女も映画の中と現実と二度の人生を生きたことになる。『二十四の瞳』のなかの彼らは、貧困と戦争という不幸の中で、けっして幸せとはいえない人生を送った。が、現実の彼ら幼児もまた、敗戦後の混沌《こんとん》とした時代の中では、これも幸せではなかったにちがいない。それなら、平和といわれる現在の日本の幼児の将来には、はたして真の幸福が約束されているのだろうか?

『二十四の瞳』には、小学唱歌の他に、若者たちをおくる軍歌も多かった。私は撮影のたびごとに、それらの歌をまるで知らない子供たちに口うつしに教えた。そして十七年、いまこの子たちは大きいほうも小さいほうもみんな軍歌を知っていた。一度、私たちの生活から、まったく消えていた軍歌は、いつの間にか復活して子供たちの口へ戻ってきたのである。

子供たちはどういう思いで、この歌を歌うのだろう。そしてまた、なぜ戦後二十五年たったいま軍歌は、巷《ちまた》にもどってきたのだろう? 平凡な一女性でありながら澄んだ心と愛情を持ち、つねに世の中の矛盾に疑いをもって生きた大石先生がもし実在するならば、その答えを聞いてみたいものである。

藤山寛美

脳のできがよくない人間を、関東では「馬鹿」といい、関西では「阿呆《アホ》」という。関東では「バカ」といわれると、カッときても「アホ」ということばには、なんとなく迫力に欠けて間のびのしたような愛嬌《あいきょう》さえ感じられる。ことばのニュアンスとは不思議なものである。

現代アホウ役者ナンバーワンといわれる「アホの寛ちゃん」こと藤山寛美さんは〝アホウ〟で売った人気男である。森の石松ではないけれど「バカは死なナきゃなおらない」のだそうで、アホウは間違っても利口にはなれないが、利口はアホウになれるというサンプルがここにいる。これは「藤山寛美」という人間がいかにすぐれた頭脳の持主であるか、という証拠でもあり、生まれつきのバカである私には、こういうこみ入った人間は苦手だ。

大阪は道頓堀《どうとんぼり》の「中座《なかざ》」の楽屋口に下がった水色ののれんをくぐったとたんに、藤山さんは鏡台の前の座ぶとんからバネ仕掛けの人形のように飛び上がった。四畳半ほどの部屋の中を、大きなネズミのごとくツツツと下座へ走り、四角にすわると、私の前にピタリと手をついた。「こんなところまで、わざわざに恐れ入ります。藤山寛美でございます」白ぬりに青いメバリを入れたメーキャップの下から、素顔の稲垣完治《いながきかんじ》がせりあがってきた。

藤山 もう、なんやウカウカしとるうちに、三十八年にもなってしまいまして、自分でもあわてております。

どうせ、役者になったんやから、地球の上にせめて爪形《つめがた》くらいは入れてやろかいな、という気になったんが、もう三十過ぎてからでした。おそいですわねェ、はァ、そら借金もしたり、女の人とごちゃごちゃしたり、酒飲んだり、いろいろ寄り道もしましたけれど、女性との付き合いにしても、結局はムダづかいしたような気ィしてます。そら、舞台に出まして女優さんを演出しますときは、こういうときは、ちょいと肩おとしや、とか、こんなときは髪をいっぺんなでや、てなことくらいはわかりますけど、そんなことは、べつに女性と付き合わんでも、年とってくれば、おのずと習得することですさかい、どうちゅうことありまへん。正直いうて、あんまり間に合ってはおりません。

借金にしても、新聞にでたりして大げさになりましたけど、私がでかいマンション建てる金持ちでいるよりも、借金のあるほうがお客さんには親しみやすいんやないか……。「アイツは金持ちやそうや。いっぺん芝居見たろうか」いうよりも、「あの男は借金だらけのアホやそうや。いっぺんアホのツラ見たろかいな」ちゅうふうに……。そやから、借金のことで泣きごとはいいません。エ？……、そらこじつけや？　そらそうですけどね。まあ、十年、十五年ほどで金のほうは返せるにしても、これをお客さんに返すのは、ほんまにしんどいんですわ。

テレビの普及やらなんやらで芝居もむつかしなりました。この雑誌『潮』にしても、読むのにタップリ二日はかかりますわねぇ、ボウリングはお金出して、お金を出したただけ楽しまれる。プールも、お金出しただけ泳いで楽しめる。けど、芝居だけはねェ、家にいてたら、テレビでも間に合うものを、わざわざ電車やらバスに乗って……。わるいイスに腰かけて、三時間も四時間も肉体に苦痛を与えて金取ろういうんですから、うんとサービスせないかんのです。私みたいなもんが出て、美的感覚も聴覚的にも色彩的にも、知的なんてもんはありませんから。あとは何や、いうたらもう、バカ笑いか人間的な共鳴しかありませんでしょう。

ボクたちは、まあ喜劇ですし「喜劇はべつに低い」、いうんやないですけども、どこまでも客に自分のほうをわかってもらおういうのが生命やと思うんです。お客さんあっての芝居ですから……。

そこへもってきて、天外さんや大先輩が病気で倒れなはって、喜劇の継承て、私らそんなむずかしいことできませんけど、うかッとしてるわけにはいきません。

たとえば、この「中座」のお客さんは、もう親戚みたいなものなので、三本演《だ》し物があれば、その中の一本はお客さんといっしょになって遊ばな、お客さんが寄ってくれません。

たとえば、役者にはジンクスがあって、舞台の上で笑ったらいかん、いうようなこと……。高峰さんもそう思わはるでしょうけど、ボクも子供のころからそう教えられてきたので、イヤでイヤでけしからん思うんですけど……。あえて、それをせないかんのですわ。芝居の演技にしても、あまり煮つめたら、いまのお客さんはついてきてくれまへん。

そやから、いまのお客さんに近寄るいうことは、いかに自分をシロウトくさくしていくか、いうことやと思います。

人はそれをリアルといいますけど、リアルやなくて、リアルの裏側にシロウトくさい一本の線をひくちゅうことですやろうか……。

そやから「うまい」といわれたらもうダメですわ。

ボクはいつも「役者になりたい、なりたい」と思うています。けど、役者になってしもうたらいかん。役者らしさをなくしたらいかん。最近は、その〝らしさ〟を飛び越えて、早く役者になろうとする人が多いでしょう？　そやけど、私はできたら〝らしさ〟のところでウロウロしていたいと思います。

たった一つの私のタブーといえば「どんなことがあっても、役者は客より偉くなったらいかん」いうことですねェ。


「儲《もう》かりまッか」「まあ、ボチボチでんな」という大阪商人のあいさつがある。東京っ子からみると、あまりに現実的でエゲツなささえ感じるけれど、考えてみれば商人は慈善事業を営んでいるわけではなく、儲けるか損をするかの〝売り買い〟が商売の根本である以上、出会いがしらにサラリと「儲かりまッか？」といわれても失礼だなどと思うどころか、同業者同士の親しみのあるあいさつとして愛用されているのだろう。

「その後、ご商売のほうはいかがですか？」などといういい方は、関西人からいわせれば、かえって「なんや、奥歯にものが引っかかったようで気色わるいワ」ということになる。

関西と関東は、飛行機ならわずか四十五分という距離に縮まったけれど、東京のような寄り合い世帯とは違って、関西には、関西の気質というものが厳然として存在しているらしい。藤山さんの話のなかには、この「儲かりまッか」の精神が随所に顔を出す。

お金を取って芝居を売る以上は、お客さんに何かを儲けさせて帰さなければ申しわけない。

〝やらずぶったくりは役者の恥〟という徹底した精神が彼の原点であり、すべての発想は、その原点から出発している。

あたりまえといえばあたりまえだが、お客へのサービスは二の次で、芸術だの、伝統だのとゴタクを並べてばかりいるひとりよがりの役者には、耳のいたい話ばかりである。

藤山さんと私の俳優生活には、少し似たところがある。ともに、五歳で芸能界入りをし、気がついたらオシロイ塗って、泣いたり笑ったりする世界でメシを食っていた、というところである。

もちろん、私の場合は女だし、仕事のチャンスには恵まれすぎるほど恵まれて、たいした苦労もせずにあまったれたまま四十余年も生きてきてしまったが、彼の場合は五歳で松竹家庭劇に入り、十四歳で慰問団に加わって、旧満州へ渡り、四か月後に終戦を迎えてソ連の収容所生活のあと、単身、レストランの皿洗い、靴みがき、ブローカー。ふたたび大阪に舞いもどって松竹入り、あとはドサまわりをしたり、暴力団にとっつかれたり、借金で首がまわらなくなったり、クビになったり、人気が出たりひっこんだりで、他人が考えても忙しいのだから、自分ではどんなにせわしなかったことだろう。

役者は常に自分ではない、別の人間に化けるのが商売だけれど、彼は実生活でも数知れぬほどの人生を経験したのである。

「なんやゴチャゴチャと、ええこともわるいこともあったあげく、人間ちゅうもんは〝思いやり〟さえあったら、もめごとなんか、この世にないのになァ、と、たったそれだけわかりました」と彼はいう。グチはいわないが、人気絶頂にあるだけに〝悩み〟も多いのだろう、彼の表情は、けっして明るくない。

楽屋に通じるスピーカーから、遠く舞台のセリフや客席の笑い声が聞こえてくる。

藤山 〝東京の笑いと関西の笑いの違い〟ということをよく聞かれるんですけど、いまはもうテレビや新幹線のおかげで、近すぎるほど近うなりましてねェ。

以前は、ほんとうに距離があったものですけれど……。そやから、私たちはこのごろ、意識的に、逆に違えよう違えようとしております。かってなものですわ。遠いときには近くなろう思うし、近くなりすぎたら遠くなろうとする……。ほんまに考えないけません。

昔でしたらねェ、幕がスーッと開きましたら〝きょうはどんなお客さんや〟から〝こうしたらええ〟いうことがわかったんです。

きょうは和食のお客さんやから、醬油《しょうゆ》出したらええ、きょうは洋食のお客さんやからソース出そか、とだいたい決まってたんです。

それがこのごろは、幕があいたらもう、市場の景品のお客さんやら、団体やら、観光バスのお客さんやらで、客席が八宝菜みたいになっていて、醬油出したらええのか、ソースか、それとも酢か、なに出したらええのやらぜんぜんわからんのです。

そやけど、このごろはチャリ場で同じコケるんでも前は一度コケたのに、いまは三度コケる、それがサービスやというんやったら、まちがいだと思うんですわ。

舞台もむずかしいけど、映画もむずかしいですねェ。

喜劇ちゅうのは、笑いも涙も間《ま》ひとつですから、映画に出ても、すぐその間を計算に入れて芝居をしてしまう。すると、編集いうんですか？　チョイチョイとハサミが入ってしもうて、その間がなんにもないようになってしまうんです。ハサミを予期しての芝居、むずかしいと思います。

チャップリンですか？　ええもちろん好きです。私はどっちかというと、やっぱり森繁さんのニュアンス、男のみじめさ、ペーソス喜劇、あの線が好きなんです。

日本の喜劇について、どうやこうやいうのはおこがましい気がしますけれど、私たちの所属してます曾我廼家《そがのや》の伝統的な喜劇、にわか的な喜劇、そこにまたクレージーのような音楽的な喜劇もはいって、今月は四本狂言があれば、四つとも違う意味の喜劇ができるような……ミュージカル喜劇と人情喜劇とにわかと、というふうに喜劇の「デパート」みたいにならないかなァ、と思うんです。

私個人のことをいえば、さっきもいうたように〝なんや、ウロウロしていて三枚目で終わりたい〟思うてます。

たとえば、天外さんの作品の『桂春団治』という演しもののなかで家へ帰って子供をヒザの上に乗せて女房を安心させて、なんてのはあかんのや。オレは女房や子供のための春団治やない、客のための春団治や、てなセリフを前編でいうんです。そのくせ後編では、やっぱり女房には温かい暮らしをさせて、子供に安心させるような芸人が温かい芸ができるのや、て、まるで反対のセリフをいう。

でも私ねェ、両方とも真実をついていると思うのです。私もねェどっちにも落ち着かずに、その間をウロウロしている人間で終わりたい、思うのです。そやないと〝艶《つや》〟がなくなります。

大阪弁で「艶けしや」ということばがありますねェ、私、あのことば好きです。おばあさんはおばあさんでも、やっぱり〝艶〟がないといけません。おじいさんも〝艶〟、娘も女も〝艶〟、〝艶〟のあるらしさ、これがいちばんの私の目標ですねェ。

私ねェ、いったんクビになってまた松竹へ戻ったとき、会社にカタキ打ちしてやろと思うたんです。カタキ打ちいうのは、とにかく劇場の小屋を満員にすることです。そやけど、松竹へ戻ってみて、こりゃエライことになってしもたと思いましたのは、私の家族は七人ですけど、松竹新喜劇の座員が七十人いてるんです。一人に四人家族として二百八十人ですねェ。もう、カタキ打ち通り越してしまいましてねェ。そんなことより二百八十人のために働くほうが働きがいがあるんやないか、二百八十人を養うてゆけるかどうかわからないけれど、せっかく生まれてきたんやから、がんばってみようと思うてます。

かといって、客席満員にするために、喜劇やから笑わしたらええ、何してもええから笑わせたらええのや、まあ、ふつうの商売でいうたら、何しようと儲ければいいじゃないか、ということですねェ。けど〝何しても〟いうのが、これ問題です。〝何しても〟は、よっぽど気ィつけないとえらいことになる、と思うんです。なんや、世の中荒れすぎやと思うんですねェ。

……けど、このごろ、自問自答することがあります。なんとなく情けない気になることもありますけど、ほんなら情けないからどないしようと思っても、いまから実業家になるにもなられへんし……。やっぱり、私はこれしかやってゆきようがありませんわ。

彼はテレたような表情でパクリと口をあけた。声にならない笑いだった。ドイツの劇作家として有名なブレヒトのことばに「君が俳優として他のあらゆる芸術より先に身につけなければならないのは観察の芸術だ」というのがある。

その意味は「大切なのは〝君がどう見えるか〟ではなく〝君が何を見せるか〟ということだ。人間についての知恵を身につけるためには、自分を観察するだけでは足りない。人間は、自分では自分が見えない。もし俳優が〝自分がどう見えるか〟という術だけに腐心するなら、それはたんなる肉体の展示会と異ならない」ということなのだろう。

ブレヒトの心は、そのまま藤山寛美の心である、と私は思う。

「みにくい世の中にあって、アホは神さまです。私は骨のズイからアホに徹したい。アホにほれてるといったらいいのでしょうか。少々頭が足りなくても、やさしく温かい心をもった人間像を、私はつくりたいのです」と和製ブレヒトはいっている。

「アホウの寛ちゃん」は、きょうも舞台の板の上にカマボコのようにへばりついて、間のびのしたセリフでお客を笑わせたり泣かせたりする作業で忙しい。

が、いったん舞台を降りた素顔の完治は、二百八十人の生活をかかえ、プロデューサーも兼ねた、劇団の責任者である。情けあろうとなかろうと、藤山寛美はいま二百八十人を放り出して蒸発するわけにはゆかないのである。

八ツ手の葉の上をあてどもなく這《は》いまわるデンデン虫のように、大きく重いカラを背負って歩くのは、さぞ〝しんどい〟ことだろうが、たとえ、歩みはおそくとも、かならずいつかは理想の「喜劇のデパート」を完成させて、地球の上に爪形どころか、ガッポリと食らいついた歯形を残してほしい。

彼の家族は七人だという。女房はもともと人の奥さんで、彼と結婚したときには、すでに二人の連れ子があったから、彼は結婚と同時に四人家族の主人になったわけである。ただでも忙しいのに、そんなややこしい結婚をするという彼のバイタリティは、いったいどこからきたのだろう。関西人の〝ド根性〟に血肉がついて、藤山寛美という優秀人間ができあがったとしか思えないのである。

いわゆるくろうといわれる私たち芸能界仲間にも藤山寛美さんのファンは多い。女は女にすかれ、男は男にすかれ、役者は役者にすかれることほど確かなことはないと私は思っている。

三十分のインタビューを終えて、中座の楽屋の薄暗くわびしい廊下を歩きながら、私は「寛ちゃん、がんばれ、たよりにしてまっせ」と、心の中でつぶやいた。

梅原龍三郎

梅原邸へ伺う前に「今日は対談だよ」と電話をいれておいた。平常なら、ガウンの下からモモヒキがのぞいていたり、羽織が裏がえしだったりするのに、背広にきちんとネクタイをつけ、愛用のラヴェンダーのコロンの匂《にお》いをプンプンさせて待っていて下さった。律義な方、明治の方である。持参した、赤い芥子《けし》の花束を花瓶に活けていたら、先生は両手をヒラヒラさせながら「その花は、こんな風に踊りを踊るんだ」と仰言《おつしや》った。芥子の開花は実に早い。みるみる内につぼみがふくらみ、あっという間に苞《ほう》を脱ぎ捨て、バア！という感じで花弁を開く。梅原画伯といえば、即、バラの花がイメージに浮かぶけれど、先生は芥子の踊りもちゃんと観察ずみだった。私はおどろいた。

——先生は、今年の三月で、満九十歳になったわけだけど、人さまに、九十だ、九十だ、おめでたい、おめでたい、っていわれるのはお嫌でしょう？

梅原　ああ、イヤだ、おまけに百まで大丈夫ですなんてね、こっちはもう、秒読みに入ってるというのに、そういうことを言うのは無責任だな。

——無責任かどうか知らないけど、先生にしたって私にしたって、明日の生命《いのち》は誰《だれ》も保証できないでしょう。なにしろ物騒な世の中だし、一寸先は闇《やみ》よ。

梅原　そういうことを言うのは君くらいのものだ、だから安心なんだ。

——それに、先生はいつも、年齢で絵を画くんじゃないって仰言ってるし。

梅原　そう。だけど今はね、どうも昔よりまずくなってるだろうと思うんだ。

——どうして？

梅原　やっぱり気が短くなってるんだ。急いで勝負しなくちゃならないんでね。大急ぎで描いて、そのうち三つに一つぐらいは当たることとあるんだけれども。描いたもの全部が気に入るということはないね。悪いと思うのは、もう少し整理したほうがいいんだと思ってはいるんだ。しかしその時、自分で悪いと思っていた作品でも、後になってみて、そんなに悪くなかったなと思うこともあるんでね。

——今年またパリに行かれますか。

梅原　うん、行こうと思っているんだ。身体《からだ》の調子がよければね。向こうは人間が変わらなくてね。なじみが深いから親切だし……。

——先生がいちばん最初にパリに行かれたのは、二十歳の時でしたね。船で……。

梅原　神奈川丸といったかな、五月に出て七月に着いた。そいでスフロというホテルに泊まってね。パンテオンの近所で、日本人がみんな行くホテルなの。

――　ああ、渡辺一夫先生もお泊まりになったことがある。渡辺先生といえばね、私がパリに行った時、渡辺先生に紹介状書いていただいて、先生がかつて下宿されていたカルチエ・ラタンの部屋に入れていただいたんです。そこはソルボンヌの先生のお宅で……。私が伺った時は、渡辺先生が教わったというその先生は、もういらっしゃらなかったけど。未亡人とそのお母さんと、女二人。非常に厳しいところで……。

梅原　それで、きみのことをずいぶん子供だと思って、いきなり動物園に連れていったというんだったな。

――　それが、ちょっとちがうの。私その時、二十六だったんですけどね。顔が丸いのと目の玉黒いもんだから、ノワール・ディアモンドなんていわれましてね。なにが〝黒いダイヤモンド〟か知りませんけどね。

こっちは、フランス語しゃべれませんでしょ。口きけば、生意気なやつだと思われたかもしれないけれど、「ウィ」なんていってるから、向こうじゃ子供だと思ってたわけね。で、美容院に行ったの、頭を洗おうと思って。そしたら「クーペ？」と聞くでしょ。ああ、切るんだなと思ったから、どうでもいいと思って「ハイ」といったの。そしたら、とたんにおかっぱにされちゃったのよ、チョキチョキって……。

ますます子供っぽくなっちゃって、それで次の日、動物園に連れていかれた。

梅原　ハハハ……。

——ライオンの檻《おり》んとこなんかに、引っ張って行かれちゃって、こっちはフランス語できれば、子供じゃないんだぞと抗議するんだけど、「これはリオンだよ」なんていわれたら、「ウィ、ウィ」なんて、もう、ばかばかしくて。

梅原　日本じゃ、そのころのきみは、すでにスターなんだからな。

——でも、他の私がいるみたいで、おもしろかったですよ。私が初めてパリに行ったのは、二十六年でしたけどね。

梅原　こっちは、ずいぶんと中国人に間違われたな。行った当座なんか、道で行きあう人に「シノワか」といわれると、むきになって「ジャポネだ」と言いかえしたものだったね。

——私もそう。こっちが着物を着てても「シノワか」「纏足《てんそく》はいつからやめたのか」なんていわれて、困っちゃったことあるんです。パリじゃ、やはり日本人より中国人のほうが、昔から印象が強いのね。

中国料理というの、先生が最初にいらしたころからパリで盛んでしたか。

梅原　二、三軒あるにはあったかな。それとベトナム料理店があった。

——日本料理はもちろん、ぜんぜんなかったでしょう。

梅原　そう、あ、一つあった。なんといったかな、ああ「タカラ」……。以前は小さな旅館だった、日本人の行くね。そこで日本料理を食べさせた。それともう一軒、四階か五階かぐらいのところで、小さな「トモエ」といったか、あってね。たまにそこへ行ったことはあったよ。当時の文部省の留学生というのは、月百五十円もらっていたんだ。それで私も、おやじに百五十円送ってもらっていた。

——すごいじゃない、そのころの百五十円ていうの。先生が最初に行かれたのが、確か明治四十一年だったかな、そのころのお巡りさんの月給が、三十円か四十円だった。お大尽よね。

梅原　でもね。どうも少し足りないんだ。それで、留学期間を短くしてでも、月に百七十五円にしてくれって、増やしてもらったんです。部屋代がかかるし、モデルにも金がいったし……。

——いちばん安いのは、モデル代でしょう。

梅原　まあ、そうだな。つまり、きみが言うように、食いしん坊でね。その当時、普通のレストランより、ちょっといいくらいのところが、近所にあってね。非常にそこがうまくてね。最近、一流のところへ行っても、そこで食ったようなものには、ぶつからないくらいなんだ。そうすると、少しずつでも金が足りなくなるな。

——そりゃあ、足りなくなるの当たり前よね。

梅原　それで、本なんかを売ったりして、食いつないでいたこともあったよ。

――じゃあ、先生は苦学生なんてもんじゃなくて、かなりぜいたくなもんだったんですね。それで絵がうまくならなきゃ、いけません。

梅原　このごろのパリは、ちょっと中途半端になっちゃった。大衆店というと行列だし、レストランなんていっても、まずいんですよ。うんといいとこは、これまたいいんですけれども。きみも知ってるグラン・ヴェフールね……。

――あ、あそこはおいしい。

梅原　あそこは子牛のほっぺたとか、のど肉とか。日本じゃ、なかなか食べられない。

――脳味噌《のうみそ》もおいしい……。

梅原　向こうは酒番が、なかなか気が利いていてね。私のことをちゃんと覚えていて、私の顔を見て、シャトー何々とかいって、うまいワインを出してくれるんだ。

――先生はお酒のほうは、何歳ぐらいから飲んでらしたの。

梅原　四つぐらいからね。おやじが一杯やってると、私もちょっと舐《な》めるんだ。そうすると、おやじが喜んでたもんね、相手ができたってね。

――じゃ、先生のお酒歴というのは、すごいのね。

梅原　小学校のころね、あのころの牛乳は濃厚だったから、慣れないと飲みにくいんですよ。それで、かかりつけの医者が、それにブランデー入れるといいというんでね、牛乳にブランデー入れて飲んでいた。

――フランスじゃ、四つか五つぐらいのころから、ブドウ酒に水を割って飲ませていますけれどね。日本じゃそんなの、あんまりないんじゃない？

梅原　それと京都の家というのは、粗食なんだね。おやじは別のもの食ってたけど、私ら子供は店の人といっしょだからね、食事は。これがお粗末なんだ。

――先生のご生家は、悉皆屋《しっかいや》でしたね。染め呉服業……。

梅原　そう、それで家ではちょっと食ったような顔して、河原町《かわらまち》なんかに洋食を一人で食いに行ったことあったですよ。しかし、このごろ食欲がおちて淋《さび》しいなァ、心細い。

「そんなことはないでしょう」と言えば言えるけど、考えてみれば、そうかも知れない。思えば、梅原先生との初対面は、今から三十余年も以前のことだ。当時の梅原邸の画室は一種のサロンであった。政界、財界、画商に哲学者、お相撲さんから、私のようなヘナチョコ女優に至るまでが、やっさもっさと入り乱れ、勝手なお喋《しゃべ》りに花が咲き、かんじんの梅原先生はしりからげのいでたちで、台所で大奮闘、やがて食卓に大御馳走が並んで一同満悦至極というのが習慣だった。なにしろ最上等の牛肉のかたまりに高価なブランデーをガバガバと振りかけたローストビーフや、鶏のおなかにフォアグラをギュウギュウ押しこんだローストチキンなどの贅沢《ぜいたく》料理だから、不味かろう筈《はず》がない。当時の梅原先生の食欲は旺盛《おうせい》を通り越して、おそろしいような健啖《けんたん》ぶりだった。

大正十二年の関東大震災のとき、梅原先生は上野の西洋料理店で昼食をとっていたという。突如テーブルがグラグラ揺れだして、コップが倒れ、食べていた料理の皿が右に左に走って消え失せ、とうとう食べるものがなくなったので、しかたなくフォークとナイフを投げ捨てて窓から逃げた、というお人である。そりゃ、その頃《ころ》からみれば食欲が落ちるのは当然かも知れないけれど、九十歳の今日でも朝から晩まで、一日中アルコールを切らさず、煙草《たばこ》は唇からはなれたこともなく、おなかをこわしても、マグロのトロとうなぎの蒲焼《かばや》きでなおってしまう、というふしぎな胃の持ち主である。どだい普通の人間とは出来が違うらしい。

――先生は小さい頃は、やんちゃ坊主だったんでしょう。

梅原　暴君だったな。

――それで、お父さまに叱《しか》られたりしなかったんですか。

梅原　おやじは、ひと言もいわなかったね。このごろ、親が子供を殺したりするけど、そういうニュース読むたびに、ゆううつだし不愉快ですね。私は子供というのは、かわいがられるものだと思ってたんでね。私なんか、ちょっと滅茶苦茶にかわいがられたほうなんだ。七歳か八歳の時かなあ、奈良の刀屋で仕込み杖《づえ》を買ってくれた。刀身は、ごく短いものだったけれどね。

――危ないわねえ。

梅原　うん。それで近所の子、まあ、うちに出入りしている下職の子だったんだが、そいつに決闘だといって、鞘《さや》のほうを渡して、こっちは本身持ってね。ヤーッとやったら、相手の手のところに、ぶつっと穴があいちゃった。

――ずるいじゃないの。自分は本身を持って……。

梅原　それでも、おやじは私には何もいわなかったな。向こうの相手には、ことわりをいったと思うけどね。

私はおませでね。早くから、お茶屋の払いなんかに困ったりしてね。そんな後始末も黙ってやってくれた。

――で、先生はそういうお父さんを、甘いお父さんと思ってらしたんですか？

梅原　甘いとは思ってたけどもね。そのね、私の生母は早く亡くなってるんだ。そして継母というのは、花柳界出の人だったんだ。いい人だけども、ちょっと、あんまり品がよくなかったんだよ。私をかわいがりさえすればいいと思ってる。で、気の毒なのは私の兄でね。おやじなんかの私への溺愛《できあい》が、兄の性格に影響したと思ってるけどもね。といっても、腹ちがいの兄だけど、もう死んじゃった。悪いことをした。

最近の先生は、ときどき同じ話をくりかえす。このお兄さんへの想《おも》いは何度か聞いた。よほど先生の心に残るなにかがあるのだろう。同じ話といえば、あまり何度も聞いたので私はすっかり暗記してしまったほどのこんな話もある。

「京都の家の庭にね、大きな松の木があったんだ。そこに長い蛇がぶら下がってた。ボクが十二歳くらいの時だな。ボクは白鞘の短刀を持ってたので、書生に、あの蛇を殺せ！　って命令して、その短刀を渡したんだ。書生は短刀でその蛇をめった切りにしてとうとう殺してしまった。あくる朝起きたら、その書生がいない。よく、蛇はその家の守り神だなんて言うだろう？　親父《おやじ》が怒って、その書生をクビにしちゃったらしいんだ。書生は、ボクに命令されて蛇を殺したとも言わずに、黙って出て行ったんだろう。ボクはそのことを親父に言えなかった。卑怯《ひきよう》だった。それに、その書生には気の毒なことをしてしまった。……あの書生は、その後どうしただろう、と思うと、気の毒でね、ボクは死んでも死にきれない気がするんだよ」

私は、この話を聞くたびに返事ができなくて困る。その書生はたぶん梅原先生より、五つも十も年上だった筈だ。生きているにしても、もう百歳である。私はただ黙っているより仕方がない。けれど、この話を聞くたびに、私は梅原先生の人間としての優しさに感動する。

——ご家業の悉皆屋を継げということはなかった？

梅原　そう。うちは宇治屋《うじや》という屋号だったんだよ。先祖は、応仁の乱の時代には、小さな大名だったというんだが、戦争しても負けてばかしいるもんだから、宇治に梅原郷というのがあって、そこに引っ込んで帰農しちゃったんだという。系図もあるんだ。

——由緒あるお家柄ね。

梅原　そう、立派なもんだ。で、一時はね、うちの仕事をしろといわれて……。

——興味あった？

梅原　なかった。こっちは絵を描くのが、いちばん興味あったから。

——でも、職人さんが下絵描くのは、ごらんになってたでしょう。

梅原　それは小さい時からね。よそから白地の反物がきて、それをおやじが朝早くから、すごい速さで着物に裁つ。それで職人が仮縫いをして、絵描きが来て絵付けするんだ。これは光琳《こうりん》の松だとか、宗達のなんだとかいってね。模様つけだな。だけど、私には興味なかったよ。

それで絵を勉強してたんだけどね、絵じゃ食えないから、生産的な仕事を——といってね。おやじが相当広い土地借りてくれて、ニワトリを飼った。

――先生がニワトリを？

梅原　そう。だけど、すぐ面倒くさくなっちゃった。孵卵器《ふらんき》なんか備えて、うちで卵をかえしたりしたんだけどね。

――へェ……。

梅原　それから私より一年先に安井（曾太郎）がヨーロッパに行ったんですよ。それを私が羨《うらや》ましがってるだろうってね、おやじが。で、徴兵検査すませると洋行に出してくれたわけだ。

――先生はあちらにいらして、絵の勉強もそうだけど、お芝居を、ずいぶんごらんになったんですってね。演劇人になろうかなんてぐらいに……。

梅原　ニジンスキーというのがきれいな舞踊家でね。マラルメの『牧神の午後』からの創案でドビッシーだったかの作曲。次が新しい作曲家のもので『薔薇《ばら》の精』だったかな。これがまたしゃれたもんで、お嬢さんが舞踊会から帰ってきて、バラをかいで居眠りしてるんですよ。そこへ風のごとく高い窓からニジンスキーが入ってきて、二人でキリキリッと踊って、また窓からすっと煙のごとく出て行く。せいぜい五分ぐらいのものでね。

そんなものが好きだったな。ああいう舞踊が日本でできたらな、ということを考えたね。それとたとえば、水玉が集まって水になり、それが川になり河になり、ついには大海に流れるという筋の舞踊劇をやったらどういうものかな、なんて考えたりしたんだ。だが、作曲家もいなければ踊り手もいない。一人でできることじゃないからと思って、きれいにあきらめちゃったんだけどもね。

——それは、先生がプロデューサーにならなければ……。

梅原 そうなんだ。で、踊りはプロデューサーというか演出家というか、そんなふうに思ってたんだが、芝居は自分でもやってみたいと思ったよ。

——先生は向こうで、ルノワールとかマチスにも、お会いになったんですね。

梅原 そう。たまに、ルノワールのところへ絵見せに行ってたけどもね。ルノワールの長男が役者だったんだ。ピエールといったな。末っ子のクロードの子供は上からピエール、ジャン、クロードでね。ルノワールは、ルノワールの絵を、いちばんたくさん描いてるけどね。ジャンというのは派手なやつで、その後、映画で成功しているけども。

——監督でしょう。『河』を撮ったジャン・ルノワール。

梅原 ああ、そう。ジャンは私が初めてルノワールを訪ねた時には、ニースの学校の寄宿舎にいたんで、会わなかったんだ。クロードはまだ子供で、九歳ぐらいだったかな。長男のピエールはパリのコンセルバトワールをいい成績で卒業して、オデオン座にいた。ちょいちょい見に行ったもんだ。

そのピエールの少し先輩にドリバルという役者がいてね。これがモンマルトルに住んでいて、ユトリロの友だちなんだ。ユトリロがまだ、そんなに売れない時分でね。ユトリロの作品を部屋いっぱい掛けていたけどもね。そいつは絵がわかるやつでね、ルノワールのところで一緒に飯を食べたことあったが、その時、ルノワールに小さな絵せがんでもらってね、喜んでいた。

役者っていえば、当時の名優でムーネ・シュリーというのがいて、その家がリュクサンブール公園の角にあってね。彼の家にも絵がいろいろあった。だけど、レオン・ボナーなんていうアカデミックで偉いことになってるんだが、そんな絵とかハムレットの顔とかばかりでね。印象派なんか全然ないんだ。で、ルノワールに、ムーネ・シュリーは非常に立派な役者だけども、絵はわかりませんねえ、といったら、絵描きでも絵のわかるやつは少ないよって。

——先生のお話は、みんな楽しそうなことばっかりで、ちっともお苦しみはなかったようだけれども、先生が仕事の上で、どうしようもなく苦しかった時代ってありますか。

梅原　絵が、あまりうまくいかないとね。ムーネ・シュリーは六階に住んでた。その階段上がって行くとき、六階の踊り場の窓からおっこちたら、これは完全に死ねるなと思ったことあったけどね。だけど最近は、絵描きが売れるようなものばかり描くようになっちゃったね。売れなくても、描きたいものだけ描くなんていうのは、いなくなっちゃったな。

第一、絵にサインなんか要らないんだ。サインなんかなくても、いい絵はいいし、悪いのは悪い。どうも、ふしぎな世の中になったよ。

先生はまた、こうも仰言る。

「絵は画家の手元にあるかぎり、商品ではないよ。画商の手に渡った時、絵ははじめて商品になるんだ。そこを間違えると大間違いになる」と。

梅原先生はいまも、バラにいどみ、裸婦にいどみ、一日として絵筆を持たぬ日はない。けれども、昨年の春、六十余年連れそった艶夫人が亡くなってから、先生はやはり淋しそうだし元気がない。「背中にのってたタクワン石がなくなったようで、気が軽くなったよ」と仰言るのはウソだ。

六年前、梅原先生が右眼、白内障の手術をされて以来、私は先生の手引きをつとめているけれど、先生の身体は意外と重く、ときどき、こっちの方がひっくり返りそうになる。私は先生の三まわり下の同じネズミ年だが、もしかしたら私の方が先にゴザルんじゃないか、と思いながら、先生の手を引っ張って歩いている。先生は私のことを「君は半分男、半分女みたいな僕の友人だ」と仰言って下さるけれど、私にとっての梅原先生は、とてもじゃないけれど友人なんてものではない。それならどういう間柄か？　と聞かれても、私には分からない。私はこの三十余年間に、梅原先生から数かぎりない有形無形の親切をいただいた。強いていえば、やはり恩師というところかもしれない。この世で、梅原先生とめぐり会えたことは、私の人生においての大きな幸せだったと感謝している。梅原先生のためならエーンヤコーラ、というのが、私の今の心境である。

松山善三

〈夫〉

昨夜の料理は、バッグンに美味《おいし》かった。広東《カントン》料理では、香港《ホンコン》随一といわれる翠園酒家の宴席で、僕は「清蒸老鼠斑」という魚料理に舌鼓をうち、茅台酒《マオタイチユウ》で乾杯し、紹興酒《シヨウシンチユウ》をコップでガブ飲みしては、一年半ぶりに会合した懐かしい中国人の友人たちとオダをあげ、お別れのブランデーを意地きたなくビンの底まであおってホテルへ帰り、ベッドにぶっ倒れるとそのまま昏々《こんこん》と眠った。

電話が鳴っている。僕は茅台酒のゲップを吐きながら受話器をとる。

「何してるのヨ、約束の時間ヨ！」と、女房のけたたましい声が響いてくる。ふり返ると、いつ出かけたのかベッドは空で、女房の姿はない。当たり前である。女房は外から僕に電話をかけているのだ。

「約束って、何だっけ?!」

僕は一瞬、蒼《あお》くなりながら、記憶の糸をたぐる。

「何いってんのサ、今朝十時からインド人の占い師に、二人の手相見てもらう約束でしょ！　ミセス・馬《マー》が、ロビーで、もうお待ちかねヨ」

そうだ。確かにゆうべ、そんな約束をした。

「ヨクアタル　インドジンノ　ウラナイシガイルカラ　センソウ（善三）モ　ヘデコ（秀子）モ　ミテモライナサイ　フタリトモ　五〇スギタカラ　アトハ　ドウデモ　イイケド　ヨクアタルヨ」と、中国人の友人が僕たち二人に、しつこくすすめ、居あわせたミセス・馬が、通訳を買って出てくれた。

僕はシャワー・ルームに飛び込むと、シャンプーを頭からぶっかけ、身体もそのアブクで洗い流し、最後は水をかぶって頭を冷やし、カラー・シャツにネクタイを結んだ。窓から見る香港島は、額縁の中の水彩画のように美しく、きらめく波の向こうに、まるで浮島のように横たわっていた。


〈妻〉

彼がボケているのは、決して二日酔いのためでも、魚の食いすぎのためでもない。つまり、私をふくめておトシのせいなのである。ボケるだけならまだいいけれど、その上、持ち前のガンコがボケるにしたがってエスカレートしてきたのにはホトホト参る。彼のガンコというものは、とにかく「限度」を越えており、理屈もへったくれもないのである。たとえばある日、部屋から書斎、便所から食堂へと、老いたる猪《いのしし》のごとくウロつきながら、「俺のメガネ！　俺のメガネ！」と叫んでいる（ナイショだけど、彼は相当な老眼らしい）。ふと見るとメガネはおでこの上にちゃんと乗っかっているではないか。

「ホラ、おでこの上にあるよ」

と私がアゴをしゃくると同時に、さすがの彼もギョッとなり、おでこからメガネをひったくり、そしてその返事がスゴイ。

「ナイ！　ないといったら無いんだ！」

どうしますか？　世の奥さまがたよ。こうなるとやはり、有吉佐和子女史の複合汚染ではないけれど、なにかの公害のために、どこかが少しイカれているとは思えませんか？　もし、私の夫のような類似品、ではなかった、類似夫を持つ奥さまがいらしたら、ご一報ください。同病相ナントカで、共に涙を分かち合おうではありませんか。

〈夫〉

人は誰でも、自分の未来に恐れをいだいている。たとえ、ささやかな幸せでも、それが明日、ひょいと失われることを憂え、手にした希望が、明日、みるみる大きな風船玉にふくれあがることを熱望する。溺《おぼ》れるものは藁《わら》をさえ摑《つか》もうとする。種々の占いや、占星術、手相、顔相、骨相、果ては家相、墓相、印相などにのめりこむのは、人の心の弱さである。明日のことなんか知りたくもないと尻《しり》をまくりながら、人々はやっぱり振り返って、己れの首をそこに突っこむ。僕たち二人も、占い、手相が大好きである。

インド人占い師は、すでに約束の場所に来て私たちを待っていた。スマートな中年紳士で、色は浅黒いが、眼は澄んで美しく、物腰は静かで声は低かった。初対面ではあるし、言葉はもちろん通じない。僕たちが夫婦であることも、芸能界で同じような仕事をしていることなども、彼はトンとご存じないはずである。はたしてどんな未来を予測してくれるだろう？

この手相観は、ちょっと変わっていた。はじめに謄写印刷のローラーで僕たちの掌《てのひら》にインクを塗ると、Fly with the Magic Carpet と印刷された三十センチ四方ほどのケント紙に押しつけて、僕たちの手形をとる。相撲取りが、朱肉や墨をたっぷりつけて色紙に押しつけた手形とは違って、指紋の一本一本が、鮮やかにその紙に写し取られた。占い師は、ケント紙に写し出された手相に定規を使って何本かの線を引き、それに数字を書きこみ、掛け算したり、割り算したり、さらに七をたしたり引いたりした後、しばらくの間、ぶつぶつと何事か呟《つぶや》く。そして、通訳のミセス・馬《マー》に向かってしゃべり始めた。

「ミセス　ヒデコ　マツヤマ　コノヒトハワカイコロカラ　ドクリツ　シマシタ　クロウ　シマシタ　ケレドモ　コノヒトハウマレツキ　カラダモ　ココロモ　ツヨク　ソレ

ヨリ ツヨイ ドクリツシンニササエラレテ オカネモ メイヨモ ヨイダンナサンニモ メグマレマシタ コトシハ カラダニ チュウイシテクダサイ コノヒトノ ケッコン セイカツハ シアワセデス ナゼナラ コノヒトハ オットノオットデス」

僕は、それを聞いて、びっくり仰天した。「夫」の「夫」とは何事であるか。ミセス・馬も不審に思って、即座にそれを質した。すると彼は、こう言った。

「アシタ クイーン エリザベスガ ホンコンニ キマス ジョオウサマノ オットハ エジンバラデス ケレドモ コウシキノ ギョウジデハ クイーン エリザベスハ オットノオットデス」

〈妻〉

私の夫は「ボクは英語が分かんないから」とかなんとかいいながら、一見やさしげに微笑などを浮かべて、インドのフォーチュンテーラーの横に腰をおろしたのに、彼が告白したごとく、実は占い師の言った言葉のほとんどをちゃんと理解しているのである。こういうところが男のズルイところなので、油断のできないところである。そのくせ、料理を注文したり、タクシーに行先を告げたり、など、自分が面倒臭いときは「おまえ、いえよ、おまえのほうが発音《はちおん》がいいから」などとオダテて人をコキ使う。

世間の人は、「松山善三という純情な男は可哀《かわい》そうよね、すれっからしの女優なんかと結婚したばかりに、きっと家でも女房の尻の下に敷かれっぱなしで、あけても暮れても隠忍自重の日をおくっているのねぇ」と思うかもしれないけれど、とんでもない話である。過去二十余年間、私は狡猾《こうかつ》なる彼のためにどのくらいコキ使われてきたかしれやしない。私のおでこに横ジワが寄ったのは、いつも眼を丸くして、彼のための探しものをしたためであり、私が歯槽膿漏《のうろう》になったのは、学のある夫に、学のない妻である私がいたぶられて、そのくやしさに思わずガリガリと歯がみをしたせいである。

「ミセス　マツヤマ　オットノオット」だって？　ああ占い師の先生、よくぞ申してくださった。

　その一言で長年の胸のつかえがおりました。

〈夫〉

　僕たちはインド人占い師に金を払い、礼を言って、明るく喧噪《けんそう》な街に出た。街はクイーン・エリザベスの歓迎一色にぬりつぶされ、氾濫《はんらん》する英国旗に並んで「歓迎」「光臨」などの墨書が、窓という窓に所狭しと張り出され、商店という商店は記念大安売りで賑《にぎ》わっていた。

　僕たちは結婚した当時、互いに腕を組んで歩いていたが、このごろは、ほとんどない。土台、映画の監督というものは、スタッフの先頭に立って一人で歩く習慣がついているから、僕はどんどん先に歩いてゆく。横断歩道では、必ず待って手を引いてやるけれど、彼女は、インド人占い師がいみじくも喝破《かっぱ》したように、きわめて独立心が強く、人の言うことに従ったり、命令されることを極度に嫌う。僕が「今、青信号だから渡ろう」と手を引っぱっても、彼女は猜疑心《さいぎしん》の眼をむいて絶対に動こうとしない。彼女は、実は近眼で、乱視で、斜視である。信号などはよく見えないのである。だから自分の眼で左右を確かめ、車の有無を見届けないかぎりスタートしない。彼女が僕の命には従わず、突然停《と》まったりするので、僕は自分だけ先に飛び出し、あわてて引きかえす。もしも車にはねられたり、轢《ひ》かれたりすることがあるとすれば、間違いなく僕のほうである。

彼女は「夫」の「夫」である。自分の行動は自分で決めるのである。考えてみれば、わが家の女房殿は、僕の妻ではあるが、映画という仕事の経験から測れば、はるかに僕の先輩であり、先生であり、批評家であって、真実「夫」の「夫」であった。

〈妻〉

「手を引いてやる、引いてやる」なんて、まるで九十の老婆のように言わないでもらいたいネ。第一、あんた、考えたンさい。あのゴタゴタと騒々しい香港なんかじゃなく、道幅のめっぽう広い、人も車もほとんど通らないようなハワイでさえ、私が「危ないッ」と叫ばなければ、お前サンは何度自動車にはね飛ばされそうになったか、もはやお忘れではないでしょうね？

私は夫の言うことをきかないんじゃなくて、夫のために、見えないマナコ玉を皿のようにして四方八方に気を配って、涙ぐましいような努力を払っているのです。

だいたい、あなたは私と結婚する前に、私とデートした帰り、頭に血がのぼった、とかで、四百円のタクシー代を間違えて、運転手に四千円やっちゃった、とあとでボヤいたことがあったでしょう。ほんとうのことを言えばあのとき私は、「こりゃもしかしたら彼、とんでもないあわてもンなのではないかしら？」と、イヤな予感がしたのです。だって当時のあなたの月給はたしか一万二千五百円。四千円もタクシー代を払って、あとをどうやって暮らしていたのか……それはさておき、あわて者でオッチョコチョイのあなたが車にハネ飛ばされもせず五体満足でいられるのは、やはり健気な妻である私の存在のおかげだと、このさい素直に反省すべきだと思うのです。このつぎからは私が手を引いてあげます。頼りにしてね。

〈夫〉

インド人占い師が言った「夫」の「夫」という言葉が、僕の脳裏に焼きついて、終日はなれなかった。「夫」とは、そもそも如何《いか》なるしろものなのか。僕はひそかに、それを考えつづけた。夫というものは、単独には存在しない。あるとすれば「オット・ドッコイ」くらいのもので、辞書をひくと、一人前の男子で、妻に対する配偶者となっている。「つれあい」である。共に旅する仲間であることに間違いはないが、「一人前の男子」という文字が気にかかる。一人前の男子とは、どんな条件をそろえた男なのか。戦前の解釈ならば、すぐに分かる。心身健康で、家長となりうる諸条件を備えた男である。家名を守るためには切腹も辞さないかわり、一家の中では独裁者である。妻を従え、子を養育する。父母ニ孝ニ、兄弟ニ友ニ、夫婦相和シ、と来るが、今ごろそんなことを口にしたら、袋叩《だだ》きに合うし、あいつはボケた、封建時代の遺物だとくる。しかし僕は、厳として夫である。

僕は、大正十四年生まれの五十四歳である。女性蔑視《べっし》の教育を叩き込まれて成長したから、戦後の今になっても、その残滓《ざんし》はＰＣＢのごとく消えることなく、女房に頭を下げるのは男子一生の恥辱と考えている。

結婚する時、わが家の家訓を宣言した。

僕はタクワンが、毛虫や蛇より嫌いである。どんな美人でも、あれを食べている姿を見たら、僕のあらゆる食欲は減退する。わが家に、タクワン、ぬか味噌《みそ》漬《づ》けを置くべからず。妻は承知した。

お互いの仕事に口を出すべからず、但し、他人の仕事の悪口はどんどん言え。それは二人の向上に役立つ。妻は承知した。

居所を不明にするな。

この三つが、わが家の家訓である。三つ目は女房の注文である。夫は承知した。

第一の家訓は、結婚十年にして破れた。女房はガレージの奥深く、ぬか味噌漬けを隠匿して、僕の目を盗んでは、堂々と食っていた。やはり彼女は「夫」の「夫」である。

第二、第三の家訓は、まあまあ保たれている。僕の家には子供がない。女房は満四歳の時から女優として、働きづめに働いて来たから、趣味というものを持っていない。小学校さえロクに出ていないのだから、遊びらしい遊びも知らない。僕たち夫婦の趣味といえば、美味いものを食いあさり、深夜の酒宴を開きながら、他人の作品の悪口を言い合うことだけである。

酒の肴《さかな》で一番うまいのは、人の悪口である。一杯飲みながら、部長の悪口、課長の悪口、友人の悪口などをまくしたてるのは実に良い気持ちのものだが、この肴は酒に合いすぎて毒があとに残る。二日酔いになる。どんなに悪口雑言を吐いても、毒にもならず、お互い人にも迷惑をかけず、笑ってすまし、お互いのストレスを解消するのみならず、お互いの成長に役立つのは、夜半に、夫婦で飲む一杯の酒である。夫婦の会話は絶対に外には漏れないし、それが漏れたり、ウォーター・ゲートのように録音、メモをとられるようになったら、その夫婦はおしまいである。

夫婦の間で交わされる人の悪口は、毒をふくむものではなく、ゲームのように、他愛のない遊びである。僕たちは、他人の作ったテレビ・ドラマや映画を見ながら、「ヘタな脚本だなあ」とか「あの芝居はなってないね」と、毒舌を吐く。他人の作品を借りて、お互いの仕事に関心を向け、ワン・クッション置いて、互いに批判の目を向ける。狡《ずる》いようだが、そうしなければ、同じ仕事を持つ二人は咬《か》み合う犬のようになってしまうだろう。

第三の家訓。居所を不明にするな。という約束ほど、男にとって辛《つら》いものはない。結婚当時は、頭ものぼせていたから、ハイハイと至極簡単に返事をしたが、今になって考えてみると、これは大きな落とし穴であった。それを守るのは大変な苦労である。神経が疲れる。終始、監視されているような気がする。それゆえ、遊びに熱中することができない。女性はすべて、男が遊ぶと言えば、何か不貞を働いていると考えるようだが、そんな男は十人に一人か、二人の性格破綻者《はたんしゃ》で、不幸にもそんな夫にぶつかった妻があるとしたら、自分も振り返って、己れの非を探してみなければならないだろう。

麻雀《マージャン》を打ちながら、半チャンごとに、「俺は今、此処《ここ》にいるよ」と、電話を家にかける僕を想像してください。バアの嬌声《きょうせい》をB・G・Mにしながら、女房に電話をかける時の、なんとなく後ろめたい気持ちを想像してください。僕は、自由を売り渡してしまったのだ。僕は、女房の投げた投網《とあみ》の中でジタバタするだけである。

〈妻〉

日本の文字や習慣のほとんどは、中国生まれだというけれど、日本が発明した言葉はまったく片手おちで、たとえば「鬼婆」はあっても「鬼爺」はなく、「愚妻」はあっても「愚夫」はなく、「家内」はあっても「家外」という名詞は聞いたことがない。女にとってはたいへん不都合なことで、私は気に入らない。

中国では昔から、女が結婚すると、女の姓名に夫の姓がプラスされ、つまり「松山・高峰秀子」ということになるから、自分の姓名が半分チョン切られることもなく、死ぬまで自分の姓名は変わらない。

日本の最近の若夫婦は、男女同権とやらで、「善三!」「秀子!」と、お互いに呼び捨てにするのが流行《はや》っているらしいけれど、大正生まれの私にはチビッとだが抵抗があって、おしりのあたりに虫ずの走るおもいがしてならない。

現在の中国では、夫婦が互いに「愛人《アイレン》」と呼び合う。共白髪の老夫婦が、「彼女は（または彼は）、私の愛人です」と、他人に紹介する場面なんて、ちょっとほほえましくて、呼び捨てにするよりはずっと夢がある、と私は思っている。

インドの占い師が、私を「夫の夫」である、とためらいもなく言ったことで、あなたはトサカにきているようすだけれど、それはすなわち、あなたのほうは「奥さんの奥さん」であるということを意味しています。「奥さん」とは、読んで字のごとく、常時、家の奥にいるもので、やたらと外へ飛び出して麻雀をしたり、バアへ行ったり、蒸発したり、では、夫はいったいどういうことになるでしょうか。「奥さんの奥さん」といわれるほどの人は、外出したら「自分の所在地」くらいはハッキリとする義務があると、同じ大正生まれの、「夫の夫」は固く信じているのですが、どんなもんでしょうか？

〈夫〉

夫たる条件が「一人前の男子」なら、妻たる条件も「一人前の女子」でなければ寸法が合わない。私見を述べれば、一人前の女子とは、家を整え、育児に専念し、料理、裁縫はもちろん、お茶、活花、音曲の一つくらいは身につけて、仕事から疲れて帰った夫のためにサービスするくらいの女子を指す。はたして、そんな妻がいるだろうか？

僕の友人たちは、みんなボヤいている。電気釜《がま》に始まって、電気掃除機、電気洗濯機の出現は、女房族をただ、ひたすら横着にするだけで、料理ときたら魚一匹おろせないし、大根、胡瓜《きゅうり》でさえ満足に美しく切ることができない。育児に忙しいと言っては、デパートのお菜売り場の料理を食卓に載せて、テンとして恥じない。こんな奴《やつ》が一人前の女子であってたまるか。嫁入り前に何をしていたのか？

さて、わが家の女房殿はどうだろう。家事の整理は確かにうまい。うますぎて肩がこる。あるべき所に、すべてのものがキッチリ入っているが、それは全部、自分の采配《さいはい》のもとに置かれているから、僕が手を出すスペースはない。時には僕の書斎にまで、ノコノコと入って来て整理を始めて、僕と激突する。

子供は幸か不幸かいないから育児の心配はないが、もしできていたら、教育ママどころの騒ぎではなく、なめるように可愛《かわい》がり、おせっかいの焼きすぎで、子供はあえなく夭折するだろう。

料理、洗濯はうまい。のべつ幕なしする訳ではないが、これは仕事の上にも役に立つし、自分も好きらしいから、この点、僕は満足している。

子供のないのは、見方、考え方によれば、ちょっと人生に無責任で、面倒もなく気楽だが、わが家が真実の「家庭」と言えるかどうか。「家庭」という字を見ると、僕は、決まって子供の足音、母の怒声が聞こえてくる。多数の兄妹の中に育ったせいか、家の中は、のべつ幕なし散らかっていた。その散らかっているところが、家庭の温かさだと僕は思う。それに比較すると、わが家は実に整然としていて、産卵前の鳥の巣のようなものである。

〈妻〉

数ある「女優」の中には、よき女優でいるためには子供を産んでも育児はしない。ヌカミソくさい女優なんぞ魅力が失せるから断じて台所へは入らない。といい切って、立派にそれを実行している人もいる。

人間には個人差があるから、はたから私がとやかくいうことはない。が、私の場合は生来貧乏性のためか、結婚するとき、いや、まだ相手もいない独身のころから、「結婚したらいちおうの家事くらいはできる妻になりたい」と思っていた。なぜなら、結婚したら女優をやめたいと思っていたし、「女優をやめたらカスでした」では困ると思っていたからである。第一、箒《ほうき》ひとつ持てず、オカラひとつ炊けぬでは、夫は埃《ほこり》だらけになり飢え死してしまうではないか（もっともこのごろは〝わたしゃただの家政婦じゃないぞ！　金よこせ〟なんていなおることもあるけどサ）。

私の性格の短所は「熱しやすく、さめやすい」ところであると自分でもよーく承知している。結婚以来、二十余年間、ときどき家事なんて放り出したいのをジッとがまんを重ね、このトシになってようやく諦《あきら》めの境地にたどりついたいまごろ、「片づけすぎて肩がこる」とはなんたることか！

しかし、私にもまだ雀の涙ほどのエネルギーは残っている。「よオし、そっちがその気なら、こっちも一八〇度の転回をして、家事いっさいを放棄し、一日中ふて寝をして暮らそうか」と考えないでもない。その時こそ私は、内実ともに「夫の夫」として、高く君臨することができるのである。

〈夫〉

二人の間に子供ができないと分かった時、僕たちは互いに話し合った。よそから子供をもらいましょうと。僕は即座に賛成した。さて、どこから、誰の子供をもらうか。それが大問題であった。女房は、五人兄妹の一番下だが、大火のあとで一家は離散し、彼女は養子にもらわれていった。兄妹の縁はうすく、彼女もまた、それを求めなかったから、今でも深くつき合う親戚《しんせき》は少ない。僕は八人兄妹で、二人死んだけれど、あとはすべてメデタク結婚して一家を構えているし、父母が昔から親戚づき合いが好きだったから、今でもつき合っている血縁者は多い。かと言って、僕の周囲は、それらの人に温かく包まれているわけではない。芸能界は因果な商売で、分秒の生活に追われているから、日々につき合いは遠くなって、遠い親戚より近くの他人となる。血縁は厭《いや》、友人の子供はなおのこと厭となると、まったく血縁・地縁のない子供をもらうより仕方がない。いっそのこと外国人をもらおう。それも、アジアの名もなき子供がいい。一人ではなく、三人、五人、十人くらいまでは何とか養育できるだろう。彼や彼女を養育して、小、中学校から大学を卒業させ、彼や彼女らの故国へ、再び還してやろう。これは名案だ。僕らが、幸せに十数年を送って来たご恩返しだと決心して、さて、生活費や養育費を計算してみて、びっくり仰天した。なまなかなお金ではない。僕たちの大それた夢は、瞬時にしてふっ飛んだ。僕たちはもう、芸能界では下り坂で、将来は人様の世話になりかねまじき現状である。僕たちは、諦め切れずに、諦めた。

〈妻〉

結婚した当時、私は子供が生まれるのを真実恐れていた。これは、三つ子の魂なんとかというけれど、私自身が四歳の時から働いて、子供心にも苦労の連続だったことが深く原因しているらしい。子供なんてものは徒《あだ》やおろそかに生むものではなく、もし、私のようなコマシャクれた子供が生まれたら、私はとうてい育てる自信などなかったからである。

そんな私の気も知らぬ夫は言った。「男の子が九人生まれるといいな、そしたら野球のチームを作って、ボクは監督になるんだ」

私は驚いた。もしかしたらそのときのショックで九人どころか一匹も生まれなくなってしまったのかもしれない。子供を生めなかったことは、子供の好きな夫に対して、私の唯一の背信であった、と、私は心から申しわけなく思っている。しかし私自身は、このごろのすさまじいガキ供をみるにつけ、「子供がなくてよかった」と、安堵《あんど》の胸をなで下ろしている。

第一、生活費や養育費はともかくとして、日本国では、有名学校へ入るためには巨額の寄付とやらを積まなければならないんだって？　そうまでして学校へ入らなきゃ、卒業後にいい職にありつけないなんてイヤらしいじゃありませんか。勉強というものは九分九厘まで「学校」じゃなく、自分自身でするものだと、学校へ行ったことのない私は信じているんだけどなァ。

〈夫〉

イギリスのトーマス・フラーという人は、「結婚する前は両眼を大きく開いて彼女や彼をみつめよ。結婚したら片眼をとじよ」と言っている。まことに、名言である。

一人前の男子と、一人前の女子が、共に穴倉に入って日常生活を共にするということは、至難な事業である。男にも、女にも、それぞれ異なった経験や歴史がべったりとしみついていて、おいそれと同化などするはずはない。はじめのうちは、好きだの嫌いだの、たまに大ゲンカをしても、若いうちは忍耐ができる。性格の不一致は、むしろ老後に現われてくる。これは恐ろしいことである。今さら、どうすることもできない人間の浅ましさである。

結婚二十年になって、わが家の女房のここが悪い、あそこが気に入らんと言ってみたところで、敵は「夫」の「夫」である。「何をぬかすか」と歯牙《しが》にもかけないだろうし、僕は僕で、肉体も精神も老化して頑迷になっているから、ますます一途に己れを貫こうとして孤独におちいる。

夫婦というものは悲しいものである。これは、どこの夫婦でも同じだろう。寄る年波というけれど、仲の良い夫婦ほど、我慢の子である。わが家での僕は、「夫」の「夫」に仕える「しもべ」である。

〈妻〉


インドの占い師は、松山の手形をみるやいなや、「オーッ！」とうなってのけぞった。

「コノヒト　ニンゲンノサイコー　ワタシ　イママデ　コンナリッパナヒト　ミタコトナイ　ミスターマツヤマハ　セイジツ　セイケツ　ショウジキデ　ジュンシン　ソウメイ　ユーカンデ　……タトエテ　イエバ　コウソウ（高僧）トデモイウベキカ……」

ミセス・馬と私は、口アングリと開けたまま、ジロリと松山に眼をやった。松山高僧は得意になってタコ踊りでもおどりだすかと思いきや、泰然自若と落ちついて、少しもさわがず、「いま何時だ、少しハラがへってきた」などとウソぶいている。テレているらしい。

私は、ふと、何年か前に将棋の升田九段に言われた言葉を思いだした。

「あんたンとこのオヤジ、ラクダに似てるな」

私はムッとした。うちの美男の旦那《だんな》様の、いったいどこがラクダに似てるというのだ。コノヤロウ。

「ラクダって動物はな、澄んだ美しい眼をしてるんだぞ、動物の中では一番美しくて、優しい眼なんだ、あんたンとこのオヤジの目玉はラクダそっくりだぜ。人間でいえば、ンまあ……高僧ってとこだなァ」

なぜ、それを早く言わないのか。もう少しでぶっ叩いてやるところだった。と私は思いながらもエンゼンと微笑《ほほえ》んだものだった。

インドの占い師は、「夫の夫」とラクダ、じゃなかった、「高僧」が、実に相性のよい理想的なカップルである、とつけ加えた。

神のしもべであるべき高僧に、「俺はおめえのしもべだぜ」などといわれては、私はおそれ多くてもったいなくて、冷や汗が出る。しかし、少なくとも、「しもべ」と自称する人間は、「夫の夫」に向かって、「肩をもめ！」と叫んだり、自分のパンツを洗わせたり、出がけに弁当を作らせたりするでしょうか？……当節の世の中には、不可解なことが多いようですねぇ。

〈夫〉

愛というものは、本質的に平等であることを好まない。愛は、愛の実証を求めるために死を辞さないほどの力を持ち、個性的である。人間くさい愛ほど、排他的で自己中心的なものはない。

夫婦の愛は、常に愛憎のくりかえしで、いつ果てるともなき戦争のようなものだが、ドロ沼の道を歩みながら、ひそかに手を取り、肩を寄せ合わなければ、小さな山も越えることはできない。愛は山彦《やまびこ》のようなもので、自ら発しなければ返ってはこないし、ぶつかり合わなければ、いたわり合いの溝を深めることはできない。

僕たち夫婦は、このごろしばしば「死」について語るようになった。夫婦の愛は自己中心的なものから、やや離れて、落ち着き、平安な日常の中に喜びを見つけ出そうとする。その時、その前に立ちはだかるのは「死」である。「若者は必ず老いる、新しきものは古くなる」と、ある文学者は言ったけれど、老いは身にしみて深くなり、平安な生活の中で、さて、ここらで「死」の前に、「何かひとつやるべえか」と考える。

〈妻〉

私たち夫婦の間に、「死」が仲間入りをしはじめたのは、今から三、四年ほど前からだ。

有吉佐和子女史の小説『恍惚《こうこつ》の人』の映画化で、嫁の昭子に扮《ふん》した私が、森繁久彌扮するところの恍惚のおじいちゃんの世話でヘトヘトになるというシーンを撮影していて、ふと、「今日は他人《ひと》の身、明日はわが身、というけれど、考えてみれば私たち夫婦も、他人《ひと》ごととはいえない年ごろなんだなァ」と思ったのが、どうやらキッカケになったようである。

それでも、はじめのうち、「死」はまだ私たちにとって遠い存在だった。会話はいつも冗談めいて、笑い声で終わっていたからである。それが最近ではぐっと具体的になってきた。

私たちには子供がなく、親、親戚とのつき合いも薄く、したがって、いざ、「死出の旅」への出発というときになっても、当てにしている人がないし、たぶん誰も面倒などみてくれないだろう。私たち夫婦がいちばん恐れるのは、ウンチ、オシッコ垂れ流しの恍惚の人になって他人に迷惑をかけることである。「飛行機事故がサッパリしていていいな」とか、「脳溢血《のういっけつ》でバタン、キュー、がラクチンだ」とか言ってみたところで、そう理想通りにゆくものではないだろう。

私がさきに死んだら、夫は私の骨をどう処分する気か知らないけれど、夫がさきに死んだら私は彼が生前愛した李朝の壺《つぼ》にお骨を押しこんで、いつも私のそばへ置いておくつもりだ。骨が入り切れなかったら、もよりの引き出しの中へでも入れて置く。暗く、冷たい土の中へ埋めこんでしまう気は絶対にない。棺の中へ入れる花は、彼はコスモスを希望しているが、それなら夏に死んでもらわないと困る。私は花きちがいだから何の花でもいいけれど、真赤なカーネーションだけはパチンコ屋の開店みたいだからイヤだ、とすでに彼に通告してある。

話が微に入り細にわたってきたので、この程度にしておいて、と。とにかく、高僧も夫の夫も、遠からず「ゴザル」ということに間違いはない。夫は目前に「死」をひかえてなお、「なにか、やるべえか」などとジタバタしているが、妻の私にはそんな気力はまったくなく、「五十年近くも働きつづけたのだから、せめて余生は怠け放題に怠けて、楽しく送りたい」というのが偽らざる心境である。

〈夫〉

香港に英国の女王が訪問されたのは、今回が初めてである。阿片《アヘン》戦争でイギリスに割譲されてから百余年、香港に英国女王が訪問された例はない。

初めての女王訪問とあって、香港の町も人も喜びに沸《わ》いていた。女王歓迎のために催された競馬場には、何万人という人がつめかけ、女王は、玉の汗を拭《ふ》くことなく、白い手袋から優勝者にカップをお渡しになっていた。

中国人の友人はこう言った。女王の訪問が、真実、僕たちにとってうれしいのは、女王訪問の陰に、中国との親善がさらに深く約束されているからだ。女王の訪問は、香港の安全と経済の発展を確約するものだと。

一国の女王の他国への訪問は、ただ親善というだけではなく、その陰に、大きな、目に見えない政治目的が隠されている。それゆえにこそ、クイーン・エリザベスは「夫」

の「夫」なのだ。

わが家の女房は、ただ、真実の夫に、てめえの買物の勘定を支払わせ、その荷物を持たせるだけである。

僕は、大きな紙包みを両手に提げ、足をひきずりながら「インド人の占い師め！……」と、唇を噛《か》んでいた。

〈妻〉

香港での松山の買物は、〝靴が六足。スポーツシャツ十八枚。ワイシャツ布地十二枚分。洋服布地二着分。セーター四枚〟、私の買物は、ブラウスが二枚と、靴がたったの二足。と、私のノートにちゃんと記されている。

高僧ともなると、自分の両手にブラ提げた荷物が、いったい誰のものなのか、ということさえ頓着の他になるらしい。恐れいりました。

人間への理解力——亡き母・高峰秀子に捧ぐ

本書は雑誌「潮」で一九七〇年から七二年まで、高峰が連載で対談した人物を中心にまとめた書である。その死の直後に思い出を綴った東海林太郎を除いて、「週刊読売」で対談した最年長・九十歳の梅原龍三郎から最年少・四十一歳の有吉佐和子まで、登場する二十名の方々は皆、対談した当時、働き盛りであり、あるいは円熟期を迎え、それぞれがそれぞれの分野で持てる才能を存分に発揮していた。

そして高峰秀子がこれらの人々と対談したのは四十六歳から五十四歳にかけて。幼い頃から十数人におよぶ顔も知らない血縁の生活を一身に担わされ、やめるにやめられず、どうせやめられないなら自分に恥ずかしくない仕事をしたい、ただその思いだけを抱いて五十年という歳月を好まぬ女優業に専心した彼女が、三十歳で結婚したのち、夫・松山善三が脚本家として名を成していくのを確かめるように、四十代で六本、五十代で四本と自身の出演作を減らし、着々と悲願の女優引退に向けて歩を進めていた頃。

高峰の言い方を借りれば「とっくに引退してるつもりだった」時期である。二十名のうち、高峰より年下なのは有吉佐和子と藤山寛美、そして夫の松山善三だけで、他は全員、高峰の先輩、どころか、十九世紀生まれの松下幸之助、浜田庄司、川口松太郎、林武、梅原龍三郎と、親ほど歳の違う、それも〝超一流の人間〟が対談の相手である。

私は必要な情報を得るために必要な章だけを拾い読みしたことはあるが、最初から最後まで通して読んだのは、今回がおよそ三十年ぶりだった。

本書を初めて読んだ三十年前には、ものを書く仕事をするとは思ってもおらず、もちろん高峰秀子という人にも会ったことがない、ましてやその人の養女になるなど夢の夢にも思っていない、新米高校教師だった。

その時の感想は、「すごいな」、ただその程度のことだった。一体何がすごいのか、それさえもしかとはわからず、遠い世界を仰ぎ見るような思いだったと思う。

三十年という歳月は、私のような不出来な人間にもさすがに重い。

五十五歳になった今、本書を読むと、震えが来た。怖かった。

これほどの名人・達人に対して、おもねることなく、気負うことなく、ただ真摯な敬意を持って静かに対峙する、対峙できる高峰秀子という人の、肝と研鑽が怖いと思った。

女優なら、このような人達と対談する時、間違いなくべんちゃらを言う。媚を売る。

甘える。恥じもせず相手のことを何も知らない様を露呈する。聞き手であるべき自分を押し出そうとする。要は〝お飾り〟で終わる。

高峰秀子は全く違う。

人間と人間として向き合い、微動だにせず、相手を凝視している。

それは、高峰が大女優だからではない。

不本意にも己が背負うことになった職業に全力を尽くし、人生を真剣に生きていたからに他ならない。

「人生、死ぬまで勉強です」

ボディガードとして私が随行した時、高峰はその短い講演を、そうしめくくった。

小学校を通算して二か月、女学校にあたる文化学院を通算一か月という、学びたくても学べなかった高峰が、寝る間も惜しんで独学した、その結実が、実業界、美術界、文学界……自分とはおよそ畑違いの超一流人に、臆せず対峙できるだけの知識と教養となって現れたのである。

そして文化学院を一年でクビになった時、「学校にゆかなくても勉強はできる。これからは私の周りの全てが学校であり先生だ」、そう心に決めて、まだ真新しかった教科書を古新聞と一緒に縛った十四歳の少女の、想像を絶するような向学心が、知識と教養だけでなく、何より、人間への理解力を育んだのである。

比べるのさえ失礼だが、この対談をした高峰と同じ年齢の頃、私は雑誌で「最後の日本人」という連載をした。していた時には高峰のこの『いっぴきの虫』のことは思い出しもしなかった。もし思い出していたら、もっと勉強して、もっと謙虚に……いや、思い出していたら、毎月、達人たちにおめにかかれなかったかもしれない、恐ろしくて。

以前、高峰の随筆「五重塔と西部劇」を読んで、書く仕事をやめようかと思ったことがあるが、本書を読んで、私は二度とインタビューの仕事ができないような気がしてきた。

そしてもう一つ。今読んで、思い出したこと。

本書には、泣かない高峰が私の前で二度だけ涙を見せた源ともいうべきエピソードが含まれている。

一つは「趙丹」の章である。

確か十二、三年前のことだった。

高峰と松山と私が夕食の卓についていた時、高峰が趙丹氏のことを話してくれたことがある。

「とうちゃん（高峰は私の前では松山をこう呼んでいた）も私も、日本には親友って一人もいないけど、アータン（趙丹）だけは私達の無二の親友なの。でも彼は癌になってしまって……。何かしてあげたくても何もしてあげられないの、私達には。それでせめて暖かくしてほしいと思って、毛布を、アータンに送ってあげようと思って荷造りしてた。その荷造りしてる最中に電話がかかったの。アータンがたった今、死んだって……」

高峰は泣いた。

人前で涙など決して見せない高峰が声を上げて泣いたのを見て、私はとても驚いた。

「秀さん、やめなさいッ。みっともない」

松山の厳しい声が飛んだ。

そんなに叱らなくても。私は高峰を可哀そうに思ったほどだ。

しかし高峰は父親に叱られた子供のように素直に「はい」と頷くと、涙を拭いて、台所で皿を洗い始めた。

私は追いかけていって、懸命に涙をこらえている高峰の小さな背中をさすったことを覚えている。

それほど、趙丹という人は、高峰にとって大切な人だったのである。

そして二度目は、「松山善三」の章に出てくるインド人の占い師の話。

本書には書かれていないが、そのインドの占い師は、他のことも言った。

それをやはり十数年前のある午後、高峰から聞いた。

「そのインドの占い師は私の仕事も歳も、一切何も知らないの。でもこう言ったのよ。『あなたは長い間、好きでない職業を一所懸命やってきた人です』、って……」

そこで言葉は止まり、見ると高峰の目が潤んでいた。

たぶん、これが、私が初めて高峰の涙を見た時だと思う。

どんな思いでその占い師の言葉を聞いたか、私の前で思わず涙ぐんだ時、高峰の胸を過ったのは何だったのか。

私などが推測してはいけないほど、五十年の女優人生は、高峰にしかわからない、高峰にしか感じることができない、長く過酷な歳月だったはずだ。

しかしその歳月が、高峰に人間というものを教え、その歳月の中で、高峰は人間を理解する鋭い感性を磨いていったのである。

人間とは何か——。

本書を読めば、わかる。

最後に、今回の復刻に際して素晴らしい装丁画を描き下してくださいました安野光雅画伯に、心より御礼申し上げます。

「お忙しい安野先生のお手を煩わせて！」

高峰には叱られるかもしれませんが。

平成二十三年八月末　　　　斎藤（松山）明美

文春文庫

いっぴきの虫《むし》

定価はカバーに
表示してあります

2011年10月10日　第1刷

著　者　高《たか》峰《みね》秀《ひで》子《こ》
発行者　村上和宏
発行所　株式会社　文藝春秋

東京都千代田区紀尾井町 3-23　〒102-8008
TEL 03・3265・1211
文藝春秋ホームページ　http://www.bunshun.co.jp
落丁、乱丁本は、お手数ですが小社製作部宛お送り下さい。送料小社負担でお取替致します。

印刷・凸版印刷　製本・加藤製本

Printed in Japan
ISBN978-4-16-758711-6